国家社科基金重大项目"中国近代日记文献叙录、整理与研究"

（项目编号：18ZDA259）阶段性成果

日记研究丛书

张剑 徐雁平
主编

晚清日记中的世情、人物与文学

张剑 著

凤凰出版社

图书在版编目（CIP）数据

晚清日记中的世情、人物与文学 / 张剑著. -- 南京：
凤凰出版社，2022.7（2023.7重印）
（日记研究丛书 / 张剑，徐雁平主编）
ISBN 978-7-5506-3582-1

Ⅰ. ①晚… Ⅱ. ①张… Ⅲ. ①日记－古典文学研究－
中国－清后期 Ⅳ. ①I207.62

中国版本图书馆CIP数据核字(2022)第093999号

书　　　名	晚清日记中的世情、人物与文学	
著　　　者	张　剑	
责 任 编 辑	许　勇	
装 帧 设 计	陈贵子	
责 任 监 制	程明娇	
出 版 发 行	凤凰出版社(原江苏古籍出版社)	
	发行部电话025-83223462	
出版社地址	江苏省南京市中央路165号，邮编：210009	
照　　　排	南京凯建文化发展有限公司	
印　　　刷	江苏苏中印刷有限公司	
	江苏省泰州市经济开发区鲍徐镇，邮编：225315	
开　　　本	880毫米×1230毫米　1/32	
印　　　张	8	
字　　　数	208千字	
版　　　次	2022年7月第1版	
印　　　次	2023年7月第3次印刷	
标 准 书 号	ISBN 978-7-5506-3582-1	
定　　　价	88.00元	
	(本书凡印装错误可向承印厂调换，电话:0523-82099008)	

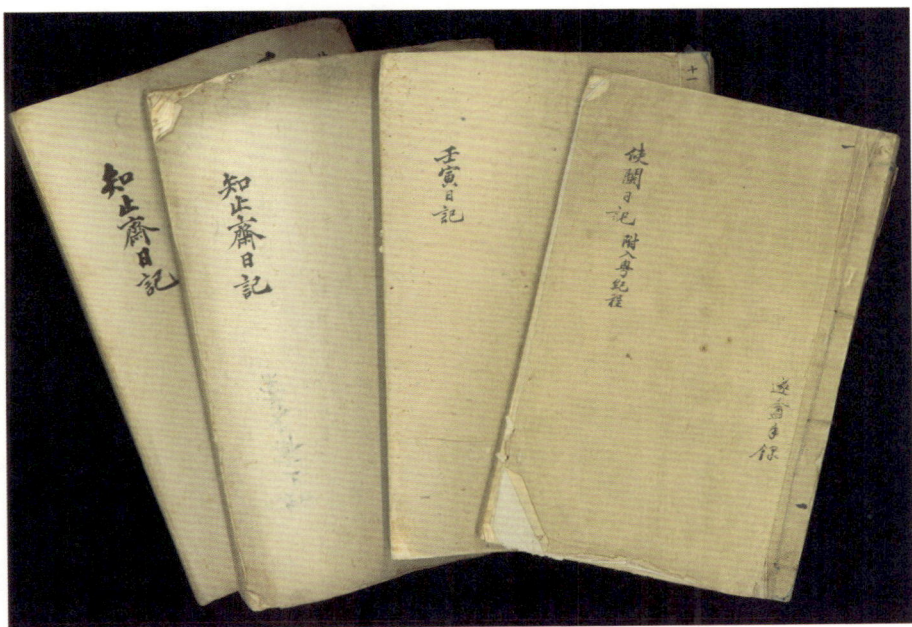

翁心存日记（一）

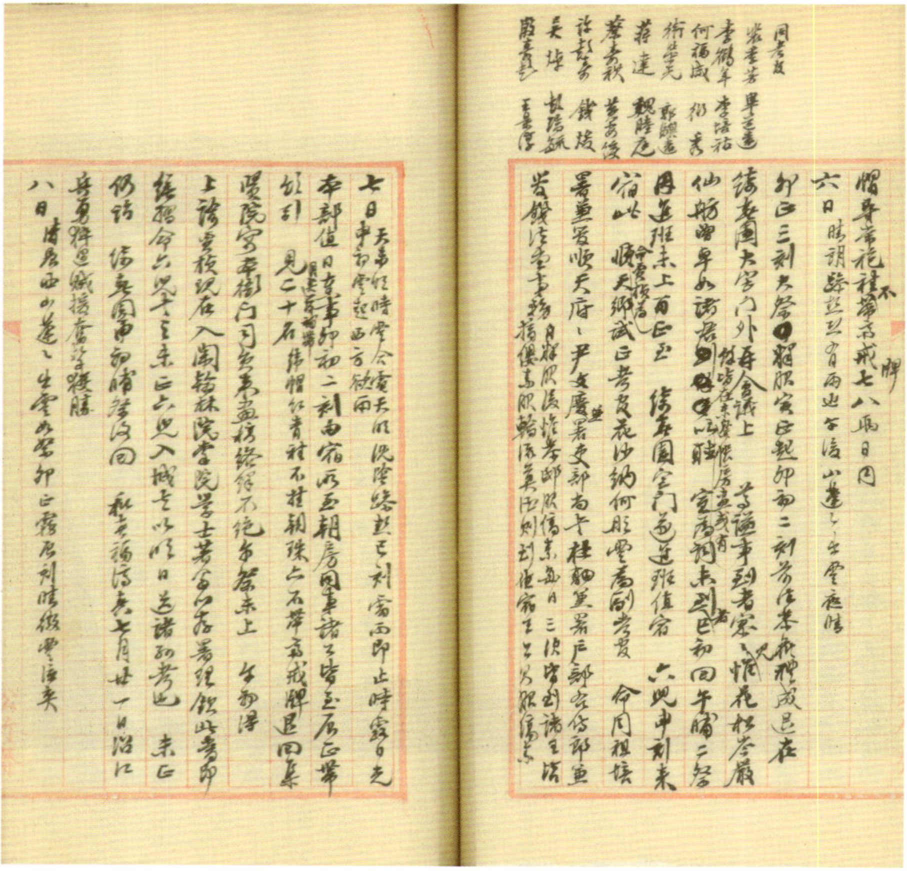

翁心存日记（二）

七月十三日乙巳晴太白午見

是日主人招庵候溫李三雍玉夕李君翱玉言喚巽可擊可收甚遒

粵人歷年納與湖兵其富軍而民民男挾官制民粵

商以懷谷唯激屬民心咸興黃優香港上海天津住州各海呼

一時豊舉裁桯可君藏也李君巴平薛中主人湯焉此要溫君仍

日未通

七月十四日丙午晴太白次故

是日午溫君密言天津請諒絀之事不可屆董黃人狥柴嚴密

奥郤可虞此午後夫人誃候询鳥情甚思酒散後黃人狗

鮑溈溿店民祥其記者置海中餌海參心闖入甸香群鳥之

提人駁參毌昇人則無完膚原心秉駮夫筒加鮫參又鮫一

人鮫次心必死也店民賃黃人利勣為所紾至今不悟類時此事

張氾夫

七月十五日丁未晴太白外故夜朏兩被止

是日晨溫李別先午作畫潑峰正午後陳罗住玉夫人晴萬

裁謀三也晚彼當順盟丹火并狀弓諐可受天地守鳩之功

今刀卽心必赴之鼚地泉未克濟鳶夫

七月十六日戊申晴夜小雨

高心夔日记

記事　光緒廿四年　正月分

壬申新正游廠肆間所得不詳誰作後乃東方文
化會發見共上册不知何時分散迻在此十上册中有
自敍及名□四祥麟松濤史稿疆臣年表塞堠尔
都統確為祥麟光緒三十二年十二月任□六年六月由
惟祥麟事蹟仍無考見閱今人文科學研究所藏
書目政其名曰張恒日記而聚依塔布桠者誤矣
文化會丁丑咨更名辛巳春
日補記

祥麟日记（一）

關防上駟院四十三顆太僕寺廿六顆左右司面呈。伊犁改駐張家口佐領端奎等呈稱其所屬官兵移口內已久均不願回伊犁呈請留駐等情當飭辦叄而去少馬陰雲四合甘澍淋淋矢午刻右司呈總署士劉拯靈函訴稿一件用印四十五顆其浴呈總署浴行直督晋撫照會北鍾道歸綏文通拥單公文四角均閱訖飭遣而去依蓋臣承會暢談而去為人所思未忠其事也晚接門報二件電譯郎鈔二通。

◎十九日摺本處交來代寫託題　貢粟信上恭禮慶。餅克端那六郎翁剛錢廖四梱臣各處奶餅二匣計用奶餅共一方腺羊半隻恭禮門政奶餅各四匣計用奶餅共八十八匣燻豬十方腺羊五隻李崑徐榮四中堂熙孫敢懷訴徐頌閣松啟迎尚書徐壽衡裕燻豬一方。餅各二匣燻豬各一方崇都統奶餅二匣燻豬計用奶餅共廿匣燻豬十四方徐筱雲立張文叔平楊文貢三六侍郎薛陸吳景劉崇張長鵬汀長石

祥麟日记（二）

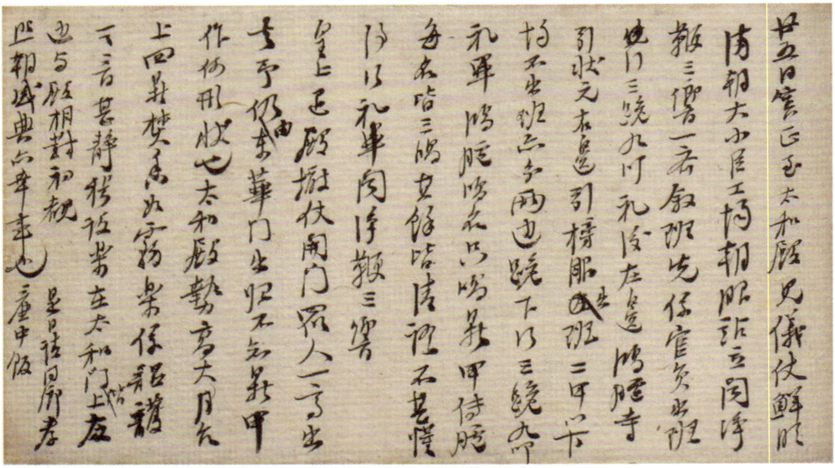

彭瑞毓日记

瀛寰志略海國筩志㹉今稍舊矣欲知外事所當博求

張文襄勸學篇大槩无太錯此件題目太大好文章難得

欲捈六十年中諸臣三章奏彚歸一慶此而觀之得尖之林

庶可觀其崔略　張文襄嘗欲海國筩志作一續編未能

脫稿以督撫之力不能及默深何也乃知專事一之主興掌

薄書者情事迥別但著書自是辛苦事湏有心力

林則徐姚瑩鄧廷楨啁有大略堪住將帥當時不竟其用自

是可惜時命自是有天非人事所能為力

之費其起事之由先朝派調查負鄰姓係城紳鄉人乙

嘖有煩言至釘門閉而洋裸堂指拆毀學堂將鄉姓

家具一並毀壞近時情形四十八罜皆師一氣解散殊雞

現設牧棄掃大兵宪竟此舉有姓烏可盡殺六是城紳之意

耳鄉姓目具稟所開央卒二多不可信

九月二十四日陰

王之春柔遠記於同治十三年以萷兩載頗見大致先緒

一朝至今凡三十六年頒加推求益歷次和約皆宜考索

左绍佐日记

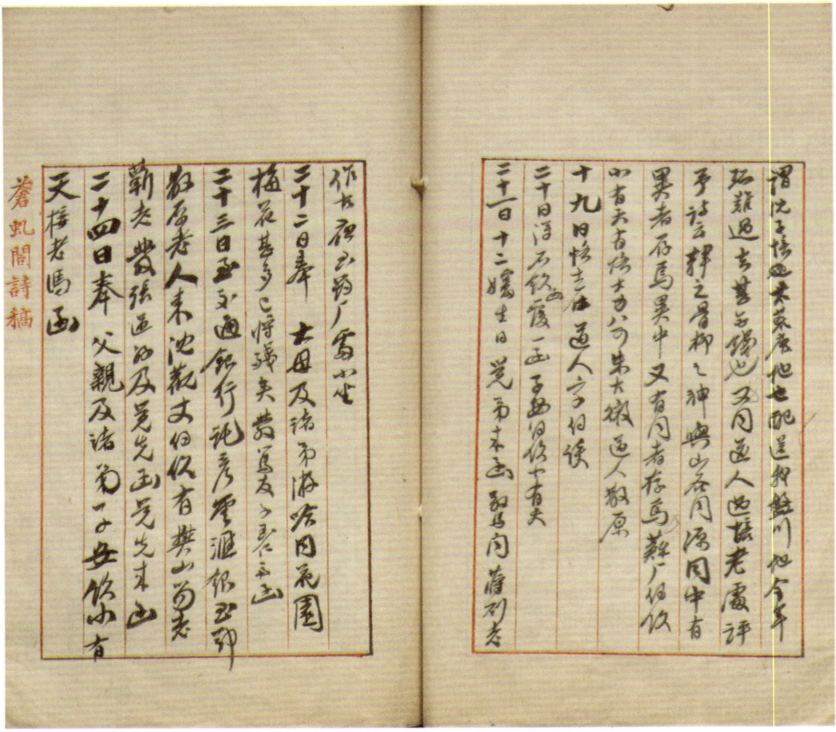

陈曾寿日记

"日记研究丛书"总序

日记作为一种文献类型和书写方式，在中国具有悠久的传统。近几十年出土的秦汉文献中，出现了"秦始皇三十四年历谱""王奉世日记""元延二年日记"这样带有逐日记事性质的简牍。命名是考古工作者所拟，反映出学界对此类文书的类型判断还不一致，但不可否认的是，它们已初步具备了日记的基本形态。

降及宋代，"日记"作为一种文体之名开始正式使用。当时名公巨卿多有日记，南宋刘昌诗《芦蒲笔记》卷五即收入北宋赵抃的《赵清献御试日记》，惜宋人日记存世数量不够。明清以来，日记蔚成大观。据我们不完全的统计，仅1840—1911年间有日记存世的近代人物，就超过了1100位。时至今日，日记更成为中小学语文课外写作指导的重要内容，其数量之多，已难以具体统计。

在今人观念和多数工具书的定义中，日记一般指对每天所遇到的和所做的事情的记录，有的兼记对这些事情的感受。这其实道出了日记作为一种独特而又重要的文献，内容无所不包、具有百科全书性质的特点。从古人对日记丰富多彩的别称：日历、日录、日钞、日札、日注、日笺、日纂、日谱、日识、日志、小乘、小钞、小录、游录、密记、笔记、游记、客记、征记、琐记、载笔、笔略、纪略、纪程、纪事、纪闻、路程、云烟……也不难领略日记的基本特点。可以说，无论就知人还是论世而言，日记都是难得的第一手史料。日记是一人之史，尽管存在视角受限、立场局限和日常琐碎等诸多问题，但它所呈现的私人化、细节化、现场感等构成了一种独特的历史表现方式，具有其他史料所不能及的特殊价值。日记这些方面的特点，恰好能弥补正史叙事带来的缝隙,与宏大历史叙述之间的有效互动,使历史变得更加情意流转、血肉丰满。近人籍忠寅认为,"求古人之迹,高文典册不如友朋书札,友朋书札不如日夕记录"(《桐城吴先生日记序》),也道出了日记的特别之处。

尽管中国日记有着悠久的传统,但现存的大量日记主要产生于清代。尤其是最近二百年,堪称日记的集大成时期,中国日记的典范也在此期形成群体规模。人们耳熟能详的重要日记,如《曾国藩日记》《越缦堂日记》《湘绮楼日记》《翁同龢日记》等,都出现在这一时期。从各方面来说,这一时期的日记内容最为丰富、体式最为完备、数量最为庞大,可以视作中国日记的辉煌典范。这一时期的中国"历三千年未有之大变局",古今之变与中西之争成为时代主潮。鸦片战争、太平天国运动、洋务运动、甲午战争、戊戌变法、义和团运动、清末新政、新文化运动、抗日战争……一系列令人瞩目的事件映射出政治、经济、文化、军事、思想等各个领域的新动向。此期,中西文明在"体""用"诸层面形成有意味的冲击与反应,而内生的中国本位的文化也迎来新的征程。从 1840 年到 1949 年,古老的中华文明经受了历史的淘洗、西方的冲击、时代的检验,最终以全新的姿态迎来新的发展阶段。波澜壮阔的大时代变迁,不仅见诸煌煌正史,而且在诸多私人文献里也有真切具体的传达。日记就是其中极具价值的一种。作为"准传记"和时代备忘录,日记包涵自我叙写,承载集体记忆,对于理解当代中国的"近传统"具有特殊意义。可以说,这一时期的日记是中国日记最重要的样本,可以作为分析中国日记传统、探究中国日记文化的范本。

有鉴于此,整理和研究这一时段的日记也成为当前中国日记研究的热点。例如,张剑、徐雁平、彭国忠等人主编的以日记为主要内容的"中国近现代稀见史料丛刊",自 2014 年起,每年一辑,陆续在凤凰出版社推出,目前已经出版八辑,其中整理的日记超过百种。在相关典范日记出版物的引领下,最近十年,日记的影印、整理以及阅读需求不断升温,仅以近百万字和百万字以上的近现代名人日记整理成果而论,就有《翁心存日记》(2011)、《翁同龢日记》(2012,中西书局新版)、《徐兆玮日记》(2013)、《管庭芬日记》(2013)、《钱玄同日记》(2014)、《徐世昌日记》(2015)、《荆花馆日记》(2015)、《张謇日记》(2017)、《袁昶日记》(2018)、《张枬日记》(2019)、《皮锡瑞日记》(2020)、《王伯祥日记》(2020)、《徐乃昌日记》(2020)、《赵烈文日记》(2020)、《蒋维乔日记》(2021)等。此外,据闻《何绍基日记》《李慈铭日记》《叶昌炽日记》《袁昶稿本日记》《谭献稿本日记》《萧穆日记》《杨树达日记》《潘重规日记》等整理本也即将推出,成果可谓丰硕。

如上这些成果在为学界提供丰富文献的同时,也对日记研究提出了更高要求。早在二十世纪上半叶,日记就不仅是文人案头的读物、交流的谈资,而且成为文史研究的重要资料。由此催生的日记体文学,还在新文学运动中,作为文学生力军冲锋陷阵,为新文学的开拓立下汗马功劳。胡适、鲁迅、周作人、郁达夫、丁玲、阿英、赵景深等人都为日记研究和日记文学的繁荣做出过突出贡献。他们不仅将日记作为静态文献加以研究,也将其视作呈现个人生命历程的"人的文学"大加提倡,试图以此突破"载道"传统,为文学开辟抒情和个人化的新路。但总体而言,此期人们能够利用和乐意利用的日记数量还较有限,日记研究尚处于起步阶段。进入二十一世纪,日记研究特别是近现代日记研究有了长足进步,涉及政治史、环境气候、地域文化、阅读史和书籍文化、传记学和个体意识、经济史和生活史、灾难史和疾病史、易代之际的科举和教育、日记与文学、域外游记和出使日记、日记作者和版本形态、日记研究的理论和方法等诸多方面。然而,与丰富的影印和整理成果相比,日记研究仍显薄弱,还存在诸多尚待深入和丰富的空间。比如,近现代日记"有什么",这是从前日记研究关注的重心,相关研究也多从各个学科和研究目的出发,挖掘带有倾向性的材料。这固然有助于推动各领域的研究,却不免将每一部日记肢解,使得日记成为纯粹的研究客体。今后的日记研究,应当致力于恢复日记的主体性,在重视史料发掘的基础上超越史料学,即不仅将日记视作材料库,还要更加注重日记"是什么",充分认识到日记对于中国历史人物的生命世界和文字世界的重要意义;充分认识到从琐碎的衣食住行和个人的纷杂经验中,整体展现中国文人士大夫的家国记忆与生活图景的必要性和特殊价值;进而在更高层次上揭示日记等的特质与表达方式,探讨新的研究方法,提出新的问题,总结具有中国气派的日记研究理论。这些无疑需要文学、史学、社会学等多学科学者的共同努力。

　　日记作为中国文化宝库中的重要文献,已经走过了两千多年的历程,今人理应充分挖掘日记的价值,使其在当前的学术研究和文化建设中发挥更为重要的作用。因此,我们特推出这套"日记研究丛书",希望丛书的出版,能为方兴未艾的日记整理与研究提供切实有用的借鉴,同时衷心期待广大读者对我们的工作予以批评、指正和帮助。

目　录

中国近代日记文献研究的现状与未来(代前言)……………………… 1

翁心存日记及其历史文化价值……………………………………… 1

廉正传四海

　　——从《翁心存日记》《常熟翁氏家书》看翁心存的家教及影响

　　………………………………………………………………… 19

季芝昌"引疾"始末及其诗歌中的疾病书写………………… 32

日常生活中的薛时雨…………………………………………… 50

《佩韦室日记》中的肃顺及晚清社会………………………… 64

高心夔自画像及其与湖湘诗派之关系

　　——以《佩韦室日记》为中心……………………………… 86

一位晚清书启师爷的风雅生活

　　——以徐敦仁《日损斋日记》为中心……………………… 109

祥麟年谱简编…………………………………………………… 142

从《绍英日记》看《我的前半生》的史笔和文笔…………… 160

湖北省图书馆藏晚清稿本日记四种考述……………………… 184

2 晚清日记中的世情、人物与文学

附　录

道咸两朝思痛录
　　——读《翁心存日记》 ·· 王宏林 207

后　记 ··· 220

中国近代日记文献研究的现状与未来
（代前言）

　　日记是一种独特而又重要的文献种类。从文体学角度看,它是应用文的最为常用的文体之一;从史料学角度看,因其亲历者身份,常被视为第一手史料;从文化学角度看,因其内容包罗万象,又具有百科全书性质。妥善合理地利用日记文献,不仅可以有效校正和补充正史,而且在文学史和文化史上都会有丰富的收获。对于弘扬优秀传统文化、树立文化自信也具有重要的意义。

　　一般认为,日记起源于西汉,至清代达到鼎盛阶段。尤其是近代(1840—1919)以降,随着时代的变化、教育的普及和造纸技术的发展,日记逐渐成为士人日常生活的一部分。仅据笔者不完全统计,至今有日记留存的近代人物,即达1100多位。对于如此重要的历史阶段的丰厚文化遗存,虽然出现了一定数量的整理与研究性成果,但在总体上还缺乏系统性和深入性的探讨,兹对其叙录、整理、研究的现状与未来发展方向略作探讨,聊为引玉之砖。需要说明的是,本文所指的中国近代日记文献,有三方面的内在规定:一是中国人所写,二是近代的时间断限采用主流的1840—1919年,三是日记凡有在1840—1919年间所记者皆属研究对象。

一、学术史的梳理和综述

1. 叙录方面

　　较为全面的近代日记文献叙录类著述尚缺乏。《历代日记丛钞提要》(学苑出版社,2006)、《上海图书馆藏稿钞本日记丛刊提要》(国家图书馆出版社,2018)中有部分内容涉及近代日记文献,《近代史研究所藏名人稿钞本日记丛刊提要》(国家图书馆出版社,2021)虽集中于近代日记文献,但全书提要仅 31 种;另外陈左高《中国日记史略》(上海翻译出版公司,1990)、《历代日记丛谈》(上海画报出版社,2004)和虞坤林《二十世纪日记知见录》(国家图书馆出版社,2014),亦提供了不少近代日记文献信息。

2. 整理方面

近代日记文献整理方面,成果相对较丰。其中影响较大的有三套书系,一是中华书局的"中国近代人物日记丛书",此项目从 20 世纪 80 年代开始启动,三十余年来,陆续出版了《李兴锐日记》(1987)、《李星沅日记》(1987)、《王韬日记》(1987)、《翁同龢日记》(1989)、《王文韶日记》(1989)、《郑孝胥日记》(1993)、《许宝蘅日记》(2010)、《姚锡光江鄂日记》(2010)、《翁心存日记》(2011)、《林一厂日记》(2012)、《朱希祖日记》(2012)、《余绍宋日记》(2012)、《汪荣宝日记》(2013)、《谭献日记》(2013)、《管庭芬日记》(2013)、《曾纪泽日记》(2013)、《唐景崧日记》(2013)、《翁文灏日记》(2014)、《林传甲日记》(2014)、《宋教仁日记》(2014)、《张荫桓日记》(2015)、《孙宝瑄日记》(2015)、《宋云彬日记》(2016)、《赵钧日记》(2018)、《符璋日记》(2018)、《刘绍宽日记》(2018)、《林骏日记》(2018)、《绍英日记》(2018)、《张枬日记》(2019)、《郭曾炘日记》(2019)、《晚清军机五大臣日记》(2019)、《吴大澂日记》(2020)、《王伯祥日记》(2020)、《皮锡瑞日记》(2020)、《赵烈文日记》(2020)等 30 余种(部分日记是先在其他出版社出版,后又由中华书局重新出版)。

二是由张剑、徐雁平、彭国忠主编并由凤凰出版社出版的"中国近现代稀见史料丛刊",七年来,整理出版日记计 60 余种:《莫友芝日记》《汪荣宝日记》《翁曾翰日记》《邓华熙日记》《贺葆真日记》《扶桑十旬记(外三种)》《翁斌孙日记》《张佩纶日记》《吴兔床日记》《赵元成日记(外一种)》《1934—1935 中缅边界调查日记》《十八国游历日记》

《潘德舆家书与日记(外四种)》《孟宪彝日记》《潘道根日记》《蟫庐日记(外五种)》《壬癸避难日志·辛卯年日记》《嘉业堂藏书日记抄》《江瀚日记》《英轺日记两种》《胡嗣瑗日记》《王振声日记》《黄秉义日记》《粟奉之日记》《王承传日记》《唐烜日记》《王锺霖日记》《孙毓汶日记信稿奏折(外一种)》《袁昶日记》《额勒和布日记》《有泰日记》《吉城日记》《孟心史日记·吴慈培日记》《高等考试锁闱日录》《庚子事变史料四种(外一种)》《东游考察学校记》《江标日记》《高心夔日记》《何宗逊日记》《黄尊三日记》《周腾虎日记》《沈锡庆日记》《潘钟瑞日记》《稀见淮安史料四种》《孙凤云集》^①《豫敬日记》《宗源翰日记》《曹元弼日记》《耆龄日记》《恩光日记》《徐乃昌日记》《翟文选日记》《潘曾绶日记》等。

　　三是由钟叔河主编的"走向世界丛书",专收 1840 至 1911 年间中国人到欧美日本通商、留学、出使、游历和考察等所留下的日记、笔记和游记,原计划推出 100 种,20 世纪 80 年代由岳麓书社推出 35 种,之后因故停顿,至 2016 年 12 月岳麓书社始推出续编 65 种,其中有 68 人 81 种属于日记性质,此 68 人分别为:斌椿(1803—?)、陈兰彬(1816—1895)、郭嵩焘(1818—1891)、袁祖志(1827—1899)、王韬(1828—1897)、崔国因(1831—1909)、李凤苞(1834—1887)、余思诒(1835—1907)、黎庶昌(1837—1897)、张荫桓(1837—1900)、何如璋(1838—1891)、薛福成(1838—1894)、曾纪泽(1839—1890)、王咏霓(1839—1916)、傅云龙(1840—1901)、吴汝纶(1840—1903)、黄璟(1841—1924)、李圭(1842—1903)、王之春(1842—1906)、钱德培(1843—1904)、盛宣怀(1844—1916)、缪荃孙(1844—1919)、徐建寅(1845—1901)、丁鸿臣(1845—1904)、张德彝(1847—1918)、缪祐孙(1849—1894)、蔡尔康(1851—1921)、戴鸿慈(1853—1910)、张謇(1853—1926)、王芝(1853—?)、邹代钧(1854—1908)、吕珮芬

---

　　①　《稀见淮安史料四种》含日记三种,《孙凤云集》亦含日记。

（1855—1913）、刘学询（1855—1935）、洪勋（1856—1900）、吴宗濂（1856—1933）、韩国钧（1857—1942）、康有为（1858—1927）、宋育仁（1858—1931）、钱单士厘（1858—1945）、严修（1860—1929）、沈翊清（1861—1908）、池仲佑（1861—1918 后）、杨泰阶（1861—?）、黄庆澄（1863—1904）、罗振玉（1866—1940）、周学熙（1866—1947）、王景禧（1867—1932）、程淯（约 1867—1940）、张元济（1867—1959）、载泽（1868—1928）、李浚之（1868—1953）、梁启超（1873—1929）、载振（1876—1947）、凌文渊（1876—1944）、陈琪（1878—1925）、金绍城（1878—1926）、蒋熙（生卒年不详）、刘锡鸿（? —1891）、祁兆熙（? —1891）、双寿（生卒年不详）、志刚（生卒年不详）、罗森（生卒年不详）、谭乾初（生卒年不详）、金鼎（生卒年不详）、蔡钧（生卒年不详）、凤凌（生卒年不详）、文恺（生卒年不详）、左湘钟（1885 中举，生卒年不详）。

　　其他出版社也出版过一些近代著名人物日记，如河北教育出版社有数种"近世学人日记"（周星誉、张元济、吴汝纶、许瀚、谭献、董康，1999—2001 年），新华出版社有《杨度日记》（2001）、《那桐日记》（2006），人民文学出版社有《鲁迅日记》（1959、1976），中央党校出版社有《恽代英日记》（1981），群众出版社有《醇亲王载沣日记》（2014），北京大学出版社有《蔡元培日记》（2010）、《钱玄同日记》（2014），商务印书馆有《荆花馆日记》（2015），生活·读书·新知三联书店有《吴宓日记》（1998），北京人民出版社有《徐世昌日记》（2015），湖南人民出版社有《郭嵩焘日记》（1981），浙江古籍出版社有《经亨颐日记》（1984）、《傅云龙日记》（2005）、《恽毓鼎澄斋日记》（2004），上海书店出版社有《张文虎日记》（2009）、《张荫桓日记》（2004），岳麓书社有《曾国藩日记（修订本）》（2015）、《湘绮楼日记》（1997）、《能静居日记》（2013）、《李文清公日记》（2010），天津古籍出版社有《严修日记》（2015），黄山书社有《慎宜轩日记》（2010）、《徐兆玮日记》（2013），山西人民出版社有《退想斋日记》（1990），四川人民出版社有《吴虞日记》(1984),西北大学出版社有《荣庆日记》(1986),吉林文史出版社有《薛福成日记》(2004),华中师范大学出版社有《朱峙三日记》(2011),上海人民出版社有《清代日记汇抄》(1982 年,28 种,其中近代 25 种,但系摘抄),上海社会科学院出版社有《张枢日记》(2003),上海辞书出版社有《张謇日记》(2017),上海古籍出版社有《坦园日记》(1983)等。另有一些人物日记虽未单独出版,但收入全集中,亦值得注意,如《林则徐全集》(2002)、《祁寯藻集》(2011)、《严复集》(1986)、《缪荃孙全集》(2014)、《王国维全集》(2010)、《陈汉章全集》(2014)等均收入其日记。还有一些书刊,如《中国近代史资料丛刊》《近代史资料》《历史文献》等亦收录有近代日记文献,但由于多系摘编,此不备述。

3. 影印方面

近些年来,随着国家对文化事业的重视,随着科技生产力的迅猛发展尤其是网络数字化时代的来临,各类大型古籍影印项目纷纷上马,诸多珍本秘籍得到整理者关注,近代日记文献的影印迎来了一个高峰。其中国家图书馆出版社一枝独秀,近年影印的近代名人日记有《清季洪洞董氏日记六种》(1997)、《稿本航海述奇汇编》(1997)、《余绍宋日记》(2003)、《师伏堂日记》(2009)、《绍英日记》(2009)、《鲁学斋日记》(2010)、《拜经日记》(2011)、《朱峙三日记》(2011)、《顾森书日记》(2015)、《求恕斋日记》(2016)、《江瀚日记》(2016)、《稿本王文韶日记》(2017),又于 2017 年影印了大型丛书《国家图书馆藏抄稿本日记选编》(60 册)、《上海图书馆藏稿钞本日记丛刊》(86 册),2020 年影印了《近代史研究所藏名人稿钞本日记丛刊》(80 册),其中绝大部分属于近代日记。另外,学苑出版社影印了《历代日记丛钞》(2006 年,200 册),中华书局影印了《王乃誉日记》(2014 年,5 册)、《蒋维乔日记》(2014 年,30 册)、《温州市图书馆藏日记稿钞本丛刊》(2017 年,60 册),北京人民出版社影印了《徐世昌日记》(2015 年,24 册,前 20 册影印,后 4 册标点整理),上海古籍出版社影印了《晚清东游日记汇编》(2004)、郑观应《长江日记》(2010 年,附有标点整理),上海远东出版社影印了《翁同龢日记》(2016 年,47 册),浙江大学出版社影印了《李辅耀日记》(2014 年,10 册),文物出版社影印了《苏州博物馆藏晚清名人日记稿本丛刊》(2016 年,7 册)、《苏州博物馆藏近现代名人日记稿本丛刊》(2018 年,39 册),也都以近代日记文献为主。还有其他大型影印文献项目,如台湾文海出版社影印的《近代中国史料丛刊》(共三编 300 辑)、《清代稿本百种汇刊》(1974 年,180 册),天津古籍出版社影印的《北京大学图书馆馆藏稿本丛书》(1987—1991年,23 册),朝华出版社影印的《清末民初文献丛刊》(2017 年,100种),中华书局影印的《绍兴丛书》(2007 年,29 册),广东人民出版社影印的《清代稿钞本》(2007—2017 年,400 册),山东大学出版社影印的《山东文献集成》(2006—2011 年,200 册)等,也都收录了一些近代日记文献。

4. 研究论著方面

近代日记文献的研究,整体上还处于起步阶段。笔者曾据知网检索,近百年来,关于近代日记研究的论文仅四百余篇,数量还不及唐代一个稍有名气的诗人多(如关于李贺研究的论文就有近千篇)。

尤其是 20 世纪,更为萧条,只有一百多篇论文,其中大部分还是研究《鲁迅日记》的,但《鲁迅日记》时间起止为 1912 年 5 月 5 日至1936 年 10 月 17 日,只有少量内容属于近代,并非研究的重点所在;其他论文多流于对日记的简单介绍,较有学术分量的论文非常缺乏,检阅所及,仅有《恽代英在五四运动期间的日记》(张岂之,《历史研究》1958 年第 11 期)、《清末士大夫思想演变的缩影——读〈忘山庐日记〉》(李侃,《历史研究》1984 年第 2 期)、《清末政坛变化的写照——宣统年间〈汪荣宝日记〉剖析》(王晓秋,《历史研究》1989 年第1 期)、《袁昶〈乱中日记残稿〉质疑》(孔祥吉,《史学月刊》1991 第 2期)、《论李审言先生日记的学术价值》(蔡文锦,《东南文化》1995 第 2期)、《戊戌时期的郑孝胥及其〈日记〉》(汤志钧,《近代史研究》1996

年第 1 期）、《戊戌政变侧记——读〈忘山庐日记〉随笔》（祁龙威，《扬州大学学报》1998 年第 4 期）等。

　　进入 21 世纪，研究状况大有改观，二十年来，研究论文超过三百篇，关注日记的范围有所扩大，研究视角也有所变化。

　　就日记的关注范围而言，与之前只集中于少数名人日记不同，这一时期关注的人物扩大到百余位（排序以生年先后），其中有位高权重者，如林则徐（1785—1850）、翁心存（1791—1862）、柏葰（1795—1859）、李星沅（1797—1851）、李棠阶（1798—1865）、曾国藩（1811—1872）、郭嵩焘（1818—1891）、额勒和布（？ —1900）、翁同龢（1830—1904）、王文韶（1830—1908）、唐景崧（1841—1903）、有泰（1844—1910）、陆宝忠（1850—1908）、徐世昌（1855—1939）、那桐（1856—1925）、郑孝胥（1860—1938）、载泽（1868—1929）、蔡元培（1868—1940）、载振（1876—1947）、黄炎培（1878—1965）等；但更多是中下层官员，如沈炳垣（约 1784—1855）、杨沂孙（1813—1881）、杜凤治（1814—1882?）、薛宝田（1815—1885）、王锺霖（1816—1896?）、张修府（1822—1880）、王韬（1828—1897）、李慈铭（1830—1894）、崔国因（1831—?）、赵烈文（1832—1894）、谭献（1832—1901）、王闿运（1833—1916）、魏彦（1834—1893）、高心夔（1835—1883）、张荫桓（1837—1900）、薛福成（1838—1894）、曾纪泽（1839—1890）、吴汝纶（1840—1903）、缪荃孙（1844—1919）、袁昶（1846—1900）、张佩纶（1848—1903）、叶昌炽（1849—1917）、严修（1860—1929）、江标（1860—1899）、恽毓鼎（1862—1917）、崇谦（1865—1936）、姚永概（1866—1923）、徐兆玮（1867—1940）、乐嘉藻（1867—1944）、王承传（1874—?）、杨度（1875—1931）、许宝蘅（1875—1961）、汪荣宝（1878—1933）、朱希祖（1879—1944）、余绍宋（1882—1949）、朱峙三（1886—1967）等；同时还有一些未曾正式出仕为官者，如黄金台（1789—1861）、管庭芬（1797—1880）、张枫（1860—1942）、张文虎（1808—1885）、莫友芝（1811—1871）、潘钟瑞（1823—1890）、王乃誉

（1847—1906）、刘大鹏（1857—1942）、林骏（1863—1909）、刘绍宽
（1867—1942）、黄秉义（1874—1920 后）、贺葆真（1878—1949）等。

　　就研究视角和方法而言，与之前集中于政治史角度不同，这一时
期对近代日记开始有了多维度的观照，如张剑《日记中的历史：绍英
眼中的清末民初》（《中华文史论丛》2018 年第 3 期）就不仅关注政治
史，而且对日记中的经济史、生活史与人物史也做了较为详细的讨
论。以下按这一时期研究成果的主要关注点，将之分为十三个类别：

　　其一，探讨政治史。这类研究依然颇具规模，如孔祥吉《难得一
见的百日维新史料——读唐烜〈留庵日钞〉未刊稿本》（《学术界》2004
年第 1 期）、《出于污泥而不染的张之洞——读稿本〈张文襄公辞世日
记〉》（《历史教学》2007 年第 11 期）、马忠文《从清帝退位到洪宪帝
制——〈许宝蘅日记〉中的袁世凯》（《北京师范大学学报》2012 年第 2
期）、《陆宝忠未刊日记的史料价值》（《江汉论坛》2016 年第 3 期）、
《慈禧训政后之朝局侧影——读廖寿恒〈抑抑斋日记〉札记》（《华南师
范大学学报》2019 年第 1 期）、韩策《〈汪荣宝日记〉对辛亥革命的记
录与涂改》（《读书》2014 年第 8 期）、林辉锋《从〈韬养斋日记〉看徐世
昌与逊清皇室》（《中山大学学报》2015 年第 1 期）、耿密《辛亥鼎革后
清末保守士人心态之比较——以〈恽毓鼎澄斋日记〉〈退想斋日记〉为
中心》（《广东社会科学》2016 年第 1 期）、杜康《〈杨度日记〉中对维新
派人士的态度变化》（《黑河学院学报》2016 年第 5 期）、张剑《〈佩韦
室日记〉中的肃顺及晚清社会》（《北京大学学报》2019 年第 2 期）等。

　　其二，探讨环境气候。如萧凌波等《〈湘绮楼日记〉记录的湖南长
沙 1877—1878 年寒冬》（《古地理学报》2006 年第 2 期）、满志敏等
《〈王文韶日记〉记载的 1867—1872 年武汉和长沙地区梅雨特征》
（《古地理学报》2007 年第 4 期）、费杰等《1860—1898 年北京沙尘天
气研究——基于〈翁同龢日记〉》（《灾害学》2009 年第 3 期）、张学珍
等《基于〈翁同龢日记〉天气记录重建的北京 1860—1897 年的降水
量》（《气候与环境研究》2011 年第 3 期）、杨煜达等《19 世纪中叶北京

高分辨率沙尘天气记录:〈翁心存日记〉初步研究》(《古地理学报》2013 年第 4 期)等。

其三,探讨地域文化。如岳振国《林则徐〈壬寅日记〉对研究西北地区地理人文的史学价值》(《史学史研究》2009 年第 4 期),徐茂明、胡勇军《清末兴学与常熟士绅的权力嬗递——以〈徐兆玮日记〉为中心》(《史林》2015 年第 6 期),徐佳贵《始进终退:再论近代地方士人与"国"的关系变迁——以刘绍宽〈厚庄日记〉为个案》(《史林》2017 年第 3 期),朱和双、李金莲《从〈宦滇日记〉看楚雄师范教育的雏形及其地域特征》(《楚雄师范学院学报》2017 年第 6 期),李萌《清末民初瑞安士绅与地方教育——以〈张棡日记〉为视角》(《遵义师范学院学报》2017 年第 3 期),尧育飞《一家之学与一地之风——〈潘钟瑞日记〉所见光绪年间吴中金石活动考论》(《文献》2019 年第 3 期)等。

其四,探讨阅读史和书籍文化。如徐雁平《〈管庭芬日记〉与道咸两朝江南书籍社会》(《文献》2014 年第 6 期)、《用书籍编织世界——黄金台日记研究》(《学术研究》2015 年第 12 期)、《新学书籍的涌入与"脑界不能复闭"——孙宝瑄〈忘山庐日记〉研究》(《清华大学学报》2019 年第 4 期),岳爱华、和艳会《晚清士人的书籍往来——基于李慈铭〈越缦堂日记〉的考察》(《国家图书馆学刊》2014 年第 2 期),谢海林《〈张佩纶日记〉与丰润张氏藏书考论》(《文献》2017 年第 2 期),秦利国、李振武《孙宝瑄的阅读实践与社会变迁——以〈孙宝瑄日记〉为中心》(《山西大同大学学报》2017 年第 6 期)等。

其五,探讨经济史和生活史。如郭立珍《近代天津居民饮食消费变动及影响探究——以英敛之日记为中心》(《历史教学》2011 年第 3 期)、贾琳《清末民初士人的一种生存模式——以〈癸卯汴试日记〉作者为个案的考察》(《北京师范大学学报》2015 年第 3 期)、滕德永《〈绍英日记〉中的溥仪大婚》(《宁夏社会科学》2017 年第 3 期)、艾红玲《晚清湘籍名人日记中的民间祭祖礼考察》(《求索》2015 年第 8 期)、彭勃《道咸同三朝理学家日记互批研究》(《华南师范大学学报》

2019 年第 1 期)、张剑《居乡诚不易——从〈何汝霖日记〉看一位晚清显宦的乡居生活》(《清华大学学报》2019 年第 4 期)、冯尔康《西南联大教授的日常生活——以郑天挺教授为例并以他的〈西南联大日记〉为资料》(《河北师范大学学报》2020 年第 1 期)等。

其六,探讨灾难史和疾病史。如王江源《晚清柳堂与〈灾赈日记〉》(《德州学院学报》2016 年第 3 期)、张瑞《晚清日记中的病患体验与医患互动——以病患为中心的研究》(《历史教学》2012 年第 22 期)、张剑《季芝昌"引疾"始末及其诗歌中的疾病书写》(《中华文化论坛》2019 年第 5 期)等。

其七,探讨易代之际的科举和教育。如朱淑君《士人视野的清末科举改革——以〈恽毓鼎澄斋日记〉为中心》(《江南大学学报》2012 年第 1 期)、田正平《清末废科举、兴学堂的另一类解读——〈朱峙三日记(1893—1919)〉阅读札记》(《教育研究》2012 年第 11 期)、徐佳贵《废科举、兴学堂与晚清地方士子——以林骏〈颇宜茨室日记〉为例的考察》(《近代史研究》2013 年第 4 期)等。

其八,探讨日记与文学的关系。如吴微《外交实录与古文新变——以薛福成出使日记为中心》(《北京大学学报》2012 年第 2 期),徐雁平《〈贺葆真日记〉与晚期桐城文派的深入研究》(《华南师范大学学报》2014 年第 2 期),杨汤琛《晚清域外游记与中国散文的现代性嬗变》(《文学评论》2014 年第 5 期)、《晚清的词与物:晚清域外游记中的命名嬗变考察》(《北方论丛》2015 年第 5 期),张剑《从〈绍英日记〉看〈我的前半生〉的史笔与文笔》(《民族文学研究》2018 年第 4 期)、《高心夔自画像及其与湖湘诗派之关系——以〈佩韦室日记〉为中心》(《苏州大学学报》2019 年第 1 期),彭国忠《观剧、看戏:一个典型士大夫的非典型观剧活动》(《华南师范大学学报》2019 年第 1 期),苗怀明《从适意阅读到专门研究——从〈徐兆玮日记〉看近代文人的小说情结》(《华南师范大学学报》2019 年第 1 期),杨波《使臣实录与小说家言——晚清出使日记的文体风格与叙述策略》(《河南大学学报》2019 年第 4 期),徐雁平《中国古代文学流派的桐城模式——基于萧穆咸同时期日记的研究》(《文学评论》2020 年第 3 期)等。

其九,探讨出使日记或域外游记的价值。如刘悦斌《试论薛福成出使日记的学人特色》(《广西师范大学学报》2001 年第 4 期),施明智《〈出使英法义比四国日记〉所昭示的桐城散文变革》(《杭州师范学院学报》2007 年第 5 期),尹德翔《晚清使西日记研究:走出近代化模式的构想》(《湖北大学学报》2010 年第 6 期),张俊萍《晚清去"夷"化后的英国形象——比较郭嵩焘与薛福成出使日记中的英国》(《江南大学学报》2013 年第 2 期),张晓川《西儒问古音:晚清出使日记与传统音韵学——李凤苞〈使德日记〉中所见叶韵问题》(《复旦学报》2019 年第 1 期),代顺丽《近代域外游记的特征及价值》(《福建师范大学学报》2006 第 4 期),朱平《晚清域外游记中的观念演变》(《齐鲁学刊》2008 年第 6 期),杨波《海外行旅与文学变革——晚清文学变革的游记视角》(《中州学刊》2011 年第 1 期)、《域外行旅与晚清文学变革》(《河南大学学报》2011 年第 2 期)、《从域外游记到新文体——晚清古典散文转型的游记视角》(《河南师范大学学报》2011 年第 3 期),杨汤琛《晚清域外游记与现代报告文学的兴起》(《北方论丛》2012 第 2 期)、《文化符号与想象空间:晚清域外游记中的西方博物馆》(《江西社会科学》2012 第 3 期)、《错位下的日本想象——甲午前晚清士人的日本游记研究》(《中国文学研究》2013 年第 4 期)、《从晚清域外游记看现代国民意识的兴起》(《中国现代文学研究丛刊》2016 年第 9 期)、《晚清域外游记现代性研究的逻辑基点》(《中国现代文学研究丛刊》2017 年第 9 期)、《传统魅影下的政治镜像:晚清域外游记中的议院书写》(《江西社会科学》2019 年第 10 期),李岚《从晚清到"五四":论游记文学中的世界图式变迁》(《湖北社会科学》2013 年第 7 期),李军锋《文化符号与城市建构——晚清域外游记中的西方图书馆》(《聊城大学学报》2019 年第 6 期)、魏欣《在传统与现代之间:晚清域外游记中的西方女性书写——以王韬〈漫游随录〉为中心》（《湖北大学学报》2020 年第 2 期），曹虹《晚清人的域外游记》（《江西师范大学学报》2020 年第 4 期）等。

其十，考辨作者和文献版本。如孔祥吉、村田雄二郎《〈翁文恭公日记〉稿本与刊本之比较——兼论翁同龢对日记的删改》（《历史研究》2004 年第 3 期），周生杰《〈咸丰八年至九年日记〉作者考》（《文献》2014 年第 6 期），李光先《唐景崧〈请缨日记〉版本研究》（《文化学刊》2015 年第 5 期），樊昕《赵烈文〈落花春雨巢日记〉的文史价值》（《文献》2019 年第 3 期），吴钦根《谭献〈复堂日记〉稿本的发现及其价值》（《古典文献研究》2018 年第二十一辑下卷）、《谭献〈复堂日记〉的编选、删改与文本重塑》（《文学遗产》2020 年第 2 期）等。

其十一，挖掘各行业的史料。如赵山林《〈忘山庐日记〉蕴藏的戏曲文化信息》（《文化遗产》2009 年第 2 期）、张小庄《清代笔记、日记中的书家传记史料》（《艺术探索》2016 年第 6 期）、宁俊伟《〈能静居日记〉中的中医方技探析》（《科学技术哲学研究》2017 年第 4 期）、杨祥全《〈李棠阶日记〉所见武术史料研究》（《安阳师范学院学报》2016 年第 5 期）、谢丹《晚清使西日记中的体育记载研究》（《山东体育学院学报》2016 年第 5 期）、黄政《晚清士子金石学的习得研究——以叶昌炽、江标日记为线索》（《古典文献研究》2018 年第二十一辑下卷）等①。

其十二，探讨近代日记文献研究的理论和方法。此类文章数量虽少，但很可贵。如孔祥吉《金梁其人与〈近世人物志〉——兼论其以日记勾画人物的治学特色》（《福建论坛》2006 年 5 期），已经涉及如

---

①　对日记中的行业史料做集中勾辑的还有张小庄《清代笔记、日记中的书法史料整理与研究》（中国美术学院出版社，2012）和《清代笔记日记绘画史料汇编》（荣宝斋出版社，2013），张小庄、陈期凡《明代笔记日记绘画史料汇编》（上海书画出版社，2019），均使用了大量笔记和日记，前两种中，不少属于近代史料。

何运用日记做人物研究的问题;桑兵《日记内外的历史——作为史料的日记解读》,从理论上分析了日记作为史料的种类和属性,该文先收入《蒋中正日记与民国史研究》(世界大同出版有限公司,2011),后被编入个人专著《治学的门径与取法——晚清民国研究的史料与史学》第四章《各类史料的解读与运用》第一节《日记内外的历史》;徐雁平《从翁心存、翁同龢日记的对读探究日记文献的特质》(《南京大学学报》2013年第3期),选择翁心存、翁同龢父子1860—1862年在北京的日记作为分析的文本,探究相同性质文献对读的重要性,认为即使是同性质的文献,也各有其表达意图、选材策略、叙述偏向以及叙写法则,从而内在规定了文本的信息和文字风格,这是对前辈学者强调不同性质文献之间需要对勘的观点的延伸性思考。张燕婴《浅谈日记资料的有效性问题——以俞樾函札整理为中心》(《华南师范大学学报》2019年第1期)一文利用俞樾日记可以为其所作信札系年,说明日记类文献在史实复原的精细化方向上的价值,但同时指出日记资料可能存在的准确性和完整性缺陷,对如何扩大其有效范围做了初步探讨。

其十三,对于刘大鹏《退想斋日记》的研究。刘大鹏本来只是一个举人出身的乡绅,但是其日记时间从1891年直至1942年,记录了半个多世纪的变化,具有丰富的史料价值。因而1990年乔志强选编的《退想斋日记》(山西人民出版社)甫一问世,即受到学界关注,引发了一个研究的小热潮,至今研究论文已超过30篇。其中以罗志田、关晓红、行龙、沈艾娣和杨清媚的研究较有启发性。罗志田《科举制的废除与四民社会的解体——一个内地乡绅眼中的近代社会变迁》(台湾《清华学报》1994年第4期)、《近代中国的两个世界——一个内地乡绅眼中的世事变迁》(与葛佳渊合作,《读书》1996年第10期)等文较早将研究从史料考据转向社会史研究,之后他的《科举制废除在乡村中的社会后果》(《中国社会科学》2006年第1期)一文也较多列举了刘大鹏的例子,说明科举制度废除破坏了社会的上下层流动,随着城乡的分离,在都市中游荡的知识青年和失去读书人的农村都成为受害者。而关晓红《科举停废与近代乡村士子——以刘大鹏、朱峙三日记为视角的比较考察》(《历史研究》2005 年第 5 期)则认为科举停废虽导致传统意义的"士"阶层消失,但多数旧学出身者通过各种渠道重新分化组合,直至清末民初仍然占据社会权势的重要位置,明显变化的是中年士人文化心理的失衡及青年学生对国家命运的关注。行龙《怀才不遇:内地乡绅刘大鹏的生活轨迹》(《清史研究》2005 年第 2 期)试图通过历史叙事的方式,勾画清末以刘大鹏为代表的内地乡绅生活变迁的轨迹。《个体灾害史:中国灾害史研究中的重要视角——从刘大鹏〈退想斋日记〉说起》(《河北学刊》2020 年第 5 期)从个体角度描述毒品、瘟疫这样的"日常之灾"与当事人的切身感受。英国女学者沈艾娣《梦醒子:一位华北乡居者的人生(1857—1942)》(北京大学出版社,2013)第一次全面研读日记原稿,以类似传记的方式,描绘出刘大鹏作为儒者、孝子、商人、议政者、农民的不同身份状态下的人生,并由此映照时代变迁过程中民众的生活和观念流变。杨清媚《文字与心史——解读乡绅刘大鹏及其〈退想斋日记〉》(《启真》第 1 期,浙江大学出版社,2012)不满意通过刘大鹏的生活来呈现近代乡土社会的方式,她尝试从心态史角度而不是史料辨析角度,去关注刘大鹏日记写作这个行为本身的意义,展现刘大鹏对晋河流域的历史书写以及其中寄托的思想情感。

　　与数量并不丰厚的论文相比,近代日记研究的专著数量更少。除上举沈艾娣的著作外,张德昌《清季一个京官的生活》(香港中文大学出版社,1970)是以李慈铭日记为基本资料形成的研究,列有李氏三十余年中的实际收入、支出详表(1862—1894),可以窥见清季一般京官生活,仰给于外省官吏的馈赠和印结银,因此不能不结交外吏,而外吏的馈赠又多来自浮征勒索、吞灾吃赈,京官的糜烂生活和外吏的贪污是互为因果的。

　　陈室如《近代域外游记研究　1840—1945》(台北文津出版社,

2008）是最早一部研究近代域外游记的专著，涵盖了百余年的旅日、欧美，以及中国大陆与中国香港、台湾之间的旅游文献，跨越了中国海峡两岸、晚清与民国、文言与白话等诸多疆界；由拉康镜像理论和旅行文化视角切入，呈现旅人走向世界、面对他者与自我的辩证历程。

王立民《叶昌炽〈缘督庐日记〉研究》（东北师范大学出版社，2009），分六章，不仅详细描述叶氏日记诸传本形态，比较稿本与抄本的区别；而且对日记中所见叶氏生平、著述、交游等传记材料，以及涉及的目录、版本、藏书资料等，均予钩稽分析，侧重于文献学研究。

尹德翔《东海西海之间：晚清使西日记中的文化观察、认证与选择》（北京大学出版社，2009）以斌椿、志刚、郭嵩焘、刘锡鸿、张德彝、薛福成的出使日记为范例，运用文化身份、文学形象学、传记研究的观点，力图对晚清使西日记中的思想和文化价值，做出重新理解和评价。

张研《清代县级政权控制乡村的具体考察——以同治年间广宁知县杜凤治日记为中心》（大象出版社，2011），截取杜凤治同治五年十月至同治七年任广东广宁县知县期间的日记，从剿匪、断案、催征、闹考等事件，剖析处于国家政权最低一级的知县，如何代表国家治理和控制其辖下的基层社会，并采用杜凤治的立场和视角，观察基层社会中官与绅、官与民的复杂关系，其方法和结论都值得注意。

张治《异域与新学——晚清海外旅行写作研究》（北京大学出版社，2014）主要以晚清时期（1840—1911）的海外旅行写作为研究对象，将"游记新学"的成果置于学术传统的地域传承等视野中，从"洋务运动前中国人的海外旅行与相关诗文""海外记游中的文人雅趣与市井俗调""学术考察记与人文日知录""星轺笔录中的人格与文章""在汗漫之游中构想文明新境"五个方面历史地展现其特点，并相应关注中西文化交汇背景下的晚清士人社会。

康欣平《〈有泰驻藏日记〉研究——驻藏大臣有泰的思想、行为与心态》（民族出版社，2015），从日常生活、政事、交往、阅读与诗文爱好以及"张荫棠参劾有泰案"等方面，对有泰做了具体研究，为理解有泰其人及1902—1907年间西藏政治演变提供了一个独特的视角。

苏明《域外行旅与文学想象：以近现代域外游记文学为考察中心》（中国社会科学出版社，2016）认为域外游记写作繁荣，但其研究相对滞后，还没有形成一套为大家所接受的基本范式。研究者或以历史脉络系统建构，或把域外游记作为文献资料或作家散文创作的一部分来看待，对于域外游记还缺乏深层的介入研究。该书以近现代域外游记为考察中心，选取域外行旅体验作为研究视角，考察域外行旅体验与中国近现代文学的转型与发生以及中国现代化进程的密切关联，探讨域外行旅体验如何影响了中国近现代文学风貌的变化、核心命题的生成、社会集体想象等重要文学、文化现象。

桑兵《走进共和：日记所见政权更替时期亲历者的心路历程（1911—1912）》（北京师范大学出版社，2016）以辛亥年间不同阶层、不同职业、不同年龄者的数十种日记为基础，探讨此期亲历者的心态及其对政体、国体及社会性质诸剧变的观察，这种"以日记为凭借叙事"在方法论上具有启发性，该书的绪言对日记的价值也做了具有理论高度的总结。

张剑《华裳之蚤——晚清高官的日常烦恼》（中华书局，2020）主要描写了晚清高官们的日常烦恼，包括自然气候、社会环境、人际关系、柴米油盐、生理疾病乃至心灵归宿等，展现了何汝霖、季芝昌、曾国藩、鹿传霖、绍英等晚清名臣的另一面，可与正史中的风云变幻对读。

杨汤琛《晚清域外游记的现代性考察》（中国社会科学出版社，2020）以晚清域外游记为追溯文学演变理路之线索，对中国文学之"现代性"的发生加以分析考辨，力图展现转折时代近代文学迷惑不安却充满力量的变化场景。作者认为，晚清域外游记是在内外交困之下的跨界之旅，不仅是地理空间的转换，更是文化的越界、精神结

构的一次大调整，其语言、体式也由此发生了相应变化。固有的语言
与古文体制已无法承载纷繁复杂的域外经验与裂变的情感世界，另
外近代印刷业发展所带来的文本制作与传播方式的更新，也为文体
变革提供了物质条件。晚清域外游记这一富于包孕性的"过渡"文
本，有效地呈现了古文向现代散文转化之间瞻前顾后的复杂流变。

另外，孔祥吉《清人日记研究》（广东人民出版社，2008）和田正平
《世态与心态——晚清、民国士人日记阅读札记》（上海教育出版社，
2017）都是将发表的论文汇集而成的论文集，兹不赘述。

5. 数据库方面

数字化技术的飞速发展，使数据库成为现代化文献整理的重要
方式之一，不仅节省了整理成本，而且能够更快捷和方便地为科研服
务。与本文所指直接相关的数据库有两个：一是尹小林开发的《近现
代日记全文检索数据库》，汇集近代著名日记二十余种，可以检索和
限定字数的复制；二是刘俊文总策划、总编纂、总监制，北京爱如生数
字化技术研究中心开发制作的《中国谱牒库》，系专门收录历代谱牒
类典籍的全文检索版大型古籍数据库，分为家谱编、年谱编、仕谱编、
日谱编，日谱含日记、日录、日谱、日札等，其中收录近代日记二百多
种，可以左图右文逐页对照，同时配备检索系统和功能平台，方便全
文检索和提取信息，展示了计量化研究的广阔前景。

二、存在的问题及未来发展方向

1. 存在的问题

通过中国近代日记文献的学术综述，我们了解了目前的研究状
况，并可对之做以下分析和总结：

其一，对单个品种的日记文献介绍性成果相对较多，但缺少总体
上的统计和规范性的介绍，中国近代日记文献叙录的课题亟待提上
议事日程。近代日记文献存在数量巨大，但由于是近代，各种古籍书
目或未收录，或失之简，且有不少品种藏于并未对外开放的博物馆，

有的还收藏于私人手中,如何尽可能全面地搜罗察访,并阅读消化,写出符合要求的叙录,尽量全面地以叙录方式反映中国近代日记文献的整体面貌,将是一个巨大而繁重的挑战。

其二,近代日记文献的整理成果相对丰富,但迄今为止,仅有200多人的日记得到了全面的点校整理,且有不少选题重复的现象,整理对象的范围亟待拓展。据不完全统计,有日记留存于世的近代人物不下1100人,特别是大量行草书写的日记稿本,即使是被影印出版,如不经整理,也难以被学界有效利用。近代日记文献的整理工作亟待进一步展开。但根据什么样的原则选取代表性的近代日记,又根据什么样的原则去整理,是一个需要认真思考的问题。

其三,近些年来,关于近代日记的研究虽然在视角有较丰富的变化,特别是在环境气候、地域文化、易代之际的政治与科举、藏书阅读方面取得的成果相对较多,但是这种变化总体上还不明显,往往在一个新的方向上有五六篇论文即可算是"成果相对较多",有的新方向只有一两篇论文,大部分研究成果仍是陈陈成因;或是将日记做为单纯的、零碎的史料来引证,所使用的方法模式化严重,往往是"某某日记的史料价值""某某日记中的戏曲资料钩沉""某某日记中的书画资料"等,沦于平面的介绍,缺乏新鲜的视角和深入的挖掘。高质量和具有创造性的研究,还亟待有意识地开发和引领。

其四,现有的两种数据库,《近现代日记全文检索数据库》收录的多是已有标点整理本的日记,《中国谱牒库》多收刻本和少量书写工整的稿钞本日记,但大部分近代日记属于书写潦草的稿本;由于个人书写习惯和行草字体的变化多端,数据库不能对其有效识别,因此稿本日记文献的整理和数据库建设亟待加强。

2. 未来发展方向或突破空间

面对问题与困难,可以尝试针对性地提出解决方案,以期获得发展、突破和进一步探讨的空间。

其一,全面清理中国近代日记文献遗产,写出一部具有学术导航和学术深度的"中国近代日记文献叙录"。具体途径为全面清理中国近代日记的传世文献,充分利用各类相关书目如《中国丛书综录》《中国古籍书目》《清人别集总目》《清人诗文集总目提要》等,充分利用国内外图书馆、博物馆电子目录或纸质目录,分类别、分地域对相关文献进行搜捡,不仅国家级和省部级的图书馆要重视,而且还要下沉到县市级的小型图书馆;同时要广交业界朋友,博求多闻,力争在调查这个环节毫发无遗憾。在此基础上,以人物为核心,将分藏不同馆地的同一人物日记归纳汇总,按照叙录体例进行撰写,最终成为一部集大成的"中国近代日记叙录"。叙录包括揭示日记作者生平、特点,日记的基本内容、价值,以及该日记的版本、流传情况,意在从目录学角度对近代日记的家底做一清理。由于同一人物往往有不同型态或不同时期的日记,为了简明直观,叙录时先以"人物"为条目总述其生平、特点,再分述其不同型态或不同时期的日记,示例如下:

季芝昌日记

季芝昌(1791—1861),原名震,字云书,号仙九,别署丹魁堂主,江苏江阴人。道光十二年进士,授编修。十三年,督山东学政。十九年,晋詹事,典江西乡试。二十年,督浙江学政。母忧归,服阕,擢内阁学士。二十三年,授礼部侍郎,督安徽学政。二十七年,充会试知贡举,署户部左侍郎,兼管三库事务。二十八年,调补户部仓场侍郎,命偕定郡王载铨筹办长芦盐务,清查天津仓库。二十九年,偕大学士耆英赴浙江阅兵,并清查仓库,筹办盐务,授山西巡抚,未一月,召署吏部侍郎,命在军机大臣上行走。寻授户部侍郎。三十年,擢左都御史。咸丰元年,出为闽浙总督。二年,兼署福州将军,寻以疾乞休。久之,卒于家。

季芝昌日记,稿本,六册,南京图书馆藏。前五册均为红格稿本,每半页八行,第六册为蓝格稿本,每半页九行。

前五册系季氏道光二十九年四月至咸丰十年十一月日记。

　　第一册封面题"己酉浙楂日记、晋程日记",下钤"静含居士"朱文印,印下又题"归田日记"。正文约 77 页,首页钤"南京图书馆藏"朱文印,所记时间为自道光二十九年己酉四月十六日至九月十三日(道光二十九年七月二十四日后钤"席月心樵"朱文印,九月十三日后钤"不失鹄斋"朱文印)。内容为前往浙江查阅营伍,并清查仓库,酌办盐务,顺道查询东南两河节浮费、裁冗员并体察浙江两省漕粮改折情形事宜,以及赴任山西巡抚,寻受命还京行程。是册后又录咸丰二年壬子十二月初七至咸丰三年癸丑六月三十日记,末页钤"海虞沈传甲经眼"朱文印,此当归入第三册"归田日记"之前。

　　第二册,封面题"辛亥闽程日记",钤"延年益寿"朱文印、"静含居士"朱文印、"美意延年"白文印。正文约 92 页,所记时间为咸丰元年辛亥六月十六日至十二月三十日、咸丰二年壬子十二月初七至三十日,首页钤"南京图书馆藏"朱文印、"海虞沈传甲经眼"朱文印,末页镌"海隅侨客"朱文印、"海虞沈传甲经眼"朱文印。内容为赴任闽浙总督行程及任上事。

　　第三册,封面题"归田日记",下镌"海隅侨客"朱文印、"主恩未报耻归田"朱文印,旁书"癸丑七月至乙卯八月"。正文约 89页,首页钤"南京图书馆藏"朱文印、"海虞沈传甲经眼"朱文印。所记时间为咸丰三年癸丑七月一日至咸丰五年乙卯八月三十日。

　　第四册,封面题"养余日记",下钤"养余逸叟"白文印,旁书"乙卯九月至戊午八月"。正文约 92 页,首页钤"南京图书馆藏"朱文印。所记时间为咸丰五年乙卯九月一日至咸丰八年戊午八月三十日。

　　第五册,封面无字,观其内容当为"养余日记"之接续。正文约70 页,首页钤"南京图书馆藏"朱文印、"海虞沈传甲经眼"朱文印。所记时间为咸丰八年九月初一日至咸丰十年十一月二十九日。

第三册至第五册内容均为季氏回常熟养病,晚年乡居诸事,尤详于日常应酬、诗酒唱和,可与其诗文集对读。如咸丰四年五月数则日记:

初三日,晴。子方来。忽患手战,戏作五古一首。

初六日,晴。吴冠英来。晓枕酬伯田端午一首。子方属题《庞德公隐居图》,得五古一首。

初七日,晴。骤热。酉刻阵雨颇甚。艾竹,得诗一首。

初八日,午前雨,午后晴。昆圃送杜鹃花,得七绝三首。

十二日,云阴时多,虽未成雨,已有凉气。偶成七绝二首。

十三日,五更有疏雨,竹醉日种竹,得七绝四首。

检其《丹魁堂诗集》,则可对应为《手颤戏作》《端午酬伯田》《庞公隐居图为子方同年作》《艾竹》《庞昆圃送杜鹃花》《偶成》《竹醉日种竹》,颇便知人论文,为其作品系年。

第六册封面无字,正文约16页。首页首行题"感遇录",下镌"南京图书馆藏"朱文印。内容为季氏历述其所受皇恩之记载。本册后粘有夹页,系季芝昌手书遗折草稿,又有一纸,钤印数方,为季氏曾用之印,分别为"观生物气象"朱文、"因树巢"白文、"怡云"朱文、"绮里"朱文、"静含居士"朱文、"仙翁"白文、"樗甘老人"朱文、"金粟山房"白文、"季氏仙九"朱文。"感遇录"曾有印本,但内容较稿本为少。如印本此段文字:"壬辰殿试,进呈十卷,余列第二。成庙既拆首卷,以次卷墨色过薄,拔第七卷墨浓者置第二,而余为第三。既引见,侍郎李劳龄师退而色喜曰:'鼎甲尽出余手矣。'盖御史分卷时,三人皆在李所也。"稿本此后尚多一段文字:

是科读卷者枢相曹太傅为首,衡量公虚如此。及丁未殿试,余以少宰与读卷,相国窦文庄必欲一甲尽出其手,原拟第三卷字体多讹,同列皆拟黏贴黄签,文庄怫然不悦。进

呈时成庙定首、次卷,指第三卷中误字示诸臣,乃拔七卷庞
钟璐第三,而置原拟者为第十,同列无不快之。

两相对照,信有收获。遗憾的是,季芝昌军机日记和在闽浙
总督任上的大部分日记被人窃去。然即其所留日记而言,亦有
助于晚清政治史、经济史、社会史、生活史、文学史之研究,值得
重视。

其二,精心选择一批学术价值高、流传稀少以及数据库难以识别
的稿钞本日记,做有难度和深度的整理。即不仅在版本收集和辨识
标点文字上要花费较大工夫,而且要撰写有学术深度的导言和附录
相关年谱及研究资料,并且尽可能做出人名索引,提升整理的学术附
加值和含金量。其整理原则可以概括为"二全""三度"。

所谓"二全",指搜罗版本要全面,整理日记要全息。以前的近代
日记文献整理,存在着版本缺失和选择性整理的问题。同一人物的
日记,其版本类型可能各不相同,少数情况下,是在同一时间段有不
同的版本,但多数情况下,却是不同时间段造成的版本差异,少搜罗
一种版本,往往意味着对日记某一时间段的缺失,因此本文虽强调以
稿钞本整理为主,但同时也提倡将其他型态的日记附入,争取同一人
物日记在时间段上的最大完整性。

对于搜罗来的版本,应该强调全息式整理,即将日记中所有的文
字或版面信息,尽量忠实地整理出来,如天头地角的文字,能够辨析
出的涂抹之处、他人的批注等,以往的整理往往避难就易,对搜罗到
的日记做摘编或部分整理,但研究者的需求千差万别,彼所弃者,焉
知非我之所欲取。选择性的整理,可能会带来误导和新的遮蔽。

所谓"三度",指创新度、难易度和重要度。创新度主要指整理对
象是否首次整理;或虽非首次整理,但整理者的成果在前人工作基础
上有重要创新等。如此可以有效地避免重复劳动和选题撞车,避免
宝贵学术资源的浪费。

难易度主要指整理成果是繁难整理还是简易整理,繁难整理包括底本和校本的文字艰深,内容专门,不易点断;底本和校本的字迹潦草,涂抹较多,不易辨识;点校之外又有较富学术含量的笺注、校证、疏证、集解、附录(如年谱、索引、研究数据等)等。本文提倡的稿钞本日记整理,在文字的辨识度上有较大难度,本文还强调日记整理的附加价值,如附录年谱、人名索引、研究数据等,在难度上较前人有较大程度的丰富和提高。另外,随着人工智能技术的发展,计算机自动扫描、标识符迹工整的印本或钞本,并将之转换为 Word 文档已可实现,甚至自动标点也已研发,"中国谱谍库"已将二百多种刻本或少量书写工整的稿钞本进行数字化处理就是一个值得学者重视的例子。那么如果你选择的是一种字迹工整的刻本文献,你所做的工作岂非很快可以被计算机所取代? 而且计算机所费时间更少,成本也更低。因此,笔者和徐雁平、彭国忠主编"中国近现代稀见史料丛刊"时,就非常提倡整理那些字迹辨识不易的稿本文献,以提升这套丛书的学术价值。稿本文献的整理虽然难度大、成本高,但生命力相对长久,不易为数字化技术所取代。

重要度指日记内容包含的学术价值的重要程度。近代日记文献存量颇夥,有些日记虽然从未有人触及,字迹也很潦草,但无甚内容和太多的研究价值,这样的日记在重要程度上自然不如那些内容丰富、可挖掘点较多的日记。因此在选择整理对象时,还应优先考虑作者和日记内容的价值,最好能有一定的代表性。

其三,中国近代日记研究,固然在政治、经济、科举、气候、地域、藏书、疾病、灾难、游记等方面取得了一定成绩,但总体上还显得薄弱,还有着极大的可以深入和丰富的空间。如中国近代日记对特殊时段或重大事件的记忆的书写,可以从总体上关注其与正史记载有何异同;中国近代日记不仅数量远超他代,而且日记作者中出现了不少八旗子弟和基层文人,这一现象亦值得关注;晚清巨变冲开了闭关锁国的格局,大批人物或出使、或留学、或出洋考察,此类日记数量陡增，亦值得重点研究；对一些记载时段较长、内容包罗丰富的日记，如《翁心存日记》《翁同龢日记》《越缦堂日记》《缘督庐日记》《湘绮楼日记》《赵烈文日记》等，可以做专书式的重点分析；另外对于非著名人物日记的挖掘，对于同一事件在不同日记中的对读，日记中的人物与社会之间的关系，日记作者自我形象的建构，日记的产生与流传过程，日记与科举，日记与民俗，日记与身体、情感、心态之间的关系等，尤其是关于近代日记理论方面的研究更需加强。总之，既可就某一部日记的具体价值展开多角度的论述，又可对多部日记进行综合或专题研究，力求全方位反映出中国近代日记的深度和广度。

其四，现有的两种数据库关于近代日记的内容较少，功能也较为简单，因此，进一步开发具有高级分析功能的中国近代日记文献数据库非常必要，它除了实现基本的系统检索功能外，还要采用数据挖掘技术，在多维知识空间中分析责任者、时间、地点、责任行为、人物关系等相关性，进一步揭示出数据背后隐藏的知识，更好地服务于科研。这种多功能的近代日记文献数据库的建设，使孤立的、平面的、零散的不同信息种类之间，转换成具有完整性、动态性、立体性的网络空间，更加方便研究者从中揭示某种价值或规律，也更有利于激发研究者的学术智慧，这也是因时而变的一种有价值的创新。

总之，要以中国近代日记文献为核心，以"叙录"描绘其形貌，以"整理"锻造其骨肉，以"研究"凝聚其神魂，以"数据库"开发其潜能，遵循由实践到理论，由文献整理到文献、文学、历史、文化研究的内在思路，既注重文献整理与理论阐释的融合，希望多角度、多方位地探讨揭示近代日记文献的丰富价值和文化意义；又注意古今的贯通，借助对历史文献的整理与阅读，获得心灵的启迪和共鸣，勾连、启动古今之间的内在联系，完成传统学术话语体系与当代学术话语体系对接，使古籍整理与研究具有现代性和当代价值，从而实现对中国近代日记文献的全方位攻关。

三、价值与意义

中国近代日记文献叙录、整理与研究是一项规模巨大、费时耗力的系统性学术工程,具有多方面的价值和意义。

1. 学术价值

其一,文献叙录具有填补学术空白的价值。中国近代日记存世的数量超过了此前存世日记数量的总和,并且时段特殊、种类丰富,可谓日记文献的代表性阶段。对之做规范而富有学术深度的全面叙录,在学术史上是第一次,可以有效地梳理近代日记文献的发展脉络,促进近代日记的研究。

其二,叙录、整理与研究,具有奠定"日记学"学科基础的价值。对于建立"日记学"学科,早在 1990 年,乐秀良、程韶荣已在《建立中国日记学的初步构想》(《文教资料》1990 年第 5 期)一文中提出,但至今进展不大,关键原因之一在于缺乏对通代或断代日记的系统整理与研究,不清楚本学科的家底,研究或集中于已经整理出版的名家日记,或带有某种偶然性,缺少全面性、规划性和前瞻性。如果能够通过对近代日记全面的叙录、相对集中的整理、相对系统的研究,就能更好地认识和把握日记文献的特征,使中国近代日记文献整理与研究建立在更加科学、合理、有序的基础上,为"日记学"这一学科的建立奠定基础。

其三,具有多学科的综合研究价值。近代日记内容广泛,不仅具有文体学研究的价值,而且可以从文学史、政治史、经济史、社会史、军事史、文化史、生活史、书籍史、气象史、人物史、身体史、思想史、心态史等不同角度对之分析挖掘,具有多层次的综合研究价值。

其四,可以倡导一种立足文献、论从史出、严谨求实的学术理念。近代日记是中国古代学术的重要组成部分,但其多为稿本、书法难识,研究难度相对较大,因此造成现有研究中,畏难就易,占有材料不足,大量重要的、复杂的历史细节被遮蔽,从而使所谓的理论研究脱离了具体的历史情境,呈现出一种研究的片面化、浅薄化。本文倡导的叙录、整理与研究,实际是宣扬一种立足文献、求真务实的研究理路,将学术创新精神、人文理性精神建立在充分和可靠的文献史料基础上。

2. 应用价值

其一,文献应用价值。日记文献号称百科全书,内容也包罗万象。特别是近代日记,由于此一阶段的特殊性,政局动荡起伏、社会矛盾激烈,人们思想活跃,心态情感复杂,其留存的日记有数量多、时段长、规模大的特点。人们不仅可以从中窥探一个人的生平轨迹及思想流变,还可以对时代有一较连续完整的认识,而且各行业都可以从中各取所需。如日记中每日所载天气状况,对天文气象学研究极有帮助;日记中所记载各地、各时期物价、银钱比价,是经济史研究的重要史料;日记中所载作者本人或他人的诗文,在文献上具有辑佚和校勘之价值;日记中所载谈艺论文的言论,可视为文学批评史的重要材料;日记中所载个人所见之史实,可作为补订正史的重要依据,等等。总之,近代日记文献具有极高的应用价值。

其二,数据库应用价值。本文不仅提倡数据库建设,而且强调不能满足于简单的电子文献检索和复制,而是想要将数据挖掘技术与GIS技术结合起来,提取"时间""地点""人物""事件""综合"等特征,建成数据库,既可单独选择,也可以任意搭配使用,最终实现多功能的"中国近代日记文献数据库"服务平台,并允许用户建立自己的账号,自行添加、删除、修改、校正数据,形成自己的检索、查询与分析模式。这种数据库既可以为同类产品的研发提供探索性经验,也具有广阔的使用前景和应用价值。

3. 社会意义

其一,具有传承优秀文化、树立文化自信的当代意义。历史的主体是人,近代历史是中国历史承前启后的特殊阶段,也是建构现代中国合法性、振兴伟大中华文明的重要一环。在这个历史进程中,诸多英才杰士不仅投身于社会变革的洪流中，而且在日记中留下了具体的思考与经验、蜕变与升华，促使后人激浊扬清，景行前贤，坚定中华文化主体性的信心。同时，日记是一种较为亲切、个性化的文献，通过标点整理，可让更多的读者阅读，了解吾国吾民，增加对过往历史的"温情与敬意"，强化对历史发展连续性的体认以及文化认同。

其二，实现古籍文本的当代性转换，有效服务于当下学术发展与文化建设。近代日记文献承载了当时丰富的历史文化信息，通过高质量的整理与研究，不仅有利于日记文献的阅读和传播，而且通过读者的阅读和传播，可以有效参与历史文化建设，使其进入当代文化视野，进而被整合为中华民族优秀传统文化的有机组成部分，滋养当下的社会生活，提高全民素养和民族向心力。

其三，以史为鉴，为决策者提供具体的历史经验和智慧。历史尤其是近代史，是坚信我们当代中国道路合法性的基础。习近平总书记就指出："了解中国近代以来的历史对理解中国人民今天的理想和前进道路很重要。独特的历史命运、独特的文化传统、独特的国情，决定了中国必然要走适合自己的发展道路。"近代日记文献中包含着丰富的有价值的细节，对于我们真实、全面理解近代以来中国人民为实现民族复兴走过的历史进程至关重要。

2018 年，笔者申报的国家社会科学基金重大项目"中国近代日记文献叙录、整理与研究"获得立项，借此机会，笔者将对此项目的一些思考公布出来，以求教于方家，更好地促进中国近代日记文献的整理与研究。

（原文载《国学学刊》2018 年第 4 期，收入本书时又增补了 2019、2020 两年的整理及研究状况，文字亦做了相应修改）

翁心存日记及其历史文化价值

一

翁心存(1791—1862),字二铭,号遂庵,江苏常熟人。道光二年(1822)进士,由翰林院庶吉士历官编修,右中允,翰林院侍讲,左右庶子,国子监祭酒,奉天府府丞兼学政,大理寺少卿,内阁学士,工部、户部侍郎,工部尚书兼署左都御史、刑部尚书兼管顺天府尹,兵部尚书,吏部尚书,以户部尚书协办大学士,体仁阁大学士;历充上书房行走,日讲起居注官,经筵讲官,教习庶吉士,实录馆、国史馆、武英殿总裁,上书房总师傅,广东、江西学政,福建、四川、浙江、顺天乡试考官等,咸丰九年(1859)因病奏请开缺,咸丰十一年起复,以大学士衔管理工部事务,充弘德殿行走(同治帝师)。谥文端。

翁心存日记手稿名"知止斋日记",现存二十七册,记事起于道光五年,止于同治元年(1862),间有缺损,均珍藏于国家图书馆善本室,它们中的二十五册是张元济所捐,另外两册则是翁心存玄孙翁之熹捐赠。手稿第一册夹有张元济致王重民的信函和捐赠清单,信封书:"外翁文端手书日记二十五册,敬求振铎先生带至北京,饬送北京图书馆王重民先生收启,张元济拜托。"封内有涵芬楼特制桔红色信笺二纸,云:

> 重民先生大鉴:敬启者,元济前在上海旧书店收得常熟前清翁文端讳心存手书日记二十五册,纪载晚清国事甚繁,有裨史乘。元济前受知于翁文恭公,原拟归于翁氏,曾函请翁克斋君

（名之熹，其子嗣于文恭师），请其莅沪之便，来寓领取。十有余载，迄未见临。近闻翁氏家藏遗书均已捐送贵馆，长为国有，可以永久保存，用意甚善。今拟援例将文端公日记呈送贵馆，特乘郑振铎兄还京之便，托其带上，另附卷册清单，伏乞检收，倘蒙记明元济系代翁氏捐入，尤深感幸。再原书间有短缺，中有若干册并被虫鼠伤损，购入时即已如此，合并声明。专此上陈，顺颂台祉。张元济谨上。一九五一年五月二十一日。①

张元济是翁同龢任光绪十八年（1892）会试主考官时所取的得意门生，后来又成为著名的出版家，《知止斋日记》落到他手中，算得上一种缘分，也算得上一种幸运。张元济得到这批手稿的时间，据其子张树年回忆是在 1937 年 11 月至 1942 年 12 月的上海孤岛时期：

　　在孤岛时期，父亲购得常熟翁氏流散出来的翁心存（翁同龢之父）日记稿本 25 册。翁为清代道光、咸丰两朝重臣，其日记史料价值甚高。原拟由商务印书馆排印出版，因时局不靖，未能实现。1951 年 5 月，父亲托郑振铎先生带京，作为代翁氏后人捐与北京图书馆。②

张元济准备"排印出版"的应该是《知止斋日记》的摘抄本，因为在北京大学图书馆，就藏着这个抄本《翁文端日记》，凡八册，书前有序云：

　　民国肇兴十有五载，岁在乙丑。余乞得翁文恭师手书日记，

---

　　①　《张元济全集》第一卷（商务印书馆 2007 年版）第 267 页收有此信，但文字有所不同，《全集》中所收当为书信底稿。
　　②　张树年《我的父亲张元济》，东方出版中心 1997 年版，第 210 页。

为之景印行世。时逾五载，倭寇为虐，虞山被扰，翁氏文物散失殆尽。余于上海书肆收得翁文端公日记二十五册，起道光五年，迄同治元年，间有残缺。此四十余年中，实为清祚衰落之际。外患如英人鸦片之战，攻占广州、舟山，焚毁圆明园，逼成城下之盟，陷我为半殖民地；内忧如洪、杨之乱，淮捻、滇回之乱，先后迭起，蔓延十余省。维时军政之废弛、吏治之颓靡、财政之支绌、人心之恇怯，几于无可措手。清廷虽仅免覆亡，而祸根实已遍于朝野矣。宣宗偏信满员奕山、奕经、耆英、琦善等，昏庸误国，迄未省悟。厥后端华、肃顺同值枢府，默察西后蓄意揽权，思患预防，力谋阻抑，机事不密，卒被歼除，遂成牝朝乱政之局，皆可于此窥见概略。原书记载繁琐，因摘其有关史事者以著于篇。海盐张元济。①

张元济捐出这批日记手稿之前，翁之熹已经将翁氏所藏部分善本书籍捐赠给北京图书馆，其中有两册《知止斋日记》，一册载有道光九年元旦至二月十一日、道光十二年十二月十三日至除夕、道光十三年元旦至二月十三日、道光十四年十一月十日至除夕日记；另一册载咸丰八年全年日记，恰与张元济所捐《知止斋日记》互补。王重民遂复信告知张元济：

> 菊生先生老前辈道鉴：郑振铎局长来，颁到惠书，并蒙捐赠我馆《翁文端公日记》二十五册。隆情高谊，感佩无已。除遵示记明系代翁氏捐入，谨将此书与去年翁之熹先生所捐翁文端遗集、年谱等手稿同贮一室，以供众览。又翁之熹捐书中有《文端公日记》残本两册，适可为延津之合。解放后两年以来，我馆接

---

① 该序及凡例亦收入张人凤编《张元济古籍书目序跋汇编》之《手稿本〈翁文端公日记〉跋》（商务印书馆 2003 年版，第 1092—1094 页），字句有所差异。

受捐赠之盛,迈绝古今,想此事最为先生所乐闻者。中枢年有协商大会,大驾再北来时,敬当再请来馆鉴定也。特函致谢,恭请著安。后学王重民顿首。六月二十日。①

张元济看到此信后,十分高兴,曾向北京图书馆函索借阅,并写了借条:

乙丑道光九年广东学政任满回京,到南昌,遵陆北上日记。后附道光十二年壬辰西江轺记,道光十四年甲午洪州归程记。一九五一年八月借阅。张元济记。②

王重民六月二十日之信,张元济六月二十九日即复,而且八月即借到翁之熹所捐两册《文端公日记》中的一册,足征心情之急切。张元济之后,虽然研究者都知翁心存手稿日记史料价值极高,但因字迹潦草难辨,兼之深藏兰台,能够知其面貌进而利用者极少,不能不说是一种遗憾。

二

现存二十七册《知止斋日记》版式及每册起止时间③,依次简介如下:

第一册,朱丝栏,四周双边,白口,上单鱼尾,版心下方镌"青云

---

①　此信信端有张元济批注:"51/6/29 复。"《张元济全集》第一卷第 268—269 页收有此信。

②　借条夹于国家图书馆所藏《知止斋日记》手稿第一册中。

③　《知止斋日记》中另夹附《清翁文端公讳心存手书日记清单》,以"海盐涉园张氏文房信笺"抄录,后有张元济跋:"右共二十五册,元济在上海书肆收得,谨代翁氏捐送于北京图书馆。张元济抄呈。一九五一年五月二十四日。"

斋",半页九行,行二十四字左右。封面无题。时间为道光五年五月十六日至八月十二日(题"使闽日记",载由京城赴福建典乡试途中见闻及入闱过程等);道光五年九月廿四日至十一月一日(题"入粤纪程",载从福建赴任广东学政路途见闻等)。按:本册部分文字有虫蛀。

第二册,朱丝栏,有字格,四周双边,白口,上单鱼尾,版心下方镌"四宝斋",尺寸较第一册稍长大。半页九行,行二十五字左右。封面题"知止斋日记"。时间为道光九年元旦至二月十一日(载由广东学政任满返京途中见闻等);道光十二年十二月十三日至道光十三年二月十三日(题"西江辒记",载由京赴江西学政任及抵任后按试南康途中见闻等);道光十四年十一月十日至十二月三十日除夕(题"洪州归程记",载从江西学政任返京赴国子监祭酒任等)。

第三册,版式同第一册。封面题"知止斋日记,乙未,闰六月止"。时间为道光十五年元旦至闰六月十二日(载国子监祭酒任上事及得典试浙江之命等)。

第四册,版式同第一册。封面题"使浙日记,乙未"。时间为道光十五年闰六月十二日至十一月十九日(题"使浙日记",载由京赴浙江乡试主考途中见闻、闱试过程、返程中便道省亲、回京复命等)。

第五册,版式同第一册。封面无题。时间为道光十五年十一月十九日至道光十六年正月七日(题"沈阳日记",载由京赴奉天府丞兼学政任途中及初莅任见闻等);道光十六年十一月十五日至道光十七年正月十三日(题"入关日记",载由奉天回京莅任大理寺少卿,并入直上书房,授六阿哥读等)。

第六册,版式同第一册。封面无题,正文首行题"知止斋日记"。时间为道光十七年正月十四日至六月廿九日(载大理寺少卿、上书房行走任上见闻等)。

第七册,版式同第一册。封面无题,正文首行题"知止斋日记"。时间为道光十七年七月一日至十二月三十日除夕(载大理寺少卿、上书房行走任上见闻等)。

　　第八册，版式同第一册。封面无题，正文首行题"知止斋日记"。时间为道光十八年元旦至六月五日（载大理寺少卿、上书房行走任上事及告养归程见闻等）。

　　第九册，版式同第一册。封面题"知止斋日记，庚子"，正文首行题"遂庵日记"。时间为道光二十年元旦至十二月三十日除夕（载奉亲家居、捐金赈灾、奉亲往苏州就医并避债度岁等）。

　　第十册，版式同第一册。封面题"知止斋日记，辛丑、附壬寅两月"。时间为道光二十一年元旦至道光二十二年二月三十日（载奉亲家居、间赴苏州以及对时局的观感等）。

　　第十一册，版式同第一册。封面题"壬寅日记"。时间为道光二十二年三月一日至十二月二十九日除夕（载奉亲避外患于南乡及九月警息返家、对时局的观感等）。

　　第十二册，毛装，无栏格，半页十行，行三十六字左右。封面无题。时间为道光二十五年七月十一日至七月十六日（此几日日记系夹页）；道光二十五年八月十五日至道光二十六年闰五月廿九日（载家居服丧，主讲游文书院及对漕务之观感等）。

　　第十三册，版式同第一册。封面题"知止斋日记，戊申"。时间为道光二十八年元旦至道光二十九年元月三十日（载主讲游文、紫阳书院，葬亲过程及准备起复等）。

　　第十四册，版式同第一册。封面无题。时间为道光二十九年二月一日至十二月三十日除夕（题"出山日记"，载任国子监祭酒，内阁学士，工部左侍郎兼管钱法堂事务，入直上书房，授八阿哥读等）。

　　第十五册，朱丝栏，四周双边，白口，上单鱼尾，版心下方镌"松竹斋"，半页九行，行二十四字左右，尺寸较第一册略小。封面无题。时间为道光三十年元旦至十二月三十日除夕（载偕诸王大臣恭理丧仪，充实录馆副总裁，调户部右侍郎兼钱法堂事务等）。

　　第十六册，版式同第十五册。封面无题，正文首行题"亦种竹轩日记"。时间为咸丰元年元旦至二月三日（载实录馆副总裁任上事等）。

第十七册,版式同第十五册。封面无题。时间为咸丰二年元旦至十二月三十日除夕(载纂《实录》稿本及实录馆总裁、左都御史、武会试正考官任上事等)。

第十八册,版式同第十五册。封面无题,正文首行题"知止斋日记"。时间为咸丰三年元旦至九月四日(载实录馆总裁、户部右侍郎、刑部尚书、工部尚书兼管顺天府尹任上事等)。

第十九册,朱丝栏,有字格,四周双边,白口,上单鱼尾,版心下方镌"松竹斋",半页九行,行二十五字左右,尺寸较第十五册稍长大。封面题"知止斋日记,乙卯"。时间为咸丰五年元旦至十二月二十九日除夕(载管理户部三库事务、署翰林院掌院学士、查勘慕东陵工程任上事等)。

第二十册,版式同第十九册。封面题"知止斋日记,丙辰"。时间为咸丰六年元旦至十二月三十日除夕(载国史馆总裁、督工慕东陵、署翰林院掌院学士、吏部尚书、协办大学士任上事等)。

第二十一册,版式同第十九册。封面题"知止斋日记,丁巳"。时间为咸丰七年元旦至十二月三十日除夕(载吏部尚书、协办大学士任上事等)。

第二十二册,版式同第十九册。封面题"戊午,知止斋日记"。时间为咸丰八年元旦至十二月三十日除夕(载上书房总师傅、大学士管理户部事务、体仁阁大学士任上事等)。

第二十三册,版式同第十九册。封面题"己未,知止斋日记"。时间为咸丰九年元旦至十二月三十日除夕(载体仁阁大学士任上及开缺后见闻等)。

第二十四册,版式同第十九册。封面题"庚申,知止斋日记"。时间为咸丰十年元旦至十二月三十日除夕(载英法联军入侵北京及其他见闻等)。按:此册中夹有翁同爵日记残篇。

第二十五册,版式同第十九册。封面题"辛酉,知止斋日记"。时间为咸丰十一年元旦至十二月三十日除夕(载开缺后见闻及起复后以大学士衔管理工部事务等）。按：此卷虫蛀较多。

第二十六册，版式同第十九册。封面题"壬戌上，知止斋日记"。时间为同治元年元旦至七月廿九日（载充弘德殿行走、实录馆总裁任上事等）。

第二十七册，版式同第十九册。封面题"壬戌下，知止斋日记"。时间为同治元年八月一日至十一月一日（载充弘德殿行走、实录馆总裁任上见闻等）。

以上第二册和第二十二册即翁之熹所捐，余二十五册系张元济代翁氏捐入。

三

翁心存日记，自然是研究翁心存本人及翁氏家族的第一手资料，据此可以纠正古今人等诸多研究之失，使事实得以更清晰地呈现。如翁心存传记材料多重点描述咸丰九年户部尚书肃顺主张开放鸦片烟禁以增税收，受到翁心存力阻之事，以赞颂传主力绌权贵、守正不阿的品质。据翁心存该年日记，正月十四日肃顺以开禁收税，并章程七条折稿见示，欲户部列衔，"诸公婉言依违其间，予力持不可，议至酉初乃罢"。正月十五日肃顺"固劝列衔，予终持不可"。然正月十六日肃顺"云军机已会衔，再三逼予列名，予念此事亦非我一人所能挽回，姑允之，付之浩叹而已"。可见虽然不情愿，到底还是很快同意了。翁心存尽忠王室，但在合法合情的范围内处事有一定灵活性，并非真正的"强项令"，这也是他数十年能在官场立足不倒的重要原因，知道这一点，其实并不影响他的循吏形象。咸丰八年，任陕甘学政的翁同龢奏请开缺回京调养疾病，有人认为其回京的真正原因是担心肃顺借户部官票兑换案和五宇奏销案迫害父亲①，然据翁心存日记，知翁同龢回京确因足疾严重，抵京时间是咸丰九年四月三日申初，此

---

① 参见谢俊美《翁同龢评传》，南京大学出版社 1998 年版，第 40—42 页。

时户部官票兑换案和五宇奏销案还未发生。同治元年正月,翁同书因寿州事件在京被拘,正月二十九日,王大臣、九卿在内阁会议同书罪名,翁同龢本日日记载:"张侍郎亦争数语,余皆默然。"有研究者认为张侍郎系张祥河①。然据翁心存日记,张祥河咸丰九年改工部尚书,咸丰十一年十二月"在告",同治元年正月十四日戌时卒,此处张侍郎自非张祥河,当为时任工部左侍郎的张之万。

虽然翁心存日记在其人其族的研究中具有特别重要的作用,但翁氏历官工、刑、兵、吏、户部尚书,直至入阁拜相,是道、咸两朝的重臣,他的日记,无疑具有更为广阔和丰厚的历史文化价值。不妨截取道光二十年和咸丰十年翁氏日记中几件事例略作分析:

道光二十年,第一次鸦片战争爆发。此时翁心存已从大理寺少卿任上告归乡里,奉亲家居,成为当地最具政治和文化影响力的士绅。虽然侵略者的战火暂时还未燃烧到江苏境内,但江、浙毗邻,惊惧难免。翁氏日记里频繁出现"人心不靖,风鹤讹传"(七月十四日)、"人心惶惑"(七月十五日)、"吴越土风复轻扬浮动,讹传寇警,言人人殊,多过其实"(七月十九日)、"未知确否,民气不靖,可虑也"(七月二十日)、"风鹤时惊,真难臆度也"(七月二十二日)等字句。当惶惑的亲友向他们心目中的"权威"翁心存问讯时,翁氏其实同样惶惑:"清晨客来者络绎不绝,缘讹传日甚,亲友谓予必知确信,群来探问,实则予从何知之耶,亦烦闷甚矣。"(七月二十三日)这种惶惑既缘于对敌情的不了解,又可能缘于对官府的没有信心:"福山营游击叶遣千总钱某来告李侯,云本营兵以六、七两月兵米尚未放,又因借口粮银四百两于县未发,本日委员清君暨刘侯到福山验军装,营兵拦舆,哗诉群殴,民壮遂一哄而散,须亟发银米抚慰之。……丹阳因兵差科派,有土棍抗令,官下之狱,乡民遂劫狱殴官,酿成巨案,可为寒心。"(七月十九日)如此纪律涣散的官兵,如此紧张的官民关系,又怎能指望

---

① 参见谢俊美《翁同书传》,华东师范大学出版社 1998 年版,第 206、284 页。

他们在战争中取得胜利？翁氏日记有助于了解当时的社会状况和人民的精神状态。

道光二十年的常熟，六月间连降大雨，"村民入县报灾者络绎不绝"（六月十一日），官赈不足，还需民赈，翁氏日记有不少篇幅描写这次赈济活动。六月二十八日诸绅士齐聚县学明伦堂，虑善款被官府挪去他用，不肯捐赈，翁心存请知县在捐簿上书写"专为赈济事"五字，始陆续书捐，绅对官，已表现出某种程度的提防和不信任。七月三日，劝赈局开于城隍庙，翁氏斋戒沐浴，率众绅士誓于神前，以示清廉。为了防止地保转发赈票时私自侵吞，翁氏建议城乡各董"亲历各图，逐户细查，面给赈票，其有实在饥户而官册无名者，查明添入，查毕后即将各图饥口开列姓名，后标总数，大书榜示于每图公所墙壁，如此则地保等既无从需索册费，且永杜影射侵冒各弊端"，可惜众人"俱惮其烦，仍令漕书转饬经、地造册"（十一月十七），结果弊端丛生：

> 该图（丰三场四十四都廿图）官发抚恤时本二百余口，为经造、地保所侵吞，实发票仅十六张耳。今又开造大小饥口七百余，其中诡户、重户甚多，而实在饥民则转有遗漏者，甚为可恨。（十一月二十二日）

> 是日两邑始发义赈，各设厂于城隍庙。清晨诣常邑厂监放，范侯亦到，午后竣事回。有地保持票四十余张来领赈者，显系包揽侵吞，县已拘讯矣。而总书陈大章求樵云为缓颊，乃仅将票扣住而释其人，可慨也。（十二月十日）

> 清晨到昭文城隍庙监赈。未刻有东二场四十五都十一图乡民纷纷来诉榜上有名而未发赈票，因逐一询问，得廿二户，而其中十五户已于本日领去矣，显系经造、地保雇人冒领。正拟查究，而经造季芝园者（官名程顺德）闯然挺身入，强辩不休。及传到地保常正方，搜其身，尚匿票廿八张，并未发给贫户。因请张侯来当堂讯诘，季姓仍不伏，张侯怒甚，重惩之，始供吐冒领八十

余户。县拘季姓者，追其赃，谕各贫户且归，俟放赈完日补给，众始欢呼而去。暮归。是日常邑赈厂亦有人冒领八户，送官，官未惩治，蔡、曾诸君遂大愠，遣人来告明日不到局矣，亦殊负气也。（十二月十二日）

翁心存曾感慨地总结："官赈必多设厂于各乡，而民赈则以图赈为最善。不得已而思其次，亦宜遴选公正廉敏之委员、绅董遍查灾区，亲给赈票，方可实惠及民。若造册，但凭里胥经票付之地保，则弊有不可胜言者矣。或谓本图自振，则未免徇情，择人分查，又岂能灼知其实。然滥之弊终胜于冒，盖滥犹不过虚縻金钱，冒则贫民将为沟中之瘠也。此次捐局同人皆各矢清白，陋习为之一更，惟清查户口未得良方，犹为憾事耳。然初次官办抚恤时期限甚迫，勘灾各委员于地方情形本未熟悉，一任胥吏之欺朦，故初报灾图即有不实不尽之处，此则始之不慎，故后此诸事益无可为矣，可胜喟息。"（十一月廿五日）这些记载，为我们研究地方赈灾史和官绅关系提供了难得的细节材料。

咸丰十年，翁心存已奏请开缺体仁阁大学士，在京城养疾，功成名就，本可安享晚年，但这年发生的两件大事使他受到很大的惊吓。一是户部官票兑换案和五宇奏销案，二是第二次鸦片战争期间英法联军入侵北京。

户部官票案源于咸丰三年，户部制造发行了五百文、一千文、一千五百文、二千文四种宝钞，为长号；咸丰五年又陆续添造五千、十千、五十千、一百千四种宝钞，为短号。短号与长号相比，又有视长号为零钞，短号为整钞之别。整钞因便于携带，用来发放外省，为了稳定都城物价，京师只许以长号零钞易短号整钞，而不准以外省短号整钞易换京师长号零钞，然而却有官票所官员违规以短号整钞换出长号零钞，涉嫌从中渔利（市间长号价值高于短号）。咸丰八年岁末，肃顺调任户部尚书，次年八月风闻此事，遂派员访查，结果发现自咸丰七年六月至咸丰九年五月，以短号换长号即有八十余万串。咸丰九年十月，肃顺遂以户部名义上《谨奏为查出官票所司员代换宝钞显有情弊折》，请求将经手兑换的具体官员忠麟、王熙震等听候刑部传讯。咸丰帝命怡亲王载垣会同刑部审讯，忠麟、王熙震为推卸责任，供称曾经当时户部尚书翁心存、侍郎杜翮同意。咸丰帝遂两次诏令翁、杜明白回奏（咸丰十年三月一日、十一日、十三日），翁"回思此两年中并无该司员等回堂议准之事"（三月一日），据实奏明。载垣复奏以虽无确据，然"事涉两歧，碍难悬断，可否请旨饬下翁心存、杜翮再行明白回奏，抑或革去顶戴，听候传讯"[①]，意欲倾陷。咸丰帝谕以忠麟、王熙震不得以"影响之词，意存透过"，着翁、杜两人先行交部议处，无庸再行回奏，亦无庸传讯。吏部议以"翁、杜均照防范不严降一级留任，例上加等，各议以降五级留任"，谕旨改为"俟补官日革职留任"。然而事情并未完结，肃顺、载垣等又以宇谦、宇升、宇丰、宇益、宇泰五所官钱号商人和经办户部官员有添支经费，未经立案，即滥支经费，蒙混报销行为，发起了打击范围更广的五宇奏销案，一大批官员和商民被查抄入狱。据后来许彭寿、林寿图奏称："五宇钞票案内波及数百人，系狱两三载，此案从前载垣等意存罗织，借作威福，遂至锻练周内，连累多人。"（参见《户部官票奏抄》稿本，亦见翁心存日记咸丰十一年十月十一日）然而此案最重处罚亦止革职留任，最终当时的户部堂官翁心存、沈兆霖、基溥、宝鋆皆以革职留任论处，刘昆则降一级留任。这一期间翁心存的生活和心情，绝不像翁同书等所撰《先文端公年谱》中所说："众皆为先君危之，先君读书自若。"而是危若累卵、如履薄冰，当两次递上明白回奏折时，他已有"遥望松楸，不胜凄怆，未知它日能归骨故山否也"（咸丰十年三月十四日）的隐忧，当得知咸丰帝不同意摘其顶戴听候传讯，只是交部议处时，翁心存激动得"伏地叩头，感恩流涕"（三月二十日）。五月二十五日，他精心缮写了五宇

[①]　载垣奏折及下述咸丰帝谕旨及吏部处理意见俱参见翁同龢辑《户部官票奏抄》，国家图书馆藏，稿本。然观该稿本笔迹，似为翁心存所书。

奏销案回奏折,让五儿翁同爵于二十七日递上,次日发现有字句未妥,于是赶紧改削,令六儿翁同龢重新缮写,"并飞谕五儿明早勿递前折"(五月二十五日、二十六日)。也难怪翁心存如此慎重,要知道,就在咸丰八年,大学士柏葰因顺天科场案受到牵连,被肃顺抓住不放,竟于咸丰九年被处斩。当时翁心存的孙儿翁曾翰也在被人告发之列:"传言曾翰卷中改写数十字,舞弊营私,已上达天听,及磨勘,乃并无一字改易者,二王亦反复阅之,亦云人言不确。噫,可畏哉。向非覆勘,则洗涤不清,有冤何处诉乎,人方以我为的,而我尚懵焉不知,幸而免于阱窞耳,亦危矣哉。所谓事后追思,使我心悸者也。"(咸丰八年十月二十六日)深谙政治斗争残酷性的翁心存,神经哪敢有一丝放松。

　　咸丰十年七月十五日,英法联军已在天津北塘登岸,并占据村庄,然而清廷仍秘而不宣,故示镇定,不仅对一般民众隐瞒事实,对于像翁心存这样的高级官僚也不例外。七月底,已做好逃跑准备的咸丰帝为安抚廷臣的交章劝阻,连下两道谕旨,声称"即以巡幸之豫备作亲征之举"(七月二十七日),"朕闻外间浮议,竟有谓朕将巡幸木兰,举行秋狝者,以致人心疑惑,互相播扬,朕为天下人民主,当此时势艰难,岂暇乘时观省。且果有此举,亦必明降谕旨,预行宣示,断未有銮舆所莅,不令天下闻知者,尔中外臣民当可共谅"(七月二十八日)。八月八日晨还装模作样"办事召见如平时",巳正二刻却已悄然启程逃往热河(八月八日),大大愚弄了全国臣民一次。早在七月中旬,翁心存就感叹时局道:"津门夷务自上月十七至今匝月矣,有胜有负,或战或和,肉食者谋之,外人皆不得知。惟见羽檄交驰,使车骆驿而已。以不事张皇为镇定,以豪无准备为机权,朝野恬嬉,若不知寇在门阃者,读'园桃'之诗,不禁拊膺太息也。"(七月十六日)《毛诗序》释《诗经·园有桃》云:"刺时也。大夫忧其君国小而迫,而俭以啬,不能用其民而无德教,日以侵削,故作是诗也。"曾位居宰辅的翁心存此时虽已退闲,但其立场无疑是站在执政者一边的,如果连他都隐晦地借《园有桃》诗表达自己对现实政治的不满,这个政府确已到了非常危险的地步。翁心存本年日记还记载了自己以古稀衰病之身避乱房山的经历和见闻,尤其记载了民众以令人吃惊的漠然看待政府,足以证明清政府是如何的"不能用其民而无德教":

> 讹传天津民勇焚毁夷船,实无是事,民情已与夷相习而安矣,如何如何。(八月九日)
>
> 闻此两日俱未接仗,僧邸之军退至肃王坟,饥疲溃散,瑞相军亦然,麾下仅存数百,皆不能成军,夷人蚁聚余家园,游骑已至朝阳、广渠门外。贾相国诸公延京朝官夜在白衣庵议事,六儿亦往,迄无成说。汪承元慷慨激烈,而老成者或难之,尹耕云募勇竟日,才得十三人。(八月十日)
>
> 自初七日以来总未接仗,而和议亦无成说,夷人尚在余家园,距沙河门十余里,亦有三五成群入附近民舍者,并不骚扰,我军哨探入彼营内,亦任其来去,真儿戏也。守城之具豪无,诸公皆苟安旦夕,每城募勇不及百人,殊不足恃,团防练勇昼夜巡逻,较为认真,可弹压土棍而已。(八月十五日)
>
> 廿九日已正安定门守城官兵已撤退,午刻开门,恒祺持令箭先驱,夷酋即率马步队千余名入城。至门扎住,登城在二层门楼插立黄蓝旗帜,少顷即下。旋有白夷数百名登城,在五根旗杆上悬红长旗一面,红十字白旗一面,城上下皆用夷兵把守,夷酋令步队夹道站班,率马队前进。马上携小炮,甚灵便。百姓观者如堵墙,夷人亦任之,并不拦阻。其领兵官七人,兵三四百名,在国子监分馆驻扎,顺天府供给已备往。申正后安定门闭,夷兵在城外者仍退回地坛内驻扎,坛墙已拆毁,内安炮位,外挖濠沟,京师之民间阎不惊,市肆如故,奇哉,千古未有之事也。(九月一日)

如果合看翁同龢咸丰十年八月十三日日记:"夷兵到处,市人从之者甚多,馎饦数枚易银一饼,而我军饥不能堪,到处抢掠……蒙古兵自初八一败后抢杀甚恣,与十八里店民团接仗,杀人极多。”就会明白,执政者愈是惧怕民众知晓事实真相,愈会讹言繁兴,而没有知情权更无参政权的民众对于执政者也就愈会丧失依赖感和信任感,自然会漠视其存亡,无法为其所用,严重的还会认贼为亲。再进一步,如果执政者视民众如草芥,民众也会视执政者如寇仇,出现官兵与民团不仅不能共同抵御外侮,反而自相残杀的惨痛之事。

以上所论其实已经广泛涉及晚清政治、经济、军事、吏治、人情、民俗等,但仍不足以概括翁心存日记所蕴含的巨大的历史文化价值。如翁氏日记于天象记载十分详细,尤重日食、月食、星变以及气候阴晴冷暖的变化,有时几乎是按时辰作气象记录,这在古代名人日记中并不多见,可以为气象学研究提供有力的佐证,竺可桢《中国近五千年来气候变迁的初步研究》[①]一文就曾利用过《袁子修日记》《北游录》等日记中的气候记录。翁心存多次出任学政或典乡试,每赴一地,均于路程远近、驿站设置、地理风貌、年成分数、谷价低昂、吏治民情、兵防水利及一切时事详细记录,可以为研究科举文化、地理环境、地域风情以及农林水利等提供有用的信息。翁氏日记近乎琐碎地记录各种礼仪制度以及恭理帝后丧仪、勘修陵墓工程的具体过程,可以为研究清代礼制和陵墓建筑提供诸多参考。翁氏日记所载名人佚事甚夥,如柳如是、杜堮、刘喜海、程恩泽、刘熙载等,可以为研究人物传记提供宝贵资料……

只要认真阅读,细心体味,不同需要的读者定会从中皆有斩获。我们也许会感到,张元济评价的“维时军政之废弛、吏治之颓靡、财政之支绌、人心之恇怯……皆可于此窥见概略”,不仅并无溢美之词,反而有未尽之憾。

---

① 竺可桢《竺可桢文集》,科学出版社 1979 年版,第 475—498 页。

四

张元济选录《翁文端日记》时,书前不仅有序,还制定了详细的《摘录凡例》①:

一、京外官升调降黜,纪述至详。京官录至讲读科道,外官录至监司为止。其他从略。

二、朝觐仪注尤涉繁缛,如驾出、迎送、谢恩、奏事、站班、陪祀等,所在地点、应用服色、行何仪节,全属浮文,概不采入。

三、恭理丧仪、勘修工程、收发饷银、验收粮米、大挑举人、拣发人员,均以王公大臣亲莅其役。虚应故事,无裨吏治,作者屡承申命,兹亦从略。

四、考试为清代人才从出之地,如乡、会、殿试、朝考及举人、贡士覆试,庶常散馆,大考翰詹,考试试差,考送御史军机、总署章京、内阁中书、学正学录、官学教习,所试题目、阅卷人员、取录名额,原记均极重视。以其有关抡才要政,故仍著录。

五、判阅文牍为京朝官最繁重之事,作者官大理寺时,尝一日画稿至百数十件。官户、工部时亦然。依样葫芦,疲精劳神,无裨实事。录之以见官事之涂饰。

六、清初八旗素称劲旅。至道咸之际,东南不靖,檄调入关,均先会集京师,分拨各地,以资战守。沿途滋扰,抢夺骡马,到京后复由官家供给食宿,兵丁均有跟役,多者约居兵额十之六七。兵卒携带仆从可谓奇事,录之以见营制之颓敝。

七、京朝风尚,酬酢往来不容疏忽。凡贺喜、祝寿、问疾、吊

---

① 本凡例据北京大学图书馆藏张元济抄本《翁文端日记》录入,《张元济古籍书目序跋汇编》之《手稿本〈翁文端公日记〉跋》第 1093—1094 页中所附"摘录凡例"颇多错漏,今不取。

丧之事,几于无日无之。悉行删削。

八、作者文学优长,兼工吟咏。记中间有所作诗词,均可传诵。挽联寿语亦极矜炼名贵,均于录存。

九、作者于法书名画、古书版刻及精校名抄出于名宿手笔者,均能辨别真赝,考订源流,足资赏鉴。录之以助读者雅兴。

然而日记本身已带有撰者的视角局限,相当于客观世界的一个影子,日记摘录者无疑带有双重的视角局限,是影子的影子。由于研究者所求不同,摘录者自以为宝贵的,研究者未必爱惜,摘录者弃如敝屣的,研究者也许会视若拱璧。以张元济选录本为例,随着大批清宫档案和其他大型清代史料的出版,他第一重视、"纪述至详"的"京外官升调降黜"以及某些重大历史事件,重要性已经有所降低。而他以为"全属浮文""概不采入"的"驾出、迎送、谢恩、奏事、站班、陪祀等,所在地点、应用服色、行何仪节"等礼仪制度,以及他认为"虚应故事""兹亦从略"的"恭理丧仪、勘修工程、收发饷银、验收粮米、大挑举人、拣发人员",还有他"悉行删削"的"贺喜、祝寿、问疾、吊丧之事"等,却很大程度上决定了我们"还原"历史的深广度和清晰度。即如"吊丧"此类令人不快之事,在考订历史人物生卒年上也可以发挥特殊的作用。清代人物生卒年的工具书,江庆柏先生的《清代人物生卒年表》(人民文学出版社 2005 年版,以下略称《年表》)是很重要也是被笔者经常利用的一种,从翁心存日记对吊丧及相关活动的记载中,能为《年表》做不少锦上添花的工作:

曾元海(少坡),《年表》卒年不明,日记中载其道光十三年二月卒。叶琚(伯华),《年表》卒年不明,日记载其道光十七年二月四日暴病卒。俞允若(慈嘉),《年表》卒年不明,日记载其卒于咸丰七年四月廿八日。汪于泗(岱青),《年表》卒年不明,日记载其卒于咸丰八年七月廿日。陈嘉树(仲云),《年表》卒年不明,日记载其卒于道光二十一年十一月十日。王卿霖(即王钦霖),日记载其卒于道光十七年三月,可证《年表》道光二十七年之误。陶沅(佩芳),日记载其卒于道光二十一年四月,可证《年表》道光十一年之误。何彤云(赓卿),日记载其卒于咸丰九年,始四十,当生于嘉庆二十五年,可证《年表》生于嘉庆十六年之误。至于《年表》中未有提及而可考生卒年者为数亦不在少数。

　　不惟如此,那些看似"浮文",在当时"无裨实事"的记载,恰恰可以为今天的社会发展提供若干参照和反思。如翁心存在官场礼仪和世俗应酬活动中花费掉了人生大量的精力和时间,今人看来,似既可悲又可笑。但设身处地,官方礼仪,关乎功名富贵,自然会乐此不疲;世俗礼仪,关于社交需要和尊重需要,亦不能不勉力完成。当马斯洛《人类动机的理论》一书所总结的人生各种需求——生理需求、安全需求、社交需求、尊重需求、自我实现需求等,均可在一种不假外求的社会机制中得到满足,人们往往不会再去审视其是否合理,是否存在弊端,对外界与之相异的一切,也常本能地排斥。这样一潭死水式的社会机制,太严密、太沉闷,没有理由不压抑人性。阅读翁心存日记,我们一方面痛感这个以儒家礼仪文化为基础所塑造的社会机制,已经僵化到必须改革的地步,另一方面是否应该惕然自惊,警惕我们今日社会机制中正在逐渐形式化的一些东西呢。在翁心存看似繁琐的礼仪活动记录中,我们不时能够读出现代意味来。

　　兼有王朝进士和新兴实业家双重身份的张元济,对那些虚应故事的繁文缛节既无比熟悉又无比厌恶,他取舍翁心存日记的心情可以理解。今天,不论整理者还是研究者,面对可与其子翁同龢日记媲美的翁心存日记,只有尽量"全息"式地予以把握,才能最大限度地挖掘出其不同层面的历史文化价值。

(原载《中国典籍与文化》2011 年第 2 期)

廉正传四海

——从《翁心存日记》《常熟翁氏家书》
看翁心存的家教及影响

晚清世家,知名度最高、影响最大的当属常熟翁氏。谢俊美先生曾有精炼概括:"像常熟翁心存一家,父子入阁拜相,同为帝师;叔侄联魁,状元及第;三子公卿,四世翰苑,如此功名福泽的,实属罕见。"①而翁心存不仅是翁氏家族官品最高的人物(官至大学士,翁同龢仅至协办大学士),更是常熟翁氏成为豪门巨族的关键人物。他不仅廉政克己,而且善于教育后代,使"廉政克己"内化为家族中人共同追摹的精神范式。常熟翁氏能够绵延百年,至今仍代有闻人,与翁心存对子孙的教育与影响是分不开的。

一

研读翁心存留下的数十册《知止斋日记》(以下简称《日记》),对其人会有多方面的感受,如忧心国事、关爱民生、学问淹博、品行纯粹、守正不阿等,但给人印象最强烈的,莫过于他的廉政克己。

"廉政"今天主要指政府工作人员在履行其职能时不以权谋私,办事公正廉洁。在古代,"廉政"同"廉正",主要指官吏的正直廉洁,古今之意大致可通。翁心存一生历官数十,在每一任上皆能实心办事,力求谨慎公正。道光五年他任福建乡试主考官,为防题目漏泄,

---

① 谢俊美《常熟翁氏:状元门第、帝师世家》"自序",中国人民大学出版社1999年版,第1页。

在出题、刻题、刷板过程中，竟全程监督，该年《日记》八月八日载："清晨写题，午初传匠人，封门……坐堂皇严督，申正刻完排板。酉初，传刷字匠人，刷题板凡三副，题纸须刷八千四百纸，日不暇给。余恐题目透漏，自午后危坐门内，竟日达旦，惟略进茶点，不遑饭也，亦惫极矣。"道光六年至八年他出任广东学政，粤人考试多弊，翁心存按试各州县，将弊端"厘剔殆尽，粤人称神明"（《先文端公年谱》）。道光十五年他任浙江乡试主考官，搜寻落卷，不遗余力，该年《日记》九月二日载："是日覆阅中卷，遂搜落卷，余所搜者单房约四千卷，各房评阅皆尽心，并无遗珠之叹。余虽未搜中一卷，然卷卷加墨并间有详批，自信尚竭尽心力而已。"道光十七年他任大理寺少卿时，于案件慎重核查，力避冤假错案。该年《日记》二月九日载："会题稿经刑部核定，虽无错误，然人命至重，一成而不可变，敢不尽心？设使懵焉不知其何故而陷于刑，即署押稿尾，于心安乎？故余于各稿必通览一遍，既核其案情，复详观所引用之律例，非好劳也，聊求无憾焉而已。"道光二十年常熟大水，当时告养在籍的翁心存"捐资振饥，率绅士誓于城隍神，有私一钱者祸且及子孙，在事者皆悚惕，无敢欺隐"（《先文端公行述》）。可见无论在朝在野，其尽忠为公的性格皆无改变，《先文端公行述》里也说他"不独在朝之日指陈朝野利病，军事得失，侃侃谔谔，必殚忠竭诚而后已，即家居十年及晚岁养疴京邸，每闻四方水旱兵革之事，未尝不忧见颜色"。

与正直相伴的，还有他的清廉。《日记》中有多处相关的记载，先看道光十八年他告养回籍后的生活：

> 道光二十年除夕："今岁家中日用窘迫，逋负丛集，不知内子与五儿如何设法典贷度岁，意甚悬悬。吾在此（指苏州）聊为谤台之避而已。"
>
> 道光二十一年十二月廿八日："余性拙谋生，清俸无多，节缩所余，聊营负郭之田以养母，岁比不登，而食指浩繁，日用以此益

绌。近复为遣嫁长女,料量荆布,更拮据异常。逋负累累,打门来索,称贷不足以给,恨无谢台以避之也。"

道光二十一年除夕:"借贷得数百金,偿逋辄尽,看囊遂无一钱,可慨也。"

道光二十二年除夕:"索逋者坌集,告贷无从,粜米减直以偿之,始得粗了,自恨无术筑谢台也。"

道光二十八年除夕:"索逋者坌集,恨无谢台避之。予今年脩脯较丰,又得叔岩处会项五百千,又称贷千缗,乃岁暮尚不足以一清债负,计拙谋生,自叹又自笑也。"

"谢台"在今河南洛阳境内,周赧王负债,无以归之,主迫责急,乃逃于此台,后人因名此台为逃债之台。此时的翁心存是以正四品大理寺少卿的身份告归养亲的,之前他四次主考外省乡试,三次出任学政,告养后也非坐吃山空,而是主讲龙游书院和紫阳书院。按当时惯例,仅主考所得"程仪"和学政所得"棚费",累积下来至少就有数万两,常理而言,决不至发生每到岁末就债主堵门,甚至跑到苏州去躲债的现象。其中原因,除了购买彩衣堂及家族众人衣食住行、婚丧嫁娶所费之外,也和他奉公无私有关。道光二十年五、六月间,常熟大水,又兼英法联军海路入侵,各地兴办团练,劝捐困难,翁心存举而倡之,常熟设巡船共得捐银六百余贯,翁家即捐了七十贯,占十分之一还多(《知止斋日记》道光二十年五月廿七日"议定设巡船,书捐者约六百余千,吾家亦捐七十之数");之后赈灾办团,需款更巨,而缙绅缩手,大有为难情绪,翁心存毅然"效古人毁家纾难,亟出曩在江西所余养廉库平宝银五百两,拟为慈亲卜寿藏者,举以畀之"(《知止斋日记》道光二十年六月廿四日)。翁心存屡笑自己"性拙谋生",大约也是因为觉得仅靠正常合法的廉洁收入,是很难公私兼顾的吧。

这种现象直至他位居一品宰辅、体仁阁大学士后也没有改变:

《日记》咸丰八年除夕:"寒俭一如诸生时,虽匡时无术,覆悚贻羞,而清白家风或可无惭先德而已。"

《日记》咸丰九年九月四日:"房东钟氏索城寓房租甚急,重阳节近,例应催租,自古如斯,不足怪也。惟予服官四十年,无一瓦之芘,性拙于鸠,良可叹耳。"

是他生活奢侈、开销巨大吗?非也。据翁同爵回忆,翁心存的朝珠从来没有用过百两银子以上的,而且即使是炎热的夏季,他连可避蚊虫的碧纱橱也舍不得添置。如果为政稍不廉洁,生活是不会如此拮据的。

正因为如此,他去世后朝廷特颁谕旨,赞他"品学纯粹,守正不阿";杨彝珍《体仁阁大学士翁文端公神道碑铭》赞他"清节硕望";李元度《清朝先正事略》赞他"服官四十年,以清介正直,受累朝特达之知";光绪二十四年,安徽布政使于荫霖上疏陈时政攻击翁同龢时,也称赞翁心存"廉正传四海"(《翁同龢日记》闰三月初八日)。

翁心存的廉正无私,与其克己知足的修养密不可分。这从"知止斋"的命名可以体味一二,知止即适可而止,知足常乐。翁心存早年的愿望不过是"微禄但能邀主簿"(《知止斋诗集》卷二《腊日祭灶》),仅仅做到一个县的主簿就满足了,因此自己的每一次升迁,他都感恩戴德,希图尽心回报。《先文端公行述》载他"每与家人言及两朝厚恩,辄呜咽流涕",《日记》咸丰八年九月十日也对他授大学士后的心情做了记述:"申刻将入城矣,忽闻有端揆之命,疑未敢信,因亟入城寓,并携源孙来,至酉初三刻,内阁传钞先到,枢廷转后刻许,爰缮折,命曾源书之。衰年疲曳,正拟乞身,乃忽荷天恩,畀以重任,惟有勉力驰驱,鞠躬尽瘁而已。"即使家族中人每一件喜事,翁心存也总是怀着一颗感恩之心,告诫自己和家人勤慎悚惕,以报天恩祖德。如道光二十年,翁同书中进士,翁心存《日记》中写道:"天恩祖德,报答愈难,且感且悚。"(《日记》道光二十年四月十五日)次年,当他得知翁同书散馆后有望留翰苑时，又写道："若留馆果确，则天恩高厚，真感激迥越寻常，亦祖德慈荫之所致也。"（《日记》道光二十一年闰三月三十日）当翁同书确定留馆时，翁心存复写道："乃蒙逾格天恩，得授馆职，非常宠遇，感激难言，宜如何立品自修，以图报效乎？……益当兢惕持守，毋坠家声矣。"（《日记》道光二十一年四月十二日）咸丰六年，翁同龢状元及第，翁心存当时的感受是："感念天恩祖德，惭悚交深，喜极出涕。"（《日记》咸丰六年四月廿五日）咸丰八年，翁同书擢升安徽巡抚、翁同龢钦点陕西乡试副考官，翁心存愈觉"悚惕曷胜"（《日记》咸丰八年六月十三日），"天恩高厚，悚惕万分"（《日记》咸丰八年六月廿二日）。翁心存《知止斋诗集》卷十有《二疏故里》诗，将知止常乐之意揭示得非常清楚：

> 禄厚贵知足，位高贵知止。投老念子孙，斜日不移晷。驱车过东海，缅彼二疏子。抱经侍虎闱，后先相济美。天人禀异姿，受书通大旨。两贤相顾谓，吾属可行矣。连章乞骸骨，解组携衣起。祖饯上东门，观者倾都市。揽裙涕汍澜，啧啧叹不已。图形播休徽，舞笔志芳轨。两贤去不顾，长揖归田里。欲往寻高踪，苍葭隔秋水。

此诗是道光十二年腊月，翁心存赴江西学政任，途经山东峄县二疏故里时所作。"二疏"指汉宣帝时名臣疏广与兄子受。广为太傅，受为少傅，同时乞致仕，归日，送者车数百辆，饯行于东都门外，时人皆贤之。翁心存道光十八年大理寺少卿任上告归养亲，咸丰九年大学士任上告病开缺，应该说都和这种"禄厚贵知足，位高贵知止"的思想有关。总之，克己方可真廉政，知足始能无贪念。正是这种克己知足的人生修养，才使翁心存的廉洁公正能够落到实处，而且善始善终，赢得了朝野上下一致称赞。

二

金代大诗人元好问说："能吏寻常见，公廉第一难。"(《薛明府去思口号七首》其一)翁心存的过人之处，在于他不仅自己能够上承清廉祖德，而且能够训启后人，将其发扬拓展为内涵更为丰富的"廉政克己"的家族文化精神。

据《海虞翁氏族谱》，"翁氏之先，出于姬姓"，明永乐中，翁景阳入赘常熟庙桥璇洲里，是为常熟翁氏始迁之祖，其八世孙翁长庸，顺治四年进士，官至河南布政使司参政，奉母至孝，为官清廉，勤政爱民，人民呼为"翁佛子"。翁长庸之子翁大中，康熙三十六年进士，任福建上杭县知县，"为政洁清自矢，除加派，实仓谷，立义学，禁溺女，在任五年，德教洋溢，及卒，邑民醵金归榇，请祀名宦"。翁大中的嫡系子孙中，数代不显，直至其玄孙翁咸封，始稍振家业。

翁咸封(1750—1810)，字子晋，一字紫书，晚号潜虚，乾隆四十八年举人，乾隆六十年大挑二等，嘉庆三年选海州(今连云港市)学正，虽然自家生活贫困，却实心爱民，在任十二年，曾捐出八年俸银倡导利民善事。海州旱涝，每易为灾，翁咸封多次奉檄赈灾，"手散万金，而不名一钱"(《潜虚文钞》卷一《与曾勉庵书》)。他曾誓于神前曰："所或侵赈一钱者，吾子孙其为饿殍矣。"(《潜虚诗钞》附录《崇祀录》)常驰驱风雪中，竟日不得食，亲核户口，剔除积弊。上官知其廉明，每遇灾，必檄令往。海州水灾，翁咸封冲风冒浪，乘舟渡民，全活者甚众。后积劳成疾，病卒任上。翁咸封去世后，士民哭送者数千人，遗泽在人，久而益著。道光四年，海州生员"以千秋理学正宗，百代醇儒极则"，上递公呈，请求将翁咸封入祀海州名宦祠，两江总督琦善以推许过当，不准入祠。道光十一年，州县生员再次公呈，又未获准，道光十二年，海州生员三上公呈，经两江总督陶澍、江苏巡抚林则徐、江苏学政廖鸿荃联合推荐，翁咸封经谕准正式入祀海州名宦祠，此时距翁咸封去世已经二十几年了，可见翁咸封在当地的官声和影响。

　　翁心存不仅清廉克肖乃父,而且非常注意通过各种形式的家族教育,将这种优良传统灌输给子孙,以缅怀祖德,激扬后人。嘉庆二十五年,翁同书、翁同爵"皆失学",翁心存"亲督课之"(《先文端公年谱》),道光十八年翁心存告养在籍,亦曾亲督课翁同龢及曾文等孙儿辈。除了亲课学业外,翁心存还常通过祭祀先人的活动教育子弟:

　　　　《日记》咸丰六年十一月十八日:"今日始祀奎星并祀先人,追念祖父贫乏之时,不胜呜咽,盈满是惧,训子孙砥行读书。因与家人饮福团聚,并犒仆从酒食。"

　　　　《日记》咸丰六年十二月廿九日:"夜祀先,与儿孙团坐饮福。追念先大父清贫之日,除夕家祭毕,与先君子讲二簋用享之义;又嘉庆戊午,先君子初任海州学博,以赈灾中寒,除夜祀先,拜不能起,与儿孙辈话之,不禁泣然。"

　　　　《日记》咸丰八年十二月廿九日:"夜祀先,悬挂真容为今年胡芑香山人重临本,瞻对音容,不胜怵惕。念六十年前先君子以勘灾发赈中寒疾,除夕家祭,拜不能兴,卒然气厥,半夜乃苏。予时方八岁,随侍海州学舍情景,宛在目前。忽忽已甲子一周矣,抚今追昔,感怆奚如。常训子孙以弗克负荷为惧云。"

　　编订先人文集和纂修族谱也是翁心存教育子弟的好机会。翁咸封的《潜虚文钞》《潜虚诗钞》由翁心存于道光二十七年编成,但他无疑指导了不少家族子弟参与其中,如《潜虚文钞》卷一由翁同福校字,卷二由翁同书校字,卷三由翁同爵校字,卷四由翁同龢校字;《潜虚诗钞》卷一由翁曾文校字,卷二由翁曾禧校字,卷三由翁曾祥校字。看得出这是一次精心的安排,在这种配合紧密的对家族先人文献的整理中,对祖先廉洁事迹的学习和廉洁精神的认同得到集体强化,家族情感进一步加深。《潜虚诗钞》后附有翁心存跋:"命下之日,士庶欢呼,适新葺名宦祠成,相与醵金,涓吉奉位入祠,槃桉纷罗,旨酒嘉栗,登降奠醊,秩秩闾闾,雅乐歌诗,乙夜乃罢,远近观礼者殆将万人,皆啧啧叹为盛事。呜呼,其可感也已,谨志颠末,垂示子孙,庶扬石室之清芬,勿替桐城之遗爱云尔。道光丁酉八月朔男心存谨跋。"不仅记述了翁咸封最终入祀海州名宦祠的情状,而且将翁心存整理先人文集的目的揭示出来,即"垂示子孙"、发扬先人被后世追怀的高洁品德("清芬""遗爱")。道光二十三年翁心存编订《海虞翁氏族谱》,也有家族子弟参与其中,其继成和刊刻即由翁同龢在同治十三年完成,这同样是一次对家族事迹的系统整理和学习,家族子弟不仅在慎终追远的过程中加强了家族认同意识,而且由于列名《谱》中,从而对其中宣扬的家族文化精神产生情感上的依赖和向往。翁同龢《族谱后序》即云:"先公事君则忠,事亲则孝,身居宰辅,刻苦甚于儒生。尝曰:'一世显宦,必至三世僚幕,盖世家子弟,往往不能安贫,不安贫则亟营微禄以自效,甚则走四方谋衣食以客游为事,当此之时,即欲求为农夫布衣之士而不可得,乌在其能自立乎?夫富贵不足保,而诗书忠厚之泽可及于无穷。'故谨著先训以示子孙,以告我族之人,俾世世永以为式。同治十有三年三月同龢谨序。"

　　文字训示也是翁心存教育子弟的一种常用手段。国家图书馆藏稿本《常熟翁氏家书》中虽然没能收录翁心存的信函,但是通过翁同书、翁同龢等人的信函,可以大略推测出翁心存家信的内容。

　　道光二十八年翁同书典试贵州,有信寄翁心存云:

　　　　男同书百拜谨禀父母亲大人膝下……本月廿五日行抵贵阳,廿六日接印,今日拜发奏折,定于冬月十日开考首郡嘉平按临遵义,祀灶日前旋省。总期清而不刻,俭以养廉,以慰两大人远念……

　　又有一信云:

　　……爰有数愿,请得具陈。一愿同书德日以修,学日以进,忠孝之性不改乎本来,文章之名无惭乎继起。二愿海波不扬,春晖益丽,子弟皆知自爱,室家馨无不宜。三愿闽浙典文,湖山乞郡,匪夸荣于闾里,庶稍慰夫瞻依。用是将口过、心过、身过逐件划除,冀以为感应之初基耳。至于此间谨慎持躬,宽和待下,恪遵训迪,弗敢稍逾……

咸丰六年翁同龢中状元后曾有信寄翁心存,云:

　　前日传胪,男名幸列第一,此皆仰赖天恩祖德,及两大人福荫,得以致此,喜极滋惭,感深图报。昨读谕函,备言旧德之艰难,远溯深仁之积累,敬聆之下,兢惕益深。惟有保啬精神,为守身之本,敦崇品学,为报国之原,不特侈志不敢萌,并喜念亦不敢有也。男同龢谨禀。

可以想见,追思祖德和教导子孙清廉谨慎、克己兢惕,应该是翁心存家信中的主旨之一。《知止斋诗集》卷十五《得家书知儿子同龢应廷对蒙恩折一甲第一名赋诗纪恩即以勖之》其二,更鲜明直接地表现出翁心存对子孙教育的内容和期望:

　　贞松慈竹色常青,予家两节母苦节六十年,得延两世一线之绪。明发长怀咏鹡鸰。官冷胸阳时灭灶,堂开石室忆传经。三秋鹗荐抽身避,万户鸿嗸掩泪听。先大夫任海州学正十二载,振灾八次,秩满保荐知县,力辞不就,先母却金助廉,以豆粥麦饭糊口。为语汝曹须自立,家风清白守仪型。句胪三唱极峥嵘,若论科名胜父兄。敢说文章能报国,恐因温饱负平生。连句尚待占霖雨,四海何时洗甲兵。驿骑不劳频送喜,白头愁病卧山城。

　　"为语汝曹须自立，家风清白守仪型"，翁心存的教育和期望没有落空，在其影响下，翁氏族人大都能以廉正克己立身。以翁心存的三个儿子翁同书、翁同爵和翁同龢为例，他们都有乃父之风。翁同书曾任贵州学政、安徽巡抚，但他卸任后回到京城时，其行李"衣箱无一个，惟襆被一囊，破书数束而已，见者皆谓地方大吏行李，未有如是萧条者也"（翁心存《日记》同治元年正月十六日）。翁同爵长期任职兵部，同光年间，又历任湖南盐法长宝道、署理湖南按察使兼署布政使、四川按察使、陕西布政使、陕西巡抚、湖北巡抚、署理湖广总督等，但从他给家人的书信中，屡谓举债度日，他在四川按察使任上，翁同龢曾写信给他："湘省攀辕，蜀中竹马，政声所布，实意所孚，此岂可强致者。昨四川世兄谢观察晓庄来，盛称兄为政廉静，士民交感，属吏翕然。"（《常熟翁氏家书》）足见翁同爵在湘、蜀时为官的廉正守己。翁同龢的廉正事迹更多，具体可参见谢俊美先生《翁同龢评传》中《清正廉介的一生》一章、周立人先生《翁同龢清廉却赠传佳话》（《常熟政协》2006 年第 3 期）一文。这里只补充两个例子：

　　一是光绪二十四年维新变法刚刚开始，慈禧太后就逼着光绪皇帝将翁同龢开缺回籍，行前，友人门生纷纷厚赠，翁同龢大多回绝之。如《翁同龢日记》光绪二十四年五月初二日记："那琴轩来，厚贶，却之。荣仲华遣人致书，厚贶，亦却之。"《那桐日记》光绪二十四年五月初二日亦记："未刻到翁师处送程仪千金，辞不受，谈许久。"荣禄（字仲华）是维新派的死敌，不收他的赠金可以理解，那桐（字琴轩）是翁同龢的学生，平日关系素密，而亦却之，这只能说是其廉正个性使然了。

　　二是光绪九年四月初三日，翁同龢突然收到来京会试举人龙赞宸、龙赞鼎转交来的广东龙兰簃信函，书云"南横街屋归先师者已三十年，此后永为翁氏世业，龙氏不得预，令六房同具一纸，令赞宸等画押收执"（《翁同龢日记》四月初三日）等，原来翁家所住京城数十年的南横街房屋系龙赞宸（龙兰簃之侄）房产，翁同龢对此全不知情，现在龙兰簃命龙赞宸将之赠送给翁家，令翁同龢十分感慨，他很快筹借两千两银子,用偿屋值。但二龙坚不肯收,并"写送屋笔据来"(《翁同龢日记》五月初四日),翁同龢无奈,只好厚赠其行,之后遂将屋款汇寄给了龙氏。这段佳话再次彰显了翁同龢的廉正品格,但也带来了一丝疑问,即"廉正传四海"的翁心存当时如何肯接收南横街的住宅呢?翁心存《日记》里提供了一些线索:

> 咸丰三年三月十九日(4月26日):"未刻访兰篨,其现住之横街宅官房也,允予借屋,代为扣俸,议定而回。"
> 四月十六日(5月23日):"是日五儿先移屋南横街新宅。"
> 四月十七日(5月24日):"申初出城,移居横街新宅,内子暨六儿夫妇先于卯刻移寓矣。"

翁同龢纪念馆所印《松禅年谱》(《翁同龢自订年谱》)光绪九年条亦云:"南横街屋,龙兰篨元僖旧居也。兰丈出京,让先公居之,曾交过户部官房价,而起造之费未酬。至是,兰丈手书谓'此屋归翁氏三十年,以后作为翁氏世业'云云。余备二千金交其兄子赞宸、赞新,而两君坚不受也。"由此知翁心存咸丰三年与龙兰篨商定借住其南横街官房住宅,租金由翁心存俸禄里代扣,并非无偿居住,无碍于翁心存的清廉形象。只是同治元年翁心存突然去世,没有来得及交代此事,遂使翁家人一直以为南横街房屋是翁心存所购,才会坦然居之数十年。至于龙兰篨,名元僖,字兰篨,是翁心存道光七年按试广东顺德县所取秀才,因此其书信中才称翁心存为"先师"。

三

有意思的是,翁同爵、翁同龢兄弟训迪子孙,亦颇肖乃父,颇得翁心存"廉正克己"教育的菁华。《常熟翁氏家书》里收录了不少两人给后辈的信函,兹举数例:

同治五年八月廿八日翁同爵在湖南为官时致其子翁曾翰:

……盖此间盐道一缺，今非昔比。且吾上半年署臬司任，赔垫者有千五百金，今皆陆续归还，故更觉吃力。然世间事一饮一啄，莫非前定。吾亦并不愿积蓄多金，以充私囊。只求京寓菽水之资，不致匮乏，即已大幸，安敢再有奢望也。人生宦途处境，均不可不知足。吾以任子历官盐司，非天恩祖德，何以臻此。故吾到省后，每事兢兢业业，未尝稍萌逸志。凡职分所能为者，不敢因循退诿，至非吾所应为者，亦不敢有出位之谋。若饮食起居，则仍京宦光景，衣服未尝华丽，饮馔未尝丰美，即宴会亦不敢多，到此后仅请过司道一席，盐局绅士一席，余俱未请。至衙门房屋，则亦不令首邑修葺，盖官署本传舍，不致上漏下湿，即可居住，决不愿稍事修饰，令旁人议论也……

同治五年十月廿七日又有一信致翁曾翰：

……今夏天气极热时，终日挥汗如雨，蚊蚋又极多。于是友人中有劝置碧纱橱者，吾答以先公作官三十年，官至宰相，从不知碧纱橱为何物。吾母寓居京邸，今年院中方搭一凉棚。吾何人斯，敢稍自舒服。且伯兄现在花马池军营，居处在帐房中，欲觅一草舍栖止不可得，吾今已处高房大厦，岂敢再萌奢念耶。故自夏徂秋，历三四月之久，终不觉其苦。可见处境全在心境为之转移也……

同治六年十一月初七日翁同爵赴四川按察使任前致翁曾翰：

……川省地富民阜，至臬司缺，廉俸亦尚优厚。然吾才识浅薄，惟有廉洁自矢，上之不敢负朝廷简任之恩，下之不敢堕先公清白家声，决不效他人所为，专为身家计也。汝其知之……

光绪二年十月初四日翁同龢致金陵乡试中举的侄孙翁斌孙:

> 付斌孙:闻汝中式喜音,即作函寄汝,想不日可到,顷从信局递到九月十七函(几二十日,何其迟也),略悉近况。凡事要镇定从容,方有厚福。童年获隽,羡者固多,忌者亦复不少,要之皆是俗人,不足与论。有志之士,当邈然深思矣。国恩何以报? 祖德何以承? 立身为学何以日进而不坠? 轻何以矫? 矜何以除? 病何以去? 此皆切近之事,勉之哉。……十月初四日未刻平老手函。

从家信内容不难见出,克己知足、廉洁奉公、报国恩、扬祖德,已逐渐成为翁氏家族共同遵循和自觉维护的一种精神范式,家族子弟浸润其中,潜移默化,故能逐代传承,不坠家声。2008 年 12 月 10 日至 2009 年 2 月 1 日,北京中华世纪坛世界艺术馆成功举办了"传承与守望——翁同龢家藏书画珍品展"。这批翁氏家藏精品文物,从翁心存开始,直至其六世孙翁万戈,在翁氏六代人悉心保护下,历经清、民国、新中国的时代更迭及战火硝烟,大体仍得以传诸后世。其奥秘正如第六代收藏人翁万戈先生所云,最主要的是"家族"以及家教中突出的"世代相传的历史感",才造就了中国近代文化史和私人收藏史上的一段传奇。

我们今天高倡的廉政建设,其方法不乏高明之处,但是家族教育始终是薄弱环节,不仅双职工家庭将子女教育完全推给了学校和各种辅导班,而且由于父母出外打工,农村家庭也出现了诸多空巢子女,其家庭教育更加得不到保障。而家庭教育无疑是人成长的最自然的摇篮,常常影响到人一生的选择。家族文化如何作为一种软实力,为家族成员营造积极健康的文化氛围,进而影响其精神结构和政治表现,常熟翁氏为我们提供了最好的说明和借鉴。

(原载《江南文化研究》第 6 辑,学苑出版社 2012 年版)

季芝昌"引疾"始末及其
诗歌中的疾病书写

季芝昌(1791—1861),原名震,字云书,号仙九,别署丹魁堂主,江苏江阴人。道光十二年进士,授编修。十三年,督山东学政。十九年,晋詹事,典江西乡试。二十年,督浙江学政。母忧归,服阕,擢内阁学士。二十三年,授礼部侍郎,督安徽学政。二十七年,充会试知贡举,署户部左侍郎,兼管三库事务。二十八年,调补户部仓场侍郎,命偕定郡王载铨筹办长芦盐务,清查天津仓库。二十九年,偕大学士耆英赴浙江阅兵,并清查仓库,筹办盐务,授山西巡抚,未一月,召署吏部侍郎,命在军机大臣上行走。寻授户部侍郎。三十年,擢左都御史。咸丰元年,出为闽浙总督。二年,兼署福州将军,寻以疾乞休。久之,卒于家,谥文敏。

一 季芝昌"引疾"始末

季芝昌道德、事功、文采俱佳,很受道光帝赏爱,帝曾谕王大臣曰:"季芝昌人明白,能办事,操守好,朕所素知。"以侍郎入军机者,向书"在军机大臣上学习行走",道光帝特谕不必写"学习"二字,以示特殊恩遇。咸丰帝对季芝昌亦很器重,登基不久,即命其出为闽浙总督,寄以海疆重任。是时季芝昌年甫六十,假以时日,入阁为协揆甚至拜首揆都有可能。但是他却急流勇退,引疾而归,时人多所不解。曾国藩在《闽浙总督季公墓志铭》中就发问:"当公在闽引疾,方怪宏才若彼,重任如此,何遽谦让勇退?"《清史稿》本传赞美他是"奉身而退""见几知止"。其实他们均未注意到一个简单的事实,季芝昌的引疾辞官,并非是厌倦官场或是知止全身之道,而是因为他的确有病不堪重负。这一点,我们从藏于南京图书馆的六册季芝昌手稿日记①中可以获得更多的信息。

据季芝昌之子季念诒说,季芝昌"体质素本强健,服官中外,竭虑殚精,五旬以后,心气渐形不足"(《丹魁堂自订年谱》跋语)。可能由于"竭虑殚精"而积劳成疾,季芝昌在道光三十年庚戌得了一种严重的肝疾:

> 昨稍受风,触动肝疾,辰巳间腹胀大甚,颇有横决之势,逾时食豆蔻稍定。(咸丰五年五月二十日)
>
> 盛暑肝气稍平,而时时呃逆,甦田来换方,中虚气弱,老病骤增,可胜感喟,夜以呃逆少眠。(咸丰五年五月二十二日)
>
> 肝气大作,勉强酬客,客去亦不能送。虽呕吐不松减,腹如重物压之,至夜半疲睡乃痛止。(咸丰五年七月十三日)
>
> 肝疾屡发,面目皆有黄色,庚戌春间在京病状相似。(咸丰五年七月十五日)

虽然道光三十年季芝昌日记缺佚,但借助其咸丰五年日记,亦可以推断道光三十年春天的这次肝疾,症状为腹胀、呃逆、呕吐、少眠、全身发黄,应属肝胃不和,古称"呕逆""肝郁""黄疸",今天西医诊断属于"慢性肝炎""胆汁反流性胃炎"之类疾病。肝脏是人体各种物质合成和分解的化工厂,较重的体力劳动和紧张的脑力劳动都会加速物质代谢,加重肝脏负担,一旦患了肝病,便意味着不宜从事高强度的体力或脑力劳动。

但是季芝昌未能得到适宜休息,反被授任公事更为繁剧的闽浙

---

① 季芝昌日记现藏南京图书馆,稿本,六册,时间起止为道光二十九年四月十六日至九月十三日,咸丰元年六月十六日至咸丰十年十一月二十九日。

总督,再加上途中奔波,结果尚未到任,肝疾又发:

> 卯初行,巳正一刻黄田驿尖……是日秋暑不可耐,体中甚累,灯下了公事数件,就睡稍迟,竟夜不寐,肝疾复作,惫苦异常。(咸丰元年八月二十三日)

八月二十六日上任接篆,勉力工作不到一个月,又添新病,终于无法支撑,上奏请求开缺调理:

> 闰八月初九日:辰刻过堂五案。夜子正,大病。
> 初十日:考试新选教官。病势甚剧。
> 十一日:服郑学博(瑞凤,号桐村)所定方。
> 十二日:申刻发请开缺调理折,将总督关防、监政印信移交将军,兼署巡抚关防交藩司护理。
> 十六日:稍可下榻,犹须仆辈夹持也。

此处仅言"大病",而未言何病?季芝昌闰八月十二日的"开缺调理折"内有较详细的描述:

> 奏为微臣骤患晕厥重症,自揣难期速痊,恳恩开缺调理,并将督抚各篆务分交福州将军同福建藩司暂行兼署护理,恭折奏祈圣鉴事。窃臣钦奉恩命,补授闽浙总督,于八月二十六日抵闽省接印任事,当将任事日期恭折奏报在案。伏念闽浙总督管辖两省政务,本极殷繁,加以福建巡抚篆务现亦系臣暂行兼理,两处福案亲加核判,实已昕夕不遑;而又赋性迂拘,虽细微之事亦不肯稍从忽略;复初署外任,情形未熟,遇事详查,更为费手。是以受事旬余,自卯正至亥子之交,无一刻稍暇。当三五日之内,身体虽极劳乏而眠食尚俱如常,及八九日以后饮食即渐减少,心

思亦甚恍惚,然自问精力尤可撑拄,仍复照常办事,不敢因此懈忽。诇至闰八月初九亥正,忽然头目昏眩,身体厥冷,经家人扶至床上睡卧,尚属不省人事,逾时苏醒,觉心神摇荡,视床屋皆如转旋。现遍身自汗,淫淫不止,且复不时作呕,又止黄水,并无他物。急延医生诊视,据云气体本极亏弱,兼之操劳过度,以致心气虚耗,神不守舍,转成晕厥之症,必须宽以时日,静心调养,断非刻期所能痊复等语……①

咸丰六年四月廿四的日记中也有追忆:"晨起头晕大作,呕吐不已,如初至福建时病状,终日不能离床。"原来主要症状是"头晕",从"心神摇荡,视床屋皆如转旋"以至呕吐出黄水(胆汁)的描述看,应该属于晕厥重症,西医原称为"美尼尔氏综合症"②,季芝昌属于较重型,自然会丧失正常的工作能力。季芝昌在《丹魁堂自订年谱》"咸丰元年闰八月初九日"条云:"骤患晕厥,自揣难期速痊,沥情奏请开缺调理。"恰可与相关日记、奏折参照对读。

后来经过一段时期的治疗和休息,季芝昌的病情有所好转,再加上咸丰帝不允开缺,只允给假一个月调理,因此季芝昌假满后又照常供职;至咸丰二年四月,头晕复作,且心神恍惚、眠不安稳,实难正常履职,不得不再次请求开缺。季芝昌《丹魁堂自订年谱》"咸丰二年"条曾自述:"自四月中旬,旧患头晕复作,心神摇荡。……多方调治,而心血过亏,证已类似怔忡,非旦夕所能痊复。不得已,奏请开缺声明。"此期间的日记则记载如下:

①　中国第一历史档案馆藏军机处全宗档。

②　"美尼尔氏综合症"是世界公认的疑难杂症,主要症状表现为如同乘船于大海巨浪中,站立不稳,恶心、呕吐,感觉自身、周围景物在旋转,天地都在旋转,伴有出汗、耳鸣等,至今该病找不到特别有效的治疗手段。

　　咸丰二年四月十一日：巳初出东门，至东岳庙，劝赏老壮农夫计一百七十一名。连日体中不快。

　　十三日：见客。先邀徐巡捕诊脉，郑桐村来定方服之。夜雨。

　　十五日：以病不能行香，火神诞辰，于署内行礼。春岩来。郑桐村来诊脉。

　　十七日：连日因浙事甚忙，不自顾疾之在体也。夜雨，自草附陈病体情形一片。

　　二十八日：见客，箭道考校十四人……半夜未寐，虽食药无裨也。

　　二十九日：闷怀益甚，心疾较月望前尤剧。

　　五月十九日：郑桐村来诊视。时有大风，亦有飞雨，拟乞假一月，属首府告之中丞。

　　二十日：见司道、中军、首府。莘农来。春岩来，与定二十五日交篆。

　　二十五日：卯刻发折，辰刻交印。

　　六月二十四日：卯刻封请开缺折及查覆运本数目折，并鄞县事附片，于明日拜发。

　　二十五日：辰刻发折。

　　所谓"心疾"，即《丹魁堂自订年谱》中"心神摇荡"的"怔忡"之症也。"怔忡"乃中医叫法，西医无对应名称，大约指气血阴阳亏虚而导致的心律不齐、心神不安、睡眠不稳，难以自主等症状。这才是季芝昌无奈辞官的真实原因。不过，由五月十九日与二十五日的日记，可知伊始季芝昌只是想请假一个月（五月二十五日至六月二十五日）调理身体，但是由于效果不佳，假满后始决意奏请开缺。由六月二十四的日记，可知季芝昌此次奏请开缺的具体时间在咸丰二年六月二十五日。

之后该年的日记,仍不断有郑桐村来诊视的记录,可见季芝昌病体一直未能痊愈。而其七月二十五日与九月三日的日记,则分别记录了咸丰帝对于其乞假一个月的奏折与奏请开缺折的批示:

> 七月二十五日:郑桐村来诊视。吏部递到七月初一日奉上谕:"季芝昌奏旧疾复作,恳请赏假调理一折,季芝昌赏假三个月,安心调理,闽浙总督着王懿德兼署,钦此。"乞假一月而恩赏三月,不知开缺折到,能邀俞允否耳。未刻雨,竟日阴凉如昨。腹泻幸愈,尚不食饭。

> 九月初三日:雨时作时止。司道见,过康海。酉初接批折,开缺折奉朱批:"着暂缓开缺,俟假限已满,再行酌量。海疆要地,一切吏治营伍实赖卿整饬,卿其缓缓调理,不可性急,钦此。"感蒙温旨慰留,不敢再行续请,拟赶紧再加调治,暂且回任听候谕旨。

请假一个月而给假三个月,又答应假满后视情况而定,足见咸丰帝对季芝昌的厚爱与倚重,这也令季芝昌不得不感恩戴德,在假满病体仍未愈的情况下力疾工作,并如实拜折陈奏:

> 九月初十日:换戴暖帽,见客较多,并酌改回任奏稿,惫不可支,几欲卧倒。

> 十一日:霜降,本拟出门拜客,演习步履,以昨病不果,仍邀桐村诊视。

> 十五日:见司道。巳刻接篆,拜折。

咸丰帝见到季芝昌假满病仍未痊的奏折后,才终于批准他开缺回籍调理:

十一月初九日：酉初二刻接准部咨：十月十五日奉上谕："季芝昌奏假限已满，病尚未痊，暂行回任一折。季芝昌病体尚未痊愈，着加恩准其开缺回籍调理，钦此。"感沐圣慈，曲体得释仔肩，真不才之幸也。夜少寐，丑正即起。

由于季芝昌在江阴故里没有置办田产，咸丰二年十一月十五日他交卸后并没有返回江阴，而是到常熟做起了寓公。从季芝昌归田后的日记看，他的身体得到了较好的恢复，虽然年纪愈加老迈，但严重的怔忡和晕厥只在咸丰四年九月和咸丰六年四月发生过：

咸丰四年九月十三日：补眠未稳，颇似怔忡复发。

二十四日：怔忡不可耐，早就睡。

二十五日：竟日寂静无一事，怔忡稍减。

二十九日：怔忡差间，渐可观书。

咸丰六年四月二十四日：晨起头晕大作，呕吐不已，如初至福建时病状，终日不能离床，延寿田诊视食药。

二十五日：食药稍可扶杖出户，一至书斋。竹亭、昆圃皆来问疾。

二十七日：体倦尚未能饭。

二十九日：头晕仍作。

三十日：晕眩不减，邀寿田来诊视食药。

而肝疾大发也只有咸丰五年那次。至于感冒、脚气、腿肿、便秘等，皆是老人常见病，不足为怪。不过，咸丰六年十二月，季芝昌由于中风造成足软的后遗症，倒是给他的暮年生活带来了更为日常性的不便：

十二月初十日：晴。研培来同饭。左足忽然无力，履地不仁。

　　十三日：晓起下床倾跌，左足益疲，曳不任步，两人扶持，甚累，巂田来诊视，夜服再造丸。

　　十四日：病势有增无减。夜仍服再造丸。

　　十六日：晓服再造丸。……坐椅而行。

　　季芝昌咸丰六年之后的生活，其子季念诒在《丹魁堂自订年谱》跋语中有简要描述："丙辰复得偏中之证。时已奉在籍团练之谕，足痿不能出户，惟与远近官绅函商办理，并捐资以为之倡。暇则展卷、课孙、浇花、种竹，与二三老友迭相倡和。去年四月金陵兵溃，苏常失事，块然独坐，愤懑益深。夏杪感受暑湿成疟，又值贼踪四出，乡团溃散，居民惊扰不安，不孝乃涕泣坚请移寓通州。方冀渐远烽烟，可以安心调理，讵意抵通后，泄泻复作。时不孝奉派办团，羁留公局，闻信趯行省视，亟进医药，而病势已日加剧矣。北渡之前，猝遇萑苻，服饰、衣资悉遭肤夺，至通几无以为生，府君处之淡然。谓不孝曰：'我清贫之况，素所习惯，身外之物，亦何足深惜。'乃九十月间，迭闻都门警报，肝气上逆，食入即吐，勉进清补降逆之剂，迄无见效，竟于十一月三十日亥时弃养。弥留之际，神明不衰，犹以逆焰方张，未能力疾从戎，上负恩遇，优枕流涕而绝，呜呼痛哉！"

　　有意思的是，南京图书馆藏季芝昌日记手稿中夹有一页稿纸，上书"预备遗折"，内容系季芝昌事先拟好的遗折草稿：

　　　　前任闽浙总督臣季△△跪奏为天恩未报、臣病垂危、伏枕哀鸣、仰祈圣鉴事。窃臣一介寒微，蒙宣宗成皇帝特达之知，由翰林两遇大考，超擢洊跻卿贰，叠掌文衡，外膺旌节，两直枢廷。皇上御极之初，日侍天颜，一载有半，仰承简任总宪，充实录馆正副总裁，旋命出督闽浙。方期勉效涓埃，稍酬恩遇，嗣因病患缠连，上厪宸念，屡沐温纶勖慰，宽给假期，卸任后犹蒙赏戴花翎。凡

此两朝优渥，实深衔结毕生。自咸丰三年回籍，侨寓常熟，适值
江、镇等府贼警，谕令协办团练、劝捐事宜。臣足瘘不能出门，愤
懑填膺，恨不力疾从戎，身亲金革，又不克趋诣阙廷，一申依慕积
悃。每逢地方官、邑绅就臣寓相见，时时勉以大义，熟商妥办。
仰赖圣主洪福，苏、常一带幸保无虞。臣旧病未痊，六年十二月
复婴偏废，医疗无灵，本年元气日竭，病势益增，桑榆之景难回，
犬马之情何极，从此长辞圣世，哽咽不胜。臣惟有遗嘱臣子翰林
院编修念诒、长孙正二品荫生纶全、次孙邦桢清勤供职，黾勉读
书，竟臣未竟之志，以仰报鸿慈于万一，衔哀余喘，无任恋结之
至。谨奏。

其后季芝昌注云："甲寅原稿，丁巳添改，己未重录。"看来他从咸
丰四年甲寅起就准备好了遗折，咸丰七年丁巳又予添改，咸丰九年己
未又重录一过。在季芝昌写作、添改、重录遗折的过程中，他难免一
次次预演和想象着自己的死亡；也许，在这位多病缠身的老人看来，
死亡并不可惧，反而会是一种比较轻松的解脱吧。不过，这份愿望，
直到次年的十一月三十日才最终得以实现。

二　季芝昌诗歌中的疾病书写

如果说日记、年谱、奏折还是纪实性的文献，对于疾病描写容有
详略，然未容虚构；那么诗歌是对社会生活的审美反映，夸饰变化则
不足为奇。季芝昌在纪实性文献中，除了奏折不得不详陈外，日记和
年谱中对于疾病的记载皆偏向简单，但在其诗歌中却有较丰富的
表现。

季芝昌工诗文，晚年家居更耽于吟事，日常生活中的诸多琐事，
往往于日记中一笔带过，而在其诗歌中大肆书写和大加阐发，如咸丰
四年五月数则日记：

　　初三日：晴。子方来。忽患手战，戏作五古一首。

　　初六日：晴。吴冠英来。晓枕酬伯田端午一首。子方属题《庞德公隐居图》，得五古一首。

　　初七日：晴。骤热。酉刻阵雨颇甚。艿竹，得诗一首。

　　初八日：午前雨，午后晴。昆圃送杜鹃花，得七绝三首。

　　十二日：云阴时多，虽未成雨，已有凉气。偶成七绝二首。

　　十三日：五更有疏雨，竹醉日种竹，得七绝四首。

　　检其《丹魁堂诗集》，则可对应为《手颤戏作》《端午酬伯田》《庞公隐居图为子方同年作》《艿竹》《庞昆圃送杜鹃花》《偶成》《竹醉日种竹》，诗歌中的内容无疑大大多于日记所记。以描写疾病的《手颤戏作》为例：

　　　　美人皆簪花，我独邻女丑。平生不工书，大抵坐此手。少壮已蹉跎，老大犹含垢。庶几习而安，补过善无咎。如何苦扰之，复掣单父肘。宜纤偏入秾，欲左转向右。摇摇雨竹骤，猎猎风蒲久。缩手纳袖中，作祟问谁某。世本无钟王，人岂尽颜柳。胡为十指闲，战栗惧非偶。翻然自解嘲，病魔意良厚。举箸可攫食，持杯可呼酒。何必老中书，摹画计能否。且汝搁管来，疥壁亦时有。孰若善刀藏，免使涂鸦狃。头责子羽文，自反真疾首。闻言起投笔，笑谢龙须友。

　　季芝昌是道光十二年探花，必工书法无疑。本来由于"病魔"作祟，以至手颤不能工书，但作者却反言"病魔意良厚"，使之可以成为不能工书的理由。而且诗歌前二十句几乎都在描写不能工书的困窘，接着以病魔的角色发问：你虽不能工书，但举筷可食，举杯可饮，何必非要执笔为书呢（此处用韩愈《毛颖传》"中书君"典故）；何况你的书法并不高明，时有疥壁之憾（疥壁谓壁上书画丑如疥癣，用段成式《酉阳杂俎》中典故），不如藏拙为好。最后写自己听了病魔的劝慰，幡然悔悟（此处用张敏《头责子羽文》典故），不但投笔，且向笔（龙须友）表达了歉意。全诗诙谐风趣，使人淡化了对病魔的惧怕，真是写诗的高手。

值得注意的是，晚年季芝昌多病，疾病是其诗歌中经常表现的内容。《丹魁堂诗集》七卷中的后三卷计321首诗歌，均为其晚年乡居所写，其中近六分之一是与疾病相关的。但同《手颤戏作》一样，诗歌基调总体上是乐观的。

咸丰五年五月二十日，季芝昌肝疾又作，至月底始愈；此时他侨寓常熟养疴已近三载，遂于六月四日作《病感》四首（日期据日记）：

> 养疴三载此淹留，躅忿何能并解忧。身计尚无求艾力，山居那共采芝游。怀中彩笔凭人索，座上飞觥怕客酬。见说陶情仗诗酒，近来诗酒亦生愁。

> 伏波鞍上健何如，遗矢将军术已疏。不分壮心悲枥骥，无端病腹类河鱼。颇闻门下纾长策，深盼江干报捷书。齐赵即今销战垒，移兵指日扫荆墟。

> 海上神山说渺茫，仙人有药本无方。养生难致黄精饵，御湿休添薏苡装。足弱久拌如孟絷，精消何意等田光。闲中欲乞安心法，待觅心来恐转忙。

> 一渔五相各因缘，钟鼎烟霞任所便。松岭漫劳临别念，桃源肯误后来仙。嵇康石髓知无分，陶令窗风笑惯眠。独可自观心现在，盆池添水养红莲。

诗中感慨自己有心报国，无奈抱病致憾，只好寄望门人；自己虽然致力养病，但是仙方难求，只好自观安心；全诗对"足弱""精消"的身体衰状持通达之观，并引白居易《李留守相公话及翰林旧事》"同时六学士，五相一渔翁"诗，对功名富贵亦持随缘之念，"盆池添水养红莲"既是写实，又理趣盎然，是作者安详透脱心境的写照。

　　该年六月六日，意犹未尽的季芝昌又"得《病遣》七律四首"（六月初六日记），进一步阐述了自己对于疾病的看法和感悟：

　　　　桑梓东偏寄病躯，不求入道傍丹炉。致道观有丹井。连章曾请还阳羡，一曲如容乞鉴湖。隙地栽花常觅种，满庭收药不论租。自将邱壑方端委，此意元规识得无。

　　　　旧书名帖味醰醰，长日抽寻引兴酣。壮不如人惭老学，晚犹礼佛胜朝参。借鸥客笑腾笺数，研麝奴知饮墨耽。除却两般无个事，藤床惹梦茗瓯甘。

　　　　避风何地集爱居，弱燕飞飞学舞初。冷宦岂驰毛义檄，衰亲难绝太真裾。羹汤妇职烦亲授，罗绮吾门戒早除。纶全新娶妇。遗表他年及孙子，成都桑外幸无余。

　　　　入门握手祝平安，垂白容颜愿驻丹。微疾相关缘老境，旧游重数抵新欢。笑题合字封嘉树，新种来禽成实，人食一枚。闲展冰文倚画栏。好对庞眉传绮皓，烟云描写到商峦。冠英为绘《养余四老图》。

　　如果涂去诗中偶尔出现的"病躯""微疾"字眼，这完全是一幅知足乐生的达士高隐图，季芝昌几乎无视了病魔的存在，他对炼形长生的道教也不感兴趣，或者说已经看穿了其不可能，于是"晚犹礼佛胜朝参"，着意从心境的修炼上勘破生老病死之关。当然，他也不曾忘记儒家立场，其三先夸赞儿子念诒能够如汉代毛义那样捧檄出仕，被授编修，遂了孝亲之愿；同时又不像东晋温峤（字太真）那样绝裾辞亲，而是奉亲不仕，更突出了念诒的孝子形象；接着再称赞念诒教子有方（念诒之子纶全），对儿媳亦能严格要求；最后声明自己的愿望是遗表之恩能够惠及子孙，则其余更无所求，简直就是一幅父慈子孝的儒家睦亲图。因季芝昌与夏之成（伯田）、庞大堃（子方）、杨希钰（研

培)三位老人合称四老,并请江阴名画家吴冠英绘制《养余四老图》,
而《病遣》其四即与此相关,故写毕此诗的次日,季芝昌"书《病遣》诗
送伯田、子方、研培",而此日正是"肝疾又发"之时(六月初七日记)。
可以说,借着强大的精神力量、乐观的人生态度和家庭的温暖、乡邻
的友情,季芝昌超越了病痛的折磨。

当然,季芝昌并不刻意回避书写肉体对病痛的感知。咸丰六年
底,他不慎中风,左半身偏瘫,虽经疗治,但左手、左足仍活动不便,出
门要么坐抬椅,要么须扶杖,且畏风畏冷,从此药炉、风帽不离左右,
为此他写下了《病中无聊戏成六咏》,先看咏抬椅和拄杖的两首:

> 泉明舁篮舆,乘兴出栗里。方春自行乐,柳嫩花如绮。我今
> 被风淫,四肢半无俚。如夔趵踔行,跛而不能履。伤禽不忘飞,
> 未曙仍先起。书斋虚且明,去才卅弓耳。呼僮将坐迁,前后从孙
> 子。我曾不出门,家街室则迩。又无门生来,左右供臂使。高风
> 怀昔人,篮舆岂如此。(《抬椅》)
> 一枝天台藤,赠自城西叟。伯田晚号城西蒙叟。方竹瘦而轻,
> 呼作犹龙友。薄物匪交易,念老两心厚。去腊十三日,我病若僵
> 柳。数行报故人,喜能举右手。岁除闻君疾,云在祀灶后。相去
> 只一旬,二竖亦为耦。昨日江上书,知君霍然久。我犹倚老藤,
> 蹇步暂难走。君其犹龙乎,北斗劝觞酒。(《拄杖》)

《宋书·隐逸传·陶潜》:"潜有脚疾,使一门生二儿舁篮舆。"而
季芝昌之疾甚于陶渊明,"病若僵柳",半身麻痹,行走时像夔仅有一
足一样,但并无门生可用,出门困难,只好遥想陶氏的"篮舆"之趣了。
老友夏之成赠其藤杖一枝后亦病,但夏氏很快痊愈,而季氏虽倚藤
杖,亦艰行走,不过他的精神是乐观的,仍是"喜能举右手""北斗劝觞
酒"。接下来两首写风帽和火炉:

　　二月春复寒，翦刀风恻恻。病客畏风侵，出户裹头亟。昔入东华门，夜半天如墨。西风扑面来，引袖将口塞。门洞窅复深，轰磕负大力。欲前足趑趄，噤寒行不得。强进若登山，否则旷其职。如今亦优闲，可奈病相逼。遮顶及两肩，旧红未黝黑。输他披岭云，絮帽山路侧。（《风帽》）

　　平生耻趋炎，天寒嫌向火。北地虽苦寒，薄冷犹枯坐。夜衾谢汤婆，周旋徒涠我。水火两无情，避热归一可。近来运掉乖，手足病在左。足寒本伤心，矧乃更偏跛。熏熏觉微温，如船轻摸柁。拨芋固无缘，踏瓮常恐堕。不画炉中灰，冬烘尽安妥。莫任杜回颠，笑倒晋魏颗。（《火炉》）

　　病后畏风，出门佩戴风帽（帽顶遮至前额，侧兜两颊，可以挡风御寒的软帽）本为常见，但季芝昌却能从寻常处转出一层不寻常来，由此联想到自己上早朝时的辛苦万状，戴着风帽勉力前行，担心"旷其职"而心情紧张；如今心情倒是舒展优闲，然而老病相侵，仍需风帽为伴；最后宕开一笔，忽引入苏轼《新城道中》"岭上晴云披絮帽"诗句来做对比，自我幽默了一把。《火炉》一诗则构思奇妙，先写昔日为官因耻趋炎附势而冬天亦远炉火（实际上是因体格强壮而不畏寒冷），但近来运乖病废，足寒偏跛，不得不借炉火取暖，末句用《左传》魏颗因报恩老人结草而擒杜回之典故，表明足力仍弱，要谨防摔倒，仍是幽默的表达方式。最后两首写药罐和夜壶：

　　吴君夐田我同庚，我长仅一日。寓居共虞山，时时苏我疾。药炉日一举，劳人几能逸。不如罗众味，炼出胶如漆。盛之瓦甀中，甘饮胜饴蜜。自嗟精消亡，小体复奚恤。春融万物煦，轻健当可必。但留支离身，饮食抱空质。纵齐大年樗，终负仙井橘。忽念医国者，方待扁仓术。（《药瓶》）

　　仕进不知止，侍中执虎子。古人用相嘲，官仪良可耻。岂知勇退人，随身不离尔。我老肾气衰，顷刻泻如水。平居戒饮茶，六时尚十起。剧怜寒疾辰，强忍难寸晷。亵器置坐隅，旦暮少休矣。每惊裈中虱，扰扰思避徙。呜呼廉将军，善饭三遗矢。安能客魏齐，醉溺范雎死。（《虎子》）

由医者吴君想到熬药之罐，进而联想到葛洪《神仙传·苏仙公》中关于井水橘树的记载，言纵然病体康健、寿比椿樗（《庄子》云"大椿以八千岁为春秋"），但成仙终究无望；因此不用关心"小体"，还是关心哪里能找到"医国者"吧。这种思维看似跳脱，实则是诗家由小及大的挪移笔法。虎子系古人的小便之器（夜壶），以其形似伏虎得名，偏瘫之后夜起小便，寒疾难忍；而季芝昌则生发奇想，先用《三国志》吉茂嘲苏则"仕进不止执虎子"典故，讽刺恋栈者；对比自己虽生活中无法离开此物，但却是引疾勇退人；复用《晋书·阮籍传》"群虱之处裈中"典故，言处世之难；又用《史记》廉颇、范雎传之典，指出贪图功名者，要么如廉颇"三遗矢"之类而出丑态，要么因"醉溺范雎"之类而致败亡，由一个夜壶能想出这么多进身不易的大道理，反过来映照和肯定自己即使废病如斯，亦不失高明的选择。

以上六咏没有一首对现实生活表示出失望和抱怨，这与他人诗歌喜爱夸张疾病之痛苦迥然不同，构成了季芝昌诗歌的特殊之处。

值得注意是，以诗的巧思来排遣病的痛感，季芝昌可谓一以贯之。"我怜趻踔成废人，君独夸我诗不贫。"（《题研培虞麓盍簪图》）"病魔如遂人情懒，诗癖终输客感深。"（《鹭门见和生日诗三叠前韵奉酬》其三）"此心无着日不暮，病骨曷以禁磨治。巫召诗神为排遣，神云请君何所之。"（《骤热戏作》）"我老何所营，赖有诗来诒。彦升晚好吟，讵为东阳沈。曹腾问余沥，化作浓墨沸。畅然怡心神，都忘行踔踬。"（《砚培率咏春、书成移樽金粟山房，诒儿及两孙皆侍饮，脱略礼数，竟席不疲，快然赋之》）疾病不仅未使季芝昌感到恐惧，而且使他浮想联翩，诗思泉涌，病在季芝昌这里成为一种诗歌的触媒，也成就了他高超的诗名。

三　我疾故我在

生老病死是大自然的规律,是每个生命个体无法摆脱的魔咒。对于疾病,苏珊·桑塔格这样形容:"疾病是生命的阴面,是一重更麻烦的公民身份。每个降临世间的人都拥有双重身份,其一属于健康王国,另一则属于疾病王国。尽管我们都只乐于使用健康王国的护照,但或迟或早,至少会有那么一段时间,我们每个人都被迫承认我们也是另一王国的公民。"①不过,每个人面对疾病时的态度并不一致,有的人因疾病造成强烈的危机感、孤独感,渴望依赖他人,被他人关心,也乐于向他人倾吐自己的痛苦、担心和恐惧;有的人却坚强豁达,很少向人诉说疾病的痛苦,反而借此从世俗生活中超脱出来,得以返观自身,体悟自然,在精神上得以升华。

季芝昌无疑属于后者,他在日记中记载:"对人言贫,其意可鄙,岂知对人言病,虽关切者亦耳若不闻,徒取厌耳。臣精消亡,惟我自知,数日来觉有不能自支之势,而人皆不信也。"(咸丰八年五月十七日)这是由于无论对方再深爱你,亦无法真能感同身受,更无法代你去忍受病痛折磨,不如少说甚至不说。这就是他在自撰的日记和年谱中,提及自己病状时文字多很简省的原因吧,季芝昌似乎不愿让人听到自己的呻吟。

不过,疾病虽是生命的阴暗面,却也因此打乱了正常的生活节奏,解除了在健康状态下需要履行的诸多社会义务,使病者的注意力可以由外部世界转向自身,用敏感和细腻之眼观照周边、感悟一切,而文学的方式,恰好可以尝试将疾病的摧毁力和创造力完美地传达出来。从这个意义上讲,疾病不但是一种重要的生理和心理经验,还

---

①　[美]苏珊·桑塔格著,程巍译《疾病的隐喻》,上海译文出版社 2003 年版,第 5 页。

是一种宝贵的文学经验。

进入文学书写传统，会发现吟咏疾病是人类恒久而普遍的主题，也形成了积极和消极两大书写模式。"两种互相矛盾的观点总是和疾病这个事实同时出现，亦即生命的升华和生命的贬值；两种观点也出现在文学表现中"①，一般而言，创作较为丰富的诗人作品中，既会有积极的"生命的升华"（如因疾病而产生的个人品格和认识能力的发展）的书写，也会有消极的"生命的贬值"（如因疾病导致患者产生软弱、畏葸、厌恶、异化、悲观、绝望、厌世等）的书写。但季芝昌关于疾病的诗歌书写，仿佛只有一种积极的主题，或许这正是他的独特和强大之处。前举诗例已多，兹再举一首《后对酒十首》之十：

> 曩闻有鸿儒，卧疴自沉吟。生平饱万卷，恍惚无由寻。始谓义理学，可以养此心。吾心在何许，皓月临空浔。掬之未入手，忍使明珠沉。杯中圣贤酒，深浅凭酌斟。得味即为乐，毋惜老病侵。

开篇由"卧疴"进入沉思的世界，义理的世界，养心的世界，圣贤的世界，最后以"得味即为乐，毋惜老病侵"作结，但并不停滞于疾病本身的讨论，而是联想、转移乃至超越、升华，在精神世界里化解苦痛，在审美世界里消泯灾难，这近乎一种内圣的境界。疾病，反而成全了自己。笛卡尔的名言"我思故我在"，在这里似乎可以改作"我疾故我在"。

近些年来，作为社会史的医疗史研究逐渐受到国内学者的关注，但本文的目的并非描述季芝昌的疾病，也不甚关心其在医疗史或社会史上的价值，而是意在借鉴医疗史相关研究方法和成果，将重心放

---

①　［德］维拉·波兰特《文学与疾病——比较文学研究的一个方面》，《文艺研究》1986 年第 1 期。

在人物史的研究上；从"疾病—文学"视角考察季芝昌对身心以及心物关系的认识，探讨前人对身体和疾病的想象与表达，因为"疾病是通过身体说出的话，是一种用来戏剧性地表达内心情状的语言：是一种自我表达"①。希望这种人物史与医疗史相结合的尝试是有意义的。

（原载《中华文化论坛》2019 年第 5 期）

---

①　［美］苏珊·桑塔格著，程巍译《疾病的隐喻》，第 41 页。

日常生活中的薛时雨

薛时雨(1818—1885)，字慰农，一字澍生，晚号桑根老农，安徽全椒人。清咸丰三年进士。其生平事迹，谭献《皇清诰授资政大夫二品衔署浙江粮储道杭州府知府薛先生墓志铭》、顾云《桑根先生行状》及《全椒县志》卷十《儒林》载之已详，但多着意其护惜民生、振兴文教等循吏和教育家的一面，而对于其他方面记述较少。今据相关日记、书札等资料，对薛时雨日常生活的一面予以勾画，以更全面地展现薛时雨的形象。

一　嗜于酒

杜甫《壮游》诗自云："性豪业嗜酒，嫉恶怀刚肠。"薛时雨同样如此，不仅性刚情豪，而且嗜饮善饮，堪称酒中之仙。但各种传记材料对此多讳而不言，仅谭献《薛先生墓志铭》中提过一句："文酒之会，一饮数斗不沾醉。"不过谭献的出发点可能不在于描绘薛的酒量之大，而在于描绘其"唯酒无量，不及乱"(《论语》)的儒者风度。不过，在谭献私人日记里①，对薛的好酒却有大量记录，兹略举数例：

同治四年

闰五月望日……薛师招饮，力疾赴之。

九月望日……同仲英过慰农师，同人咸在，遂同赴闲福居酒

---

① 据南京图书馆藏《复堂日记》稿本，本文所引谭献日记均据此。稿本日记资料为吴钦根博士提供，谨此致谢。

楼会饮。集者薛师、仲英、芍洲、呈甫、子虞、蒙叔、颂芝、玉珊、朱亮生、许子曼与予十一人。酒酣，薛师题壁。

同治五年

六月初七日……遂同上湖船，陪薛师饮荷花深处久之。

七月十一日，携子再至涌金门，约韵梅、仁甫、呈甫、敬甫、春江、薛师湖舫清集。风日清佳，吟啸甚适。一念此集为离筵，不禁凄切。饮于巢居阁下，既罢矣。放鹤亭有酒人张坐，薛师不通名氏，径与拇战，同人继之。脱略形骸，想见六朝风致也。

同治六年

三月朔，赴慰师招饮，集于仰山楼。

三月廿二日……是日姚季眉大令招江浙文士宴于湖舫，集文会，请慰师为主盟。……会饮至暮。

六月初五日……是日慰师觞客第一楼，饮至未罢。昼寝，客去不知也。

六月十八日……慰师招同韵梅、呈甫、抑孙、兰艇夜泛，饮至四鼓始罢。

十二月廿一日……灯上谒薛师，适归自上海，遂与蒙叔、子长诸君共饮，聚谈至三鼓始归。

同治七年

七月朔日……暮至东城讲舍，慰师饯高伯平丈，同集者为典三、仲英、凯斋、松生、蓝洲及高丈父子也。畅谈至二鼓归。

十一月初七日……暮偕仲英、蓝洲、子虞、子社觞秦观察、羊心楣于桑根寓庐，薛师出名酒醑客，真如接公瑾也。

同治八年

正月廿四日……是日同人饯慰师于皋园……桑根先生文采高逸，辉映泉石，不必问来者为谁也。同集杭嘉湖严之士卅六人。

七月初五日……同人饯慰师于仰山楼，即以落薛庐也，集者廿九人。

这只是就薛时雨在杭州的生活撷取出来的几个饮酒片断,就有招饮、陪饮、宴饮、饯饮、集饮等不同形式。对于爱饮能饮,薛时雨自己倒不讳言,他给学生的信中曾云:"贱躯顽健如昨,酒兴亦尚不衰。"①他的侄婿袁昶也回忆:"薛师丈多蓄美酿,更送相酌。风窗雪阁,相语欣然。"②最能见出人物面目的是同治五年薛时雨至放鹤亭,居然与素不相识的张姓酒徒"径与拇战",真有六朝人物放浪形骸的风流气质。其实饮酒不但无损薛时雨的形象,反而增加了其可亲可近之感。

同治七年七月五日的饯饮,还揭示出了杭州薛庐落成的准确时间。只不过七月十二日薛时雨即赴南京,在杭州薛庐居住的日子可谓寥寥无几。袁昶《秣陵小西湖薛庐记》:"桑根先生有惠政于杭,既解郡符,去杭之日,士民歌咏不忘,卜筑湖上,榜曰薛庐,以志去思。"亦可为证。

二 深于情

顾云《桑根先生行状》曾载薛时雨对学生的爱护之情:"家非饶于财,人士贫不自存者,辄分所入以赡,其或辞弗受,至与造其家赀之。光绪十年冬,病几革矣,犹念所从游无以卒岁,出金命其友婉致焉。"对于家人,薛时雨更表现得情意缱绻,如对亡妾沈氏的态度就是明显的例子。

沈氏咸丰八年被薛纳为侧室,咸丰十一年病卒,年仅十八岁,薛时雨曾作挽联:"助簏仅三年,可怜萍梗飘流,巾帏相随,细数欢娱曾有几;和颜承大妇,才到荔枝年纪,幺弦忽断,伤心病状竟无名。"(《藤

---

① 薛时雨同治十二年致谭献、张预、陈豪信,《复堂师友手札菁华》,人民文学出版社 2015 年版,第 1214 页。

② 孙之梅整理《袁昶日记》光绪二年丙子十二月,凤凰出版社 2018 年版,第 246 页。

香馆小品》卷下）不仅有挽联，薛时雨还在诗词中反复致意，计有《惆怅行悼沈姬作》《李婿景卿，令鄱阳，延余校阅观风试卷。适余抱绛桃之痛，借此排遣。遂作饶州之游，得诗四首》《舟中追悼沈姬四首》《出进贤门诣仲兄殡宫拜别，顺过沈姬墓，感赋二首》《奉仲兄灵輀登舟附载樟侄、侄妇郭亡妾沈之柩各哭以诗四首》《薄幸·追悼沈姬》《一萼红·题曹梅庵茂才葬花图》《南浦（烟水衬平芜）》《金缕曲·舟抵章门书痛》《水龙吟·奉仲兄灵輀登舟，樟侄、侄妇郭、亡妾沈附载。仿竹山效稼轩体招魂》等，数量之夥，令人惊讶。

　　其中《惆怅行悼沈姬作》系近千字的七言长篇，对沈氏的家世、才艺、性情都有书写，如"东阳世泽今贫贱，小家但解纫针线。裙布羞争时世妆，蓬门不碍春风面"，知沈氏是东阳人，家道衰落，但精女红，美姿容。"大妇窥妆劝画眉，小星知命甘承睫。讼庭花落鼓冬冬，纱帽清闲燕寝中。知我微吟先蘸墨，背人识字学题红"，知沈氏对薛的正室低眉顺眼，又偷学作诗，以投薛所好。"三条烛尽警吟魂，辛苦怜才是病根。禅榻风凄秋黯淡，药炉烟袅夜黄昏。瑶姬亲奉鱼轩至，茶汤苓术殷勤侍。绣佛私拈一瓣香，沾巾暗洒双行泪"，知咸丰九年薛时雨再充乡试同考官，认真选拔人才，以致辛苦致病，而沈氏对薛奉侍汤药，照顾无微不至。"苏堤偶说朝云墓，灵心慧舌工参悟。宦迹相传并乐天，香魂何处栖樊素。……荏弱无辞跋涉艰，流离常恐恩情绝。赭虼相向海门深，蜃气浮空日影沈"，知沈氏十五岁嫁与薛氏，灵心慧舌，与苏轼之妾朝云相似，又似白居易的宠妾樊素，沈氏跟随薛时雨宦海飘泊，无惧跋涉之苦，但咸丰十年，太平军陷杭州、嘉善，薛时雨不得回任，只好暂避于江西南昌。"一病仓皇永别离，蓣因絮果问谁知……繁华粉黛三千界，荏苒光阴十八年"，知沈氏病故时年仅十八岁。"重泉若解韦皋痛，再世因缘续玉箫"，知薛时雨对亡妾情深难忘，愿意来世再续姻缘。诗作于咸丰十一年辛酉流寓南昌时，沈氏即葬于此，薛时雨是年四十四岁。《福星薛氏家谱》和《桑根先生行状》，均只言沈氏为侧室，不详其他，墓志甚至根本没有提及沈氏，赖薛时雨此诗,我们方能对沈氏的情况有所了解。

《奉仲兄灵辀登舟附载樟侄侄妇郭亡妾沈之枢各哭以诗四首》之四也是写给沈氏的,全诗及注释如下:

> 衰龄作哀诗,下笔皆苦语。星小更无光,渺渺逝何所。我来频入梦(余至西江,沈姬频频见梦),形色增惨沮。改敛启攒宫,一面缘留汝(沈姬枢生白蚁,因为改敛,面如生)。今兹携汝去,遗蜕归黄土。生前昧故乡(姬从未回全),死后魂谁抚。诗成老泪竭,磷火集江浒。

诗作于同治五年,距离沈氏亡故已近六年,可薛时雨梦中仍是频频见之,足见情深;因沈氏枢生白蚁,薛时雨遂将其改敛运回全椒安葬。《薄幸·追悼沈姬》系悼亡词:

> 烟波江上。旧曾共、桃根打桨。记王粲、客游无绪,累尔伶仃相向。争兰桡、双载人来,经年不载人同往。叹逝水无情,罡风太恶,人与落花并葬。　　生就了、聪明性,应悟彻、尘因俗障。梦中传幽怨,声声诉出,夜台多少凄凉况(余至西江,沈姬频频见梦,音容惨淡,若有所苦。启攒果见蚁穴,因为改敛载归)。一灵无恙。趁归帆安稳,玉箫重侍韦皋帐。吟成楚些,付与秋坟鬼唱。

其中所述,颇似《惆怅行》与《奉仲兄灵辀登舟附载樟侄侄妇郭亡妾沈之枢各哭以诗四首》之四的缩微版。薛时雨原配杨氏,无子;娶妾即沈,病故;又纳妾汪氏,生子葆桎。对于一名侧室,薛时雨能倾注如此多的笔墨表示怀念,即使在已经步入近代社会的晚清,也是难能可贵的吧。

当然，对于其他亲人，薛时雨同样情深意重，《桑根先生行状》载其为照顾母亲叶太夫人，"积四科弗上"；《福星薛氏家谱》载学者称其为"桑根先生，私谥孝惠"；薛时雨之兄薛暄黍（字艺农）卒时，还留有两个年纪尚幼的女儿，薛时雨遂"抚艺农公二女曰葆橼、曰葆棣者为女"①，从中皆能看出薛时雨深于情的个性。

三　懒于文

薛时雨虽有诗词集刊刻传世，但并无文集流传，这一现象值得人们重视。究其原因，一方面可能由于其为官时公务繁忙，执掌书院时也课业繁重；另一方面也可能与他的性格有关，薛氏对文章写作的喜爱程度明显远逊于诗词创作，即使是实用类的书札，薛氏流传下来的数量亦不丰富。《复堂师友手札菁华》所收两封薛时雨信，一云"老懒日甚，举笔之难，难于举鼎，以至久未裁答"，一云"久未致书，老懒之过，计邀原谅"，不难体味一些其懒于为文的姿态。

薛时雨对全椒乃至全国的一大文化贡献是重建了欧阳修的醉翁亭，该亭于光绪七年完成工程，薛时雨作《重修醉翁亭记》并勒碑，碑尚存，碑文亦载于光绪《滁州志》卷三之七②：

> 　　山水之气象，历数千载；贤人君子之气象，则数十年耳。而宇内名胜之地，气象映发，若有借于贤人君子者焉。焦山以孝然名，粟里以元亮名，永嘉以灵运名，柳州以子厚名。数君子以前，山川流峙而无闻焉者，待贤人君子而后传，传而后永。醉翁当宋全盛，治滁不三年，滁之山水遂托于醉翁而气象始发。唐之韦公燕寝之盛集，煮石之退寄，犹若让美焉。

---

①　《福星薛氏家谱》卷二"时雨公"传，民国十六年刊本。
②　此信息经宣扬先生提示，特此致谢。

时雨幼读东坡诗云："醉翁行乐处,草木亦可敬。"桑根蔽庐,去滁山五十里而近,往来策蹇,凭欧梅之亭,拓子瞻之碑,悠然有怀当日宾客之游,太守之醉,不知平山堂下,颍(川)[州]西湖,又当何如?但觉衣冠谈笑,若斯亭所独留,以予后人之尚友。

时雨忝冒缨绂,作吏廿年,浩然青山,仰企醉翁归田之录,重寻旧游,而醉翁亭已鞠为茂草。大兵之后,宇内名胜芜废十七八。时雨滁人言滁,怒焉伤之,拙宦退耕,莫慰其修复之志。盱眙吴勤惠公时任蜀帅,方将移家为滁寓公。时雨雅故,以书干之,慨乎同心。使相曾文正公,学欧公之学者也,题名首倡,于是鄂帅李公喆弟节相继之。皖大府英果敏公,今浙闽制府何小宋方伯,皖人督师刘省三军门以下,各分俸畀。时雨乐观厥成,顾斯亭旧观未尽还也。

时雨养疴石城讲院,蓄此耿耿又七年矣。今年复布书问当路巨公,得裕寿山中丞,卢艺圃方伯、胡履平廉访提挈群贤,再畀兼金。时雨缮完之志,至是而始遂。其所以孳孳十余年,不惜以退废之身,数数于当轴公卿,若干以身家之私者,而诸公之应之者先后如响,岂徒以山林寂寥中增此流连觞咏之区,付诸丹青、发以诗歌云尔,亦愿宰治良吏皆观感欧公之流风善政。而疆域乂安,民物殷盛,天下之太平,长若醉翁之世,于是乎酒甘泉冽,啸咏名山,气象如斯,不亦美乎?

时雨老矣,抚滁山之草木,有生敬于昔贤,且生敬于诸公之好古乐善,曷敢轻言尚友也哉。醵资并依汉人碑阴之例,具题名于贞石焉。

圣清光绪七年龙集辛巳十一月。

然而这篇洋洋洒洒的《重建醉翁亭碑》,却并非薛时雨所作,而是由其高足谭献代撰。检《复堂日记》光绪七年八月二十日,赫然有"代薛先生撰《重建醉翁亭记》"的记载①。复检南京图书馆藏谭献《文余》稿本，亦收有此篇，文字如下：

　　山水之气象，历数千载；贤人君子之气象，数十年耳。何以宇内名胜之地，若借贤人君子而后映发其气象，若焦山以孝然名，栗里以元亮名，永嘉以灵运名，数君子以前，山川流峙而无闻焉者，待贤人君子而后传，传而后永。醉翁当宋全盛，治滁不三年，滁之山水遂托醉翁而气象始发。唐之韦公燕寝之盛集，煮石之退寄，尤若让美焉。

　　某幼读东坡诗云："醉翁行乐处，草木皆可敬。"桑根敝庐，去滁山五十里而近，往来策蹇。凭欧梅之亭，读子瞻之碑，悠然有怀。当日宾客之游，太守之醉，不知平山堂下，颍州西湖，又当何如。但觉衣冠谈笑，若斯亭所独留，以予后人之尚友。

　　某忝冒缨绂，作吏廿年，浩然青山，仰企醉翁归田之录，策蹇以寻旧游，而醉翁亭已鞠为茂草。大兵之后，宇内名胜芜废十七八。某滁人言滁，怒焉伤之，拙宦退耕，莫慰其修复之志。盱眙吴勤惠公，时任蜀帅，方将移家为滁寓公。某雅故，以书干之。慨乎同心。使相曾文正公学欧公之学者也，题名首倡于是。鄂帅李公哲弟节相继之。皖大府英果敏公、何小宋方伯、皖人督师刘省三爵帅以下各分俸畀，某乐观厥成，顾斯亭旧观未尽还也。

　　某养疴石城讲院，蓄此耿耿又十年矣。今年复布书问当路巨公，得寿山中丞、卢艺圃方伯、胡履平廉访，再畀兼金，某缮完之志，至是始遂。其所以孳孳十余年，不惜以退废之身，数数于当轴公卿，若干以身家之私者，而诸公之应之也如响，岂徒以山林寥寂中增此流连觞咏之区。付诸丹青，发以诗歌云尔。亦愿

───────────

① 　此十一字稿本与刻本《复堂日记》文字相同。

宰治良吏皆观感于欧公之流风善政,而疆域乂安,名物殷盛,天下之太平,长若醉翁之世。于是乎酒甘泉洌,啸咏名山,气象如新,不亦美乎。

　　某老矣,抚滁山之草木,有生敬于昔贤,且生敬于诸公之好古乐善,曷敢轻言尚友也哉。诸公醵资并依汉人碑阴之例,具题名于贞石焉。

　　与《滁州志》所载文比较,字句小有差异,当系薛时雨后来修改所致。同样,亦载于《滁州志》署名薛时雨的《重建丰乐亭碑》(下署"圣清光绪九年岁五月既望也")亦是谭献代拟,因为《复堂日记》光绪七年十一月廿六日有载:"撰《重建丰乐亭记》。"中国传统社会中,臣代君、子代父、徒代师、幕僚代幕主撰制事属常例,毫无足怪。薛时雨对谭献非常器重,故应酬文字乃至批改试卷多有请其代劳者,《复堂日记》中频见记录:

同治七年
　　十一月初一日,代薛师校讲舍课卷四十,至申。
　　十一月初三日,代薛师校课卷廿四。

同治八年
　　二月廿三日,代慰师撰《周南卿抱玉堂集序》。

光绪元年
　　八月初三日,代薛师撰《诗序》一篇。
　　八月十一日,《丁节妇诗》(代薛先生作)。
　　八月廿四日,代薛先生作《盐城刘节妇》一律。
　　九月初二日,挑灯代薛先生作七言诗三,不录。

光绪七年
　　九月朔日,桑根先生以《褚二梅遗文》属代叙。
　　十一月初十日,作寄薛先生函,代撰《范月槎观察诗序》。

光绪八年

正月二十日，又代薛先生撰《熊子容城南小识叙》。

薛时雨才思敏捷，文采高华，他如此频繁地请谭献代笔，并不是自己不能写，而是不愿写；另外也反映出他对谭献的高度信任和师生之间情感的融洽无间。

不过，这一现象也提醒我们，在搜罗前人佚文时，特别是面对实用应酬类文体时，一定要小心谨慎，凡未经本人或亲近之人认定者，虽可辑佚，但宜注明出处，并在引用时持审慎态度为佳。

四　妙于联

薛时雨是晚清的联语大家，他留有《藤香馆小品》二卷，是友人杨晓岚代为收集的薛时雨的对联撰制，其中精妙之联不胜枚举：

形胜古临安，领是郡者，宣上德，舒下情，方寸中著半点尘埃，争对得十里湖光，四围山色；

劫余新缔造，登斯堂也，缓催科，勤抚字，凋敝后尽几分心力，期永保六桥遗泽，三竺慈云。

这是《题杭州府大堂》联，当作于薛时雨同治三年知杭州时，上联从形胜说到为官，为官者有私心贪念便对不起美丽纯净的湖光山色；下联从现实说到民生，杭州经太平军之乱，民生凋敝，为官者须缓催勤抚，始能永保此地繁华祥和，简直就是自己施政的纲领和宣言。

白社论交，留此间香火因缘，割半壁栖霞，暂归结十六年尘迹；

青山有约，期他日烟云供养，挈一肩行李，重来听百八记钟声。

　　这是《题凤林寺后薛庐》联,薛时雨卸任崇文书院山长离开杭州往南京时,谭献等弟子为其在西湖凤林寺后建成薛庐,期待他归来居住。此联潇洒出尘,恰切反映出作者的心胸气度。

　　　　五夜弦歌双桨月;
　　　　一帘花气满船灯。

　　这是《题秦淮画舫》联,桨声弦歌相和,月色灯影相映,花气脂香相袭,短短十四字,勾画出秦淮河画舫夜游的活色生香,不觉奢靡,但觉陶醉。

　　薛时雨深于情,所作挽联格外绵邈哀婉。薛时雨的兄长薛春黎,字淮生,曾任监察御史,咸丰年间上章弹劾载垣、端华等亲贵,直声震朝野,同治元年病故于江西考差任上,薛时雨与兄长手足情深,作《挽先仲兄淮生侍御》:

　　　　棘院病弥留,忧负君,忧负士,忧负寅僚,卅一朝医药沉绵,忍死论文,绝口不谈家室事;
　　　　荆株中忽断,失我兄,失我师,失我族望,三千里京华迢递,羁魂恋阙,伤心无复对扬时。

　　上联刻画薛春黎病中仍忧心国事的忠荩,下联刻画自己痛失良师益兄之悲痛,句式长短相杂,反映出自己情感的起伏不宁。

　　　　一个臣休休有容,频年燮理,余闲小队出郊坰,惯向山中招魏野;
　　　　万户侯绵绵弗替,当代元勋,佐命大名垂宇宙,岂徒江左颂夷吾。

　　这是挽曾国藩联，上联"休休有容"出自《尚书·秦誓》，用来形容曾国藩的心胸宽广，治国有术；"小队出郊坰"出自杜甫《严中丞枉驾见过》"元戎小队出郊坰，问柳寻花到野亭"，形容曾国藩平易近人，常微服简从，寻访魏野那样的逸才隐士；下联用夷吾（管仲）比喻曾国藩，认为非仅功在江南，而是功在全国，大名必将随宇宙而流传无穷，"大名垂宇宙"亦化自杜甫《咏怀古迹》"诸葛大名垂宇宙"，虽用典较多，但并不晦涩，足见其联中用典的功夫已入化境。

　　另如《题暖阁》《题梧月松风厅事》《题金陵清凉山寺》《题莫愁湖》《题莫愁湖曾文正公遗像》《题滁州醉翁亭》《题滁州丰乐亭》《挽何廉昉太守》等，也都是传颂一时的名联。如果说诗歌是高雅的艺术，对联则是与日用联系密切的艺术，薛时雨的联语更能反映出其日常生活。薛时雨还有不少对联《藤香馆小品》失收，这些对联也不乏佳制，陈方镛《楹联新话》中就记载了一些，薛时雨日记中也常有著录，如其同治二年正月廿二日记：

　　　　汪轶麟明府殁于赣郡，作联挽之："故里擅豪情，记列岫楼开，诗酒纵横，迟我未登名士席；阳城书下考，怅双江路隔，老成凋谢，哭君新罢上元灯。"又作一联，虽戏谑之词，然轶麟实录也："潭水具深情，一曲韦弦，名士班中推绝调；关楼栖旧好，三生梦影，美人老去哭春风。"

　　前联《藤香馆小品》收入，后联则失收，其实后联形象呈现出汪氏的名士风流和多艺多情。再如二月二十日记亦载一联：

　　　　上年孙觉亭嘱作挽某僧官联，偶忆及之："僧亦居官，可知我辈尘劳，非关堕落；佛云不死，为问吾师法相，何处销沉。"

　　僧的出世与官的入世，僧官的去世与佛法的永恒，本来具有一定的矛盾性,薛时雨通过揭示这种矛盾,表明了入仕的价值,也消解了对死亡的畏惧,可谓是一幅妙联,但是可能由于带有调侃戏谑之意,最终没有收入《藤香馆小品》。幸运的是,这些对联并没有全部消失于天壤之间,它使我们领略到薛时雨幽默风趣的一面。

五　清风明月我,青山白云人

光绪元年,薛时雨在给自己得意门生谭献的一封信中,谈到了人生的出处问题:

> 吾辈穷措大,处亦穷出亦穷,志在处不必更言出,志在出不必更言处,况既已出矣,惟有循分守素,坚忍待时,汲汲焉仰贵人之鼻息,营谋钻干,诚所不屑,嚣嚣然以浮沉为耻,以饥饿为忧,甫经出场即欲偃旗息鼓,裂袍毁笏,息影穷庐,委巷之中,誓生平不再作登场伎俩,恐亦非士君子致用之本心也。①

薛时雨认为若志在隐就不必多说仕的问题,但既然出仕,就应发扬"士君子致用之本心","循分守素、坚忍待时",不可稍不如意即欲挂冠而去。其《五十自述》之一云:"宦途争事业,名山讲学问。"又云:"翩然谢簪组,肆志甘肥遁。风月足逍遥,湖山供泮奂。即此终天年,长啸我何恨。"《六十自述十二章》之三云:"心香一瓣别有托,文章政绩俱风流。"在薛时雨看来,作官时就要力争做出一番事业,退隐时也要好好读书育人、享受山林逍遥之乐。其《滕香馆小品》卷下收有《六十自寿》联云:"事功学问两无成,也曾逐队戎行,滥竽官守,扬镳艺苑,厕席名山,行谊寸心知,任世途标榜倾排,不争门户;富贵神仙能有几,差幸天阃云净,人海尘清,鸥鹭身闲,江湖梦稳,年华中寿届,历多少平陂往复,自葆桑榆。""事功学问两无成",这当然是谦虚的表

---

① 《复堂师友手札菁华》,第4—5页。

示。同治十二年薛时雨给谭献、张预、陈豪的信里自信地表示："好在心中空洞无物,不至有怨老伤贫之况,此则可为爱我者告耳。"①这种提得起、放得下,不累于外物的人生境界,实非一般俗吏或假名士所能及,它使薛时雨的政功、文教俱现一种光明俊伟之气。袁昶在跋《藤香馆诗删存》时就云："吾师桑根夫子,累典符竹,政成俗美。晚隐祠禄,多士辐凑。吏事之精勤,家家以为去苛虎,归慈父;坛宇之乐易,人人以为仰青云,睹白日。"②袁昶还曾集联赞美云："明月清风我,青山白云人。"③很好地表达了薛时雨光风霁月的人格和廓然无累的胸襟。

薛时雨去世后,谭献撰有挽联："循吏儒林同列传,许我从游函丈,湖舫论久,由来无虑事师,有如昨日;离群索居又三年,方期再坐春风,薛庐请益,岂料临江不渡,此恨千秋。"④指出薛时雨在政事上堪入循吏传,在文教上堪入儒林传,但未涉及薛的性情人格,这可能由于下笔仓促兼情至无文,但以薛、谭二人的深厚情谊而论,不能不说多少有一点遗憾。

（原载《聊城大学学报》2019 年第 1 期）

---

① 《复堂师友手札菁华》,第 1214 页。

② 《藤香馆诗钞删存》所附《书后一》,清光绪五年刻本。

③ 袁昶光绪二十一年乙未九月日记："往者为桑根丈集句云:'明月清风我(东坡词),青山白云人(傅奕语)。'今永今堂池南小阁榜尚存,而桑根风流遂往矣。岂胜慨然!"(孙之梅整理《袁昶日记》,第 1156 页)

④ 据南京图书馆藏《复堂日记》稿本。

《佩韦室日记》中的肃顺及晚清社会

《佩韦室日记》，稿本，五册，现藏浙江省图书馆，为晚清名士高心夔(1833—1881)所撰。日记起止时间为咸丰十年五月五日至同治四年二月十八日，其中同治二年四月八日之前系逐日而记[①]，之后则择要而书，仅记十九则(其中同治二年四月八日后至岁末九则，同治三年七则，同治四年三则)，可谓简之又简。据其自云："其后南游，别有纪载。"[②]然南游记今已无从觅得。

高心夔原名高梦汉，字伯足，号碧湄，又号陶堂、东蠡，江西湖口人。其经历颇为传奇，年十九即中咸丰元年举人，后因父被太平军杀害，高心夔起乡兵复仇，投曾国藩幕，攻抚州，矛洞左腿；咸丰九年礼部复试，因试帖出韵置四等，罚停一科；然为肃顺所赏识，该年二月聘请教读其子；咸丰十年保和殿朝考，又因试帖出韵，再置四等，蒙恩归进士本班铨选知县，遂返乡守选，并营葬双亲。同治七年入李鸿章幕，同治十年署吴县令，光绪六年再知吴县，次年引疾退，卒[③]。

高心夔的日记留存数量虽然不大，但他曾授读权臣肃顺府中，其日记恰好记载了不少有关肃顺的资料，因而弥足宝贵；其日记还记录了一些晚清社会的见闻，也颇具历史价值。今聊为揭橥，以示同好。

---

① 同治二年正月十四日后半内容至正月二十日内容缺佚。

② 《佩韦室日记》同治二年四月八日后附记，下引该日记文字，均于文后括注日期。

③ 高心夔生平，参见张剑《高心夔自画像及其与湖湘诗派之关系》，《苏州大学学报》2019 年第 1 期。

一　主战果决的肃顺

肃顺(1816—1861),字雨亭(裕亭),满洲镶蓝旗人,郑亲王乌尔恭阿第六子,郑亲王端华为其三兄。肃顺在道光中官位不显,咸丰时因其敢于任事,渐得重用,先后调任礼部尚书、户部尚书,《清史稿》本传谓其:"恃恩眷,其兄郑亲王端华及怡亲王载垣相为附和,挤排异己,廷臣咸侧目。"咸丰后期迭兴大狱,肃顺实主其事。如咸丰八年,大学士柏葰典顺天乡试,因家人靳祥舞弊,肃顺竟坚持将柏葰处斩;之后又有户部官票兑换案和五宇奏销案,波及官商数百人,一向立身谨慎的体仁阁大学士翁心存也险被重罪①。咸丰十年,英法联军犯京师,肃顺扈从咸丰帝逃往热河,又以户部尚书协办大学士,署领侍卫内大臣,行在事一以委之。咸丰十一年辛酉,帝驾崩热河,遗诏肃顺、载垣、端华等八人为赞襄政务王大臣,与慈禧的政争逐渐激化,慈禧遂联手恭亲王奕訢发动政变,赐载垣、端华自尽,斩肃顺于市,废除了襄赞组织,奠定了此后垂帘听政的格局。

肃顺虽是辛酉政变的主角之一,对晚清政局产生过重大影响,但由于其是政争的失败者,又严苛骄横,不得人心,后世也多对之污名化,率多附会之词②。比如旧钞本《庚申英夷入寇大变记略》就认为,咸丰十年英法联军进犯京师时,僧格林沁主战,"朝中惠、怡、郑三王及肃顺等,意在必和。上意竟为动摇。相持日久,迄无定见"③。但在《佩韦室日记》里,我们看到此时的肃顺是:

①　参见张剑整理《翁心存日记·前言》,中华书局 2011 年版。
②　如薛福成《庸庵笔记》、李慈铭《越缦堂日记》,均喜以小说家笔法叙事摹物,夸饰想象,在所不免。
③　参见《中国近代史资料丛刊·第二次鸦片战争》第 2 册,上海人民出版社 1978 年版,第 44 页。

　　主人来谈，闻天津北塘夷匪势极猖獗，二十六日已接战矣。主人将有魏绛之事，留予略迟行期，许之。（六月二十七日）

　　将晚，主人来谈，连日夷匪逼压大沽，自二十九日克兴阿战殉新河，京兵死者数千，以宣化营引退，克军援绝，其地遂失，三十、初一两日未开仗，夷匪南围僧军，进踞汤二沽，与僧军共在陆地，相去五里，三面拒夷，一面临海，殆哉，殆哉。今拟加天津知府石赞清三品衔，令明宣谕旨，勒齐团勇，悬示赏格，能夺回汤二沽者，三十万以下惟所请，能保全僧军驱夷出北塘者，八十万以下惟所请，五等封爵不吝。又飞调山东、河南、陕西各驻防兵，可五六万勤王，五日后陆续至通州取齐。群议以主人督师，而监守复恐无人，正尔忧虑。此时总以全力图救大沽，若大沽全失，则天津西北之杨村、八里桥等处节节拒守，军集之后，死战而已。主人力排众议，诸邸以下不得再言和局，所办与吾党之意一切吻合。五日后主人出督各军，要予同行，许之。（七月三日）

　　是日晨闻大沽军败绩。午往潘伯寅园寓，询知僧邸已退回蔡邨，距京才百二十五里。大学士瑞麟督大军扼守通州，并不按险设立营堑，此军直不足恃。提督乐善最称宿将，初五日已战殉矣。午后主人来谈，置酒小饮，所闻津沽事略，闻副都统克兴阿并未阵亡，僧邸败退时尚殊死守某地炮台不下，今亦未卜存亡也。前两日畿内布置粗有头绪，是日知僧邸尚存，群议不欲复向主人，私意百出，庙堂之上局势一变。主人哽咽太息，辄唤奈何，尚有甚不忍为在坐者。（七月八日）

　　学界曾就肃顺是主战派还是主和派争论不定①，而高心夔日记所云“魏绛”，系春秋时晋国卿，既有执掌军法、力斩扰乱军队的亲贵

　　①　参见邵雍《第二次鸦片战争中肃顺等人不是主战派》，《安徽史学》1994年第 2 期。

之事，又有和戎的伟功，此处到底是代指肃顺欲督军出战，还是前往议和尚可讨论；但据七月三日"力排众议，诸邸以下不得再言和局"，可见此时肃顺主战之意甚为坚决，且准备"出督各军"，"死战而已"，则前云"魏绛之事"当指督军更为合理；但由于形势变化，主张驾幸热河的僧格林沁并未阵亡①，其他大臣"私意百出"，遂不再附议肃顺，导致肃顺孤掌难鸣，徒唤奈何。

高心夔咸丰九年入京会试，馆于龙汝霖（字皞臣）处，肃顺在此处与高相识，大加赏识，是年二月礼聘高为西席教读其子，直至咸丰十年七月十六日出京为止，高心夔担任肃顺的家庭教师时间几达一年半之久，又系现场记录，所写应比野史笔记更为可信。

当然这并不意味着肃顺在战与和的立场上一直没有变化，王闿运《法源寺留春会宴集序》即云："其时夷患初兴，朝议和战，尹杏农主战，郭筠仙主和，而俱为清流，肃裕庭依违和战之间，兼善尹、郭，而号为权臣，余为裕庭知赏，而号为肃党。"②但是，咸丰十年六七月间，郭嵩焘、王闿运皆不在京③，在京者系尹耕云、高心夔等人，因此肃顺至少在这一时期是果决主战的，把肃顺归于"意在必和"之列并不妥当。

---

　　①　文廷式《闻尘偶记》云："文宗之幸热河，首倡此议者，僧格林沁也。其奏疏，余于张编修鼎华处曾见钞本，言战既不胜，惟有早避，词甚质直。"（《文廷式集》下册，中华书局 1993 年版，第 748 页）

　　②　王闿运《湘绮楼诗文集·文集》卷九补遗《法源寺留春会宴集序》，岳麓书社 2008 年版，第 288 页。

　　③　据《湘绮府君年谱》载，王闿运咸丰九年三月假居晋阳馆后始识肃顺，该年十月王闿运已至济南，至咸丰十年十月始还长沙（参见《湖南人物年谱》第 4 册，湖南人民出版社 2013 年版，第 491—492 页）；据《郭嵩焘年表》，咸丰十年四月十二日，郭已出都返湘，此后家居两年之久（参见《湖南人物年谱》第 3 册，第 620 页）。

二　渴贤仗义的肃顺

在高心夔笔下，肃顺还是一位好贤若渴、仗义疏财甚至多情善感的人物。

> 主人来谈，闻大学士瑞麟奉旨统兵万人，缓急出军固安备夷谋，奏请前御史尹耕云随行。尹公自咸丰八年京师戒严佐办团防事务，材略为时所重，平龄之狱坐监试失察，黜官屏居城南，诵吟不辍，垂一载矣。虽极枯槁，而有澄清天下之志。吾党犹以尹公任事清直，多迕于时，终虑废置。昨始有湖北巡抚胡少保林翼之荐，又将有从军之请，主人好贤如渴，护持激扬，不遗余力，此明征也。中朝巨公留意人才，咸能若此，社稷之福，岂惟吾党厚幸耶。（咸丰十年五月二十四日）

> 予遂并为杏公道意，力陈所以不欲之故。主人亦感其诚，谋缓颊焉。（咸丰十年五月二十六日）

尹耕云（号杏农）是京城文官中坚定的主战派，在朝野有较大的影响力，《清史稿》尹本传云："英、法合军犯天津，耕云专疏者七，会疏者二，力主决战，上命王大臣集议。与郑亲王端华等议不合，耕云抗辩痛哭而罢。耕云初在礼部，肃顺颇重之，及是为所憎。九年，科场狱起，以科道失纠下吏议，而耕云以充内监试谴独重，镌二级调用。十年，京师戒严，上将幸热河，耕云代团防大臣草疏谏阻，复自以书抵肃顺，卒不听。"虽然咸丰八年的戊午科场案中尹耕云因任内监试官而获谴，但此为就事论事，并不能说明肃顺对尹实行了打击报复，相反，通过《佩韦室日记》，我们发现肃顺对尹颇为看重和爱护，不仅藉机保举其从军参议，而且当高心夔转述尹耕云不欲之故后，又能尊重其意愿，"谋缓颊焉"。果然数日后尹耕云改为"交江南江北督团大臣差委"（六月朔），这里面可能就有肃顺的力量在推动。尹耕云曾作

《议清淮镇疏草》,论淮扬总兵官须得其人始能"与上江水陆各军联络一气",疏草通过高心夔之手转交肃顺奏上,得以施行。

> 诸人因得共读杏公《议清淮镇疏草》,眉生为予手录一通。(咸丰十年六月十一日)
>
> 夜,主人来谈,以所录杏公疏草授之。(咸丰十年六月十二日)
>
> 予在肃协揆幕府中,时值户部改并河漕议覆,予与杏公论淮扬既设总兵官,非其人,仍冗员耳,与上江水陆各军,何能联络一气,草奏交裕亭上之,请旨饬下曾国藩遴举,得黄日昇应诏。(咸丰十一年五月二日)

肃顺对尹耕云和高心夔表现出极大的信任,几乎达到言听计从的地步。而曾国藩被起用为两江总督,肃顺更是起了关键作用(详后)。对于朋友经济上的困难,肃顺表现得十分慷慨:

> 闻李武选贫甚,出六十金,属为李君寿,并致乳饼六匣,盖贡余物也。(咸丰十年六月七日)
>
> 是日晨,主人治庖饯黄氏兄弟行,厚赠资斧,受者殊有惭色。(咸丰十年七月十日)

甚至对于歌伎,肃顺也表现出同情和多情的一面:

> 午后,主人宴客,有乐,一时名伶莲芬、蝶云辈俱在,予始于坐上识之。开筵行酒,似有忸怩之色,可知此辈非无人心者,惜乎其误于术也。……酒散,诸伶托宿斋中。主人属予:"善为护持之,当念此辈无知之人,必使之各得其所也。"予感其言,叹惋竟夕。(咸丰十年五月二十七日)

莲芬姓朱,生名福寿,正名延禧,字莲芬,道光十六年生,江苏吴县人,工南北曲,书画皆精,"常为张文达(之洞)代绘,又常为潘文勤(祖荫)代书,故有状元夫人之称"①,按:张之洞、潘祖荫皆探花,此言"状元",溢美也。蝶云姓杜,生名玉庆,正名塈荣,字蝶云,咸丰二年时年十四,江苏吴县人,"骨秀神清,穆然意远。一颦一笑,不肯委曲媚人。……善画兰,尤爱诵《心经》"②,皆为当时色艺双全之名伶。肃顺愿对她们"善为护持"并"使之各得其所",可以说是体现出对女性一定程度地尊重和爱惜。至于对待高心夒,肃顺更是情义绸缪:

> 主人裕亭尚书寿予玉辟邪佩印,慰导甚至,感不能已。予自刻"哀窈窕思贤才"六字印,盖前一日已报朝考四等矣。(咸丰十年五月五日)
>
> 主人设酒午宴,为予补寿,以予生日致斋也。(咸丰十年五月六日)
>
> 主人来谈,主人忧其将入军机而不能周知天下利病人才,以予决意出都,坚订后约。予自知才力薄弱,又隘闻见,无所小补,不足以塞市骏之意,恪然辞之。(咸丰十年六月十三日)
>
> 主人来谈,见赠资斧极厚。(咸丰十年六月二十八日)
>
> 劝予及二黄君出都,均为郁邑。主人自处之志屹然如山。(咸丰十年七月八日)
>
> 午后主人置酒作饯夜叙,多陈当世之务,因以和平宽大劝之,并坚后约,二更乃罢。予自去年二月始识主人于皞臣斋中,遂承知爱,至今为别,弥用惘然。(咸丰十年七月十六日)

---

① 周明泰《京戏近百年琐记》(原名《道咸以来梨园系年小录》),(台湾)传记文学出版社1974年版,第15页。

② 四不头陀《昙波》,张次溪《清代燕都梨园史料正编》,中国戏剧出版社1988年版,第398页。

　　不仅在高心夔朝考失意时极力安慰,而且处处为其着想,洋兵压境之时,劝高等人出都避难,又厚赠行资,坚订后约,情意绵绵,无怪乎高心夔对之念念不忘:"忆裕亭见待之厚,真有不能忘者。"(咸丰十一年十二月十三日)

三　高心夔对肃顺的追忆和评价

　　肃顺于咸丰十一年十月六日被处斩后,时人反应不一,但大多数人表示赞同,其中包括被肃顺大力推荐过的曾国藩,曾国藩日记中只有两次提到肃顺:

> 　　少荃来,与之觅谈。因本日见阎丹初与李申夫书,有云赞襄政务王大臣八人中,载垣、端华、肃顺并拿问,余五人逐出枢垣,服皇太后之英断,为自古帝王所仅见,相与钦悚久之。(咸丰十一年十一月十七日)
>
> 　　张仲远寄周弢甫一信,余拆阅,内言京师近事,皇太后垂帘听政,以恭亲王为议政王,拿问载垣、端华、肃顺等三人,肃顺斩决,载垣、端华赐自尽,穆荫发军台,景寿、杜翰、匡源、焦祐瀛革职。另有桂良、周祖培、宝鋆、曹毓瑛为军机大臣,始知前日廷寄中所抄折片中语之端末矣,因与幕中诸人觅谈时事。(咸丰十一年十一月二十二日)①

　　前尚云"服皇太后之英断",后仅云"与幕中诸人觅谈时事",似未有鲜明倾向,但在莫友芝的日记中,却将曾国藩此时的立场记录下来:

> 　　遇涤老,言丹初有信与申甫,抄上谕一纸,言辅政载垣、端

---

① 曾国藩《曾国藩全集·日记一》,岳麓书社 1987 年版,第 686、687 页。

华、肃顺并革职拿问,肃顺又查抄,余五人逐出军机,盖数人者要挟为辅政大臣,然则前所谓载垣等正法,即兼端华、肃顺可知,朝野称快。又奉谕周祖培奏"祺祥"国号,二字同义,当更酌拟,因改明年为同治元年。太后锄斩诸奸,不动声色,其明断神速,盖亘古所无也。又言将起寿阳、常熟两相国,惜二公老矣。(咸丰十一年十一月十八日)

　　钦帅招饮,会者琴西、海航、子白、廉卿……元恺佐理,人望不属,万口怨毒,不学非才,难胜巨任。幸元旋一策出自中决,介弟一往,重之敦促,不致任其迁延。董元醇请议垂帘之疏,所持正论痛加驳斥,撰拟大不称,强争得下,其中疢疾可知,佥谓来复后必有更张也。此三逆未发时事。大帅又出湖北来信,则言案发后议三人凌刑,五人戍边。旨改为垣、华赐死,肃顺大辟……(咸丰十一年十一月二十二日)[1]

　　涤老、钦帅均指曾国藩,"朝野称快""太后锄斩诸奸,不动声色,其明断神速,盖亘古所无"云云,无疑是曾氏传递给莫氏的信息。而"元恺佐理"以下云云,当即曾氏与幕中诸人所谈之时事内容,"元恺"为"八元八凯"之省称,八元指高辛氏的才子八人,八恺指高阳氏的才子八人,此处代指顾命八大臣,曾氏批评他们"人望不属,万口怨毒,不学非才,难胜巨任",贬抑态度十分明显。有的史料云曾国藩当时的反应是"惨然曰:是冤狱也,自坏长城矣"[2],无疑是捕风捉影之谈。

　　高心夔的反应则与曾氏有所差异,他当时退居湖口家中,直至咸

---

①　张剑整理《莫友芝日记》,凤凰出版社 2014 年版,第 64、65 页。

②　尚秉和《辛壬春秋》卷二十六《清室禅政记》,《四库未收书辑刊》第 5 辑第 6 册,北京出版社 1997 年版,第 531 页。另黄濬《花随人圣庵摭忆》(中华书局 2013 年版,第 733—734 页)亦云"曾国藩隐为端肃讼冤",其对同治八年三月二十日吴汝纶日记索隐过甚,更不足取。

丰十一年十二月二日才有所耳闻，尚在半信半疑之中；至九日看到邸抄，震惊莫名，该日所记篇幅颇巨，情绪复杂，今分段剖析之：

> 大兄以邸钞上谕见示：怡亲王载垣、郑亲王端华、协办大学士肃顺以诈称赞襄政务，轻蔑两官伏诛，肃顺罪状复有诡谋社稷、大逆不道等语。骇极不能置辞。嗟夫，新朝执法不避亲贵，薄天之下，孰不震惊。此三人者，积成巨衅，以杀其身。予居京时，凤亦疑之。窃独深悲吾友裕亭，憯然罹罪若是其极也，命不可赎，哀何可量。东市之刑，诏狱之严已著；寝门之哭，执友之痛无涯。夫罪至大辟，名为逆谋，虽有肺腑密亲，苏、张奇辩，讵足救之哉。然终有不能默默者，则婴、杵所以并命，蒯、栾所以哀号也。

先言自己闻讯骇极失语之态，次书无可挽回之痛，"东市之刑，诏狱之严已著；寝门之哭，执友之痛无涯。夫罪至大辟，名为逆谋，虽有肺腑密亲，苏、张奇辩，讵足救之哉。然终有不能默默者，则婴、杵所以并命，蒯、栾所以哀号也"一段联翩用典，"寝门之哭"远出《礼记·檀弓》"师，吾哭诸寝"，近用李商隐《哭刘蕡》"平生风义兼师友"之义；合之苏秦、张仪、程婴、公孙杵、栾布等典，既表明自己与肃顺有主宾、师友之谊，又暗示自己曾力谏其不要犯险，然有心舍命，无力回天，只能于其生前哭谏（蒯成侯周緤哭谏高祖），于其死后哭吊（栾布哭吊彭越），其中"东市之刑"谓晁错，他与彭越都是含冤而死，高心夔用典隐晦，其中蕴意哀婉沉痛之至。

> 裕亭承荫贤藩，被恩宣庙。咸丰之初，我大行皇帝以其雄干之材，厕诸掌卫之列，包蒙润泽，左右十年。兵兴已来，司农仰屋，裕亭总持部务，有弛毕张，恃其无私，多所搏击。张家口、古北口等关外在昔内营马厂，渐化膏腴，都统餍于漏规，边人饶于

盗垦，内府莫识其数，举廷习远其嫌。裕亭感激殊知，建议量勘，果遵实效，亿数可登。弊重不迁，谤书通国，不幸北塘祸作，属车蒙尘，使命既停，怨瑕空在，乃其不学无术，负宠而骄。博陆骖乘，芒生圣主之躬；鼎湖龙升，弓堕斯人之手。力能犯难，智不周身。曹爽昧于恶终，张华梏于尊位。此所谓"人臣无将，将而必诛"，昔贤固已悯悼垂戒者矣。悲夫。

此段接叙肃顺功绩：以"雄干之材"受咸丰信任，理财有得，使马厂之地化为膏腴之田①，但也指出其"不学无术，负宠而骄"是致祸之源，这比曾国藩所说的"不学非才"更加全面准确。"博陆骖乘，芒生圣主之躬"用《汉书·霍光传》典："宣帝始立，谒见高庙，大将军光从骖乘，上内严惮之，若有芒刺在背。"霍光封博陆侯，功高震主，卒致灭族之祸。故俗传之曰："威震主者不畜。霍氏之祸，萌于骖乘。"以之形容肃顺对新皇室的威胁，也是相宜的；但随着宠信他的咸丰帝驾崩（鼎湖龙升），肃顺也像历史上的曹爽和张华一样，晚节不保，未得善终，令人怅惋。

故稽其功罪，义各有归，直道在人，谅非阿比。夫荐贤勤国，在职为忠。今总督两江曾公国藩，我大清柱天维地之臣也。当其再起视师，檄募湘汉，统率之权未一，储胥之仰无资，勋大见疑，事艰虚助。裕亭开张宸虑，畅导群言，秉节连圻，实烦推毂。会予客其私第，为之削草再三。踌躇之志，悃款之容，固亲见之，

---

① 《佩韦室日记》咸丰十年六月十八日记有此事："主人来谈，直隶、山西边境及张家口马厂空地顷亩以亿计，嘉道以来，游牧少而开垦多，其土肥饶宜谷，又近年九月始霜，非往日苦寒能比，已建议税籍募垦，岁收额租，计已经私垦之地令皆入租，以前不问，亦当数百万金。予忧其奉行无人，恐利不归国，而害已及民。主人固言颇有把握，某处副都统庆云亦廉能可用，已交其妥为办理矣。"

辇下闻人，颇被容接，所知善类，不惮保全。至于倾财屈体，以徇友谊，又其天性然也。往尝论其负气敢言，而不能无憾焉。岛夷犯顺，侮逼乘舆。七校奔惶，三山灰烬。怀柔之议谁纳，震叠之威不扬，此则苟忍无谋，戴天含耻，而三旬之祝嘏方新，南府之声歌递进。曾未闻袁安王室之涕，中山乐作之悲。是其点污圣明，忘心匡救，速戾良所不免，清议于以哗然。予辱投分之深，真惭忠告之雅，颠危至此，负我裕亭矣。悲夫。裕亭所抱憾者在彼，而所声罪者在此。窃不知托孤寄命之判然两事，大逆不道之生于转瞬也。虽然，非裕亭则自为之，岂朝廷独有所苛乎哉。嗟嗟，悲夫。此不可言矣。

此段再论肃顺"荐贤勤国""倾财屈体"之功和"点污圣明、忘心匡救"之过，与上段在逻辑上有所重复，但正反映出高心夔当时心情的杂乱，以致章法不够严谨。此段确认了咸丰十年肃顺对曾国藩就任两江总督的保奏之功，因为当时奏稿正是经高心夔再三修改，后由肃顺递上，"开张宸虑，畅导群言"，终于使曾国藩获得实权和信任，得以成功镇压太平军，挽救清廷于垂危之际。刘体智认为："文宗用人，惟贤是尚，不分满汉，皆肃顺匡辅之功。秋狝热河，以军符予曾文正，实开中兴之业。……恭邸当国，阴行肃顺政策，亲用汉臣。……颇足彰明一朝盛治。"[1]其说是有一定道理的。至于言肃顺能够礼贤下士，轻财重义，除《佩韦室日记》中所载外，后世史家亦多言之，此处不赘[2]。

对于肃顺的具体罪过，高心夔也没有讳言，指出战不胜，和难成，

---

① 刘体智《异辞录》卷二，中华书局 1988 年版，第 81 页。
② 参见杨华山《肃顺新论》，《学术月刊》1997 年第 6 期；梁严冰、马晓晖《肃顺集团与晚清政治》，《求索》2006 年第 7 期；高中华《肃顺与咸丰政局》，齐鲁书社 2005 年版。

使天子逃难,本是戴天大耻,但肃顺等仍投帝所好,进献南方歌伎,此为肃顺一大罪状,户部给事中陆秉枢上疏,"将咸丰帝不归及纵情声色归罪于肃顺等人在以声伎进奉"①。然高心夔言肃顺之功时系亲眼目睹,言肃顺之罪时则只能道听途说。即如咸丰耽于声乐,恐更多系皇帝个人癖好,不能一味指责肃顺的媚上②。所以高氏最后幽幽说了句:"岂朝廷独有所苟乎哉。"

大约十二月九日高心夔初闻肃顺的噩耗,震惊之余,记述难免不周,仅过数天,意犹未尽的高心夔在十二月十三日的日记里,又对肃顺的为人和功过做了回忆与评价,因史料重要,仍逐段剖析如下:

> 忆裕亭见待之厚,真有不能忘者。予戊午赴京,故人龙君皞臣(汝霖)要入其寓,裕亭则皞臣旧居停也,因以知予,亟见造请。予方闭户事策科之业,数避不见,迫乃见之。时壬秋、皞臣、篁仙在坐,痛饮畅谈。予觉裕亭名重,又所论国事无所陈说,裕亭竟以简慎见许,未几,遂厚聘焉。居年余,款洽甚至。予薄有闻见,恒得尽言。

此段先忆两人交往缘起,肃顺通过原来的家中西席龙汝霖认识了高心夔,当时王闿运(壬秋)、李寿蓉(篁仙)都在座,肃顺对高心夔

---

① 高中华《肃顺与咸丰政局》,第 241 页。

② 据王汉民、刘奇玉编著《清代戏曲史编年》(巴蜀书社 2008 年版),咸丰曾多次宣召演戏,如咸丰十年三月,为准备"万寿"(咸丰三十岁生日),"文宗令升平署挑选陈金雀等三十名民籍学生入宫演戏……六月,圣寿,遍征梨园演剧于同乐园,诸王大臣皆前往观看,而英法联军已兵临城下"(第 240 页);十一月,"召升平署内外人等,俱赴热河行宫承应"(第 241 页);咸丰十一年四月五日,"潍县籍皮簧艺人董文,由内府挑选,在热河行宫为帝妃演《文昭关》《审刺》《沙陀国》等剧"(第 242 页)。《佩韦室日记》咸丰十一年二月三日亦载:"闻京师名伶皆赴热河行在供奉。"

大加称赏，厚聘其为新的西席，两人相处年余，"款洽甚至"，经常畅所欲言，故高心夔对肃顺性格和事功都有较深的了解，有当然的评价资格。

> 裕亭材气过人，任事不厌劳琐，小不谐意，虽强弗避。居常谓人谦抑为虚让，循例为肤庸，矫亢行之，以召大咎，不能为吾友讳也。予数举此规诤，亦自知其不免。惜乎，有大志而不克就，则命矣。

此段评论肃顺的性格，精准深刻。肃顺有才干，做事不惧繁难，但性气高强，有不如意之处必强争不让，常谓谦虚低调就是虚伪做作，守规蹈矩就是平庸无用，因此肃顺反其道行之，做事高调任性，不避嫌疑，毋庸讳言，这正是他招引大祸的原因。高心夔旁观者清，曾屡次规劝，但自知其难以改变，因此对肃顺的壮志未酬，只能付之一声叹息。

> 夫裕亭在户部，库藏稍有余蓄，旗丁减折银饷才足四成，冻馁不能操艺，裕亭渐为计画，增复八成，旗丁具感朝廷盛德，颇思效命征讨，而疲弛日深。裕亭为予言，兵知恩乃可执法，具食乃可使攻，吾以宗室受恩殊等，不能为国家平一方之寇，与曾、胡诸公辉映本朝，有愧男子，今旗丁渐见欢跃，气或可用，吾欲奏请合选万人，督往昌平、北山、马厂空旷之处，布集营堡，朝夕讲练，少备边警，万一圣上念我精力方壮，可胜偏裨，便当驱策劢旅，戮力疆外，即死不憾，且贤于多口中伤也。夷犯天津，七营旗兵无老弱皆征调，应敌大溃，不可复振。向使裕亭之志早行，未必无助。不成天也。不获致命遂志，而重以大逆见诛，其尤大不幸哉。

此段系从积极的一面评价肃顺的这种性格，使其能够忠勇许国，勇于任事,在户部任上能有不少作为。如使库藏增加,旗丁被减折的银饷增复,"旗丁具感朝廷盛德",并拟筹建新的旗兵劲旅。有的学者认为肃顺在户部"减发旗人薪俸",以致遭旗人衔恨①,事实似乎恰巧相反。

> 上尝不豫,太医院进方药无验,裕亭与载垣同以陕医陆某奏御,幸能差可,当时内廷诸王、军机大臣,方停召对,人心疑恐,几谓君侧将有异图,数日后惇王、恭王、醇王始得召见,外廷群议寝定。裕亭不于此时引退,日与祸居。又尝减省中宫膳夫,稽核严峻,其指挢诸内监,常有不堪之色。嗣皇承统,益负定策功高,出入禁近,心参体忕矣。夫人尊宠既盛,鲜不倾危,况其意气雄人,率衷武断者乎。雷霆下击,何物不靡,白日昭昭,不照覆盆。既恶有邱山之重,名在凶顽之条,豪末之善,隐晦之行,谁从睹而记之。《书》曰:"无启宠纳侮,无侈过作非。"可不慎欤,可不慎欤。(十二月十三日)

此段则从消极的一面评价肃顺的性格,由于肃顺常以"谦抑为虚让,循例为肤庸",行事"矫亢","率衷武断",且自负功高,身心逐渐放逸骄纵,出入禁内不避嫌疑,像有次给咸丰推荐治病的大夫,幸亏有效,但已让诸王公大臣侧目以视,怀疑他对君王有不轨之心;但肃顺仍不知引退,又裁减宫中官吏,轻辱内监,"稽核严峻",和内宫关系也非常恶劣。长此以往,遂招杀身大祸。即使曾经做过的那些利国利民之事,与那些被官方定性的巨大罪名相比,也不过是"豪末之善,隐晦之行",不会有多少人真正记得。

高心夒既不否认肃顺的勋功伟业,也能够直面肃顺性格中的缺

---

① 参见高中华《肃顺与咸丰政局》第二章《敛财筹饷》第四节《减发旗人薪俸》,其中所论基本为肃顺咸丰八年十二月二十九日就任户部尚书以前之事。

陷,可以说,他对肃顺的评价是相当客观的。同治四年,高心夔作《中兴篇》长篇七古,歌赞曾国藩的伟业与同治朝的中兴,以及咸丰帝为同治朝中兴奠定的基础,其中涉及肃顺的几句也表达了这种观点:"文宗诒谋深且奇,默祷申、甫当倾危。翰林潘卿谏台赵,荐疏但人皆頷颐。侍臣故有造膝请,首赞大计承畴谘。口衔两江授楚帅,所为社稷它何知。乌虖受遗左军桀,倏忽谋逆丞相斯。君亲无将与众弃,不济则死忠成欺。国家除恶方务尽,功轻罪重谁敢疑。谬哉区区掷要领,不睹告庙分封时。"郭则沄《十朝诗乘》卷二十引此数句后指出:"盖痛其坐逆之诬,且追述其运筹之秘。功罪相掩,是非遂湮,虽徇私恩,亦关公论。"①郭说似有未契,"君亲无将"与日记中所引"人臣无将"同义,此数句仍言肃顺有忤逆("将")之举,以致众叛亲离,忠亦成奸,功轻罪重,惜而不冤。

同治元年二月十二日的日记中,高心夔又与西席周相成(端萌)谈及肃顺:"端师又论肃裕亭精核才也,张汤、赵广汉之徒,犹或不免,况桑、孔乎。至于矫匿诏书,面拂二圣,以干不臣之诛,其无智术,亦可伤矣。古今与人骨肉,临大难而涉私图者,几何而不屠僇也。"二人仍然是既惋惜肃顺的才能,又痛惜其的不智不臣。同年六月二十一日的日记中,高心夔再次回忆起肃顺:"又闻怡、郑伏法后,其世职竟未革除,仍有择人承袭之意,皇家亲亲念旧,恩眷如山,独悲裕亭以偏长可用之身被诛,圣治光昭之世,其为诟耻,更复何如。"当怡亲王载垣、郑亲王端华的世职仍择其后人承袭时,惟独"偏长可用"、有着治世能力的肃顺不得此恩眷,不由引起高心夔的伤感悲悼。高心夔对故友的怀念如此长久、真挚和深沉,亦足令人敬佩。故夏敬观《学山诗话》云:"肃顺用事,数起大狱,顾颇礼士。及事败,往来门下者皆避

①　郭则沄《十朝诗乘》,张寅彭主编《民国诗话丛编》第4册,上海书店出版社2002年版,第655页。

之,独伯足有生死之谊。"①

　　曾国藩也好,高心夔也罢,他们并未参与辛酉政变,只能单方面接受政变胜利者发布的信息,加之强大的传统君臣观念的影响,对于朝廷宣布的肃顺的种种悖逆罪名,他们也只能选择相信,"谁敢疑",也不愿去疑。辛亥革命后,因不满那拉氏专政之弊,为肃顺喊冤之人逐渐多了起来,王闿运的《祺祥纪事》始发表传世,他还有一番话被王伯恭记录到《蜷庐随笔》中:"肃顺之学术经济,迥非时人之伦,军书旁午时,庙谟广运,皆肃顺一人之策,故能成中兴大功。显皇帝上宾,毅帝幼冲,廷臣咸主垂帘之议,肃顺力遵先皇遗训,誓死不从,于是坐以大逆,斩于柴市,而听政之礼始成,殆冤案也。"②但大约也是清社已屋后的言论。黄濬亦云:"按端、肃之狱,乃晚清极大政变,那拉氏所以得垂帘训政,迄于同、光二朝,开女祸之奇闻,备覆国之秕政,实以此狱为最大关键。……从政绩上论之,当咸丰末年,文宗荒淫,国中蜂扰之时,其一切规划,后来赖以中兴者,皆肃顺之功。"③钱仲联承黄氏之说,所述更为夸张:"使肃顺不死,则慈禧决不能擅权,国事大有可为。海军之费,决不至移作颐和园之用,而后此甲子、庚子之役皆可免,清社亦可不至于亡。肃顺死而此局全变矣。"④然平心而论,依肃顺烈火烹油之性格,当政必不能长久,若辛酉政变胜利者是肃顺,他恐怕很难调适与慈禧及诸王公大臣的矛盾,政局未必平稳,同光中兴之局亦未必出现。说肃顺为同光中兴打下基础、立下伟功无疑是事实,说其当政则清廷大有可为,不至灭亡,则实不敢苟同。

　　然而不论如何,肃顺的遭遇令人感慨。在一个趋于保守、不断沉

---

① 夏敬观《学山诗话》,张寅彭主编《民国诗话丛编》第 6 册,第 39—40 页。

② 王伯恭《蜷庐随笔》(《近代中国史料丛刊》第 24 辑)之"王壬秋年丈"条,(台湾)文海出版社 1968 年版,第 111 页。

③ 黄濬《花随人圣庵摭忆》,第 625—626 页。

④ 钱仲联《梦苕庵诗话》,张寅彭主编《民国诗话丛编》第 6 册,第 196 页。

沦的社会,循默无为、与世浮沉,可以苟安偷且,甚至浑水摸鱼;慷慨任事,超拔有为,往往遭人嫉恨,备受打击。凡做事即有利弊,利为众享,弊须独任,故历来能极高明而道中庸者罕见,改革者鲜有理想之结局,此亦黑暗时代之必然。因此肃顺之悲剧,虽可说是一种性格悲剧,但同时亦为一种时代悲剧。

四　高心夔笔下的晚清社会

高心夔于咸丰十年七月出京返乡,目的地是江西湖口。他一路南下,经河北保定、顺德、邯郸、卫辉,于八月六日渡过黄河;然后经河南郑州、南阳、新野,于八月十五日抵达湖北樊城,觅舟下武昌,经樊口、蕲州,于九月七日抵江西九江府,正好赶上家中诸兄弟前来应科试,遂在此逗留,待毕试,于九月三十日一齐返回湖口;之后乡居读书,料理家计,咸丰十一年和同治元年分别曾去安徽东流和安庆谒见曾国藩,其他时间多在湖口活动,即使避乱他徙,踪迹亦未出九江、南昌一带。但是,由于高心夔所结交者多有国家重臣或社会名流,因此其日记对重大时事仍有不少揭示,其乡居时的见闻对了解晚清社会状况和生态也有助益。

如咸丰十年英法联军入侵京师,当北犯至天津时,作为朝廷柱石的肃顺,得到的有些情报简直匪夷所思:

> 午访杏公,温孝廉世京、李若龙太史前后至,谈久之。温字凤楼,尝在天津理粤东会馆事,深悉彼处情形,又言潮匪助夷,可以利诱散之。予要来园,许以明日,予遂还淀园。主人来谈,闻各事奇甚。(七月十二日)

> 是日午,温君至,言天津诱致潮人事不可为,盖夷人拘禁严密,无郤可乘也。午后主人设馔,询夷情甚悉。酒散后,谈夷人钩赚滨海居民,择其肥者置海中饵海参,海参闻人肉香,群啮之,提人取参无算,人则体无完肤,奄奄垂毙矣。稍加饲养,又钓如

故，一人数次，亦必死也。居民贪夷人利，动为所杀，至今不悟，
类皆如此，可哀也夫。（七月十四日）

温世京是广东梅山人，道光己酉科举人，曾在驻天津的广东会馆
理事，作为有机会接触洋人的人物，他报告给肃顺的夷情居然是洋人
用活人来钓海参……无怪乎满堂文武会相信那些"洋人膝盖不能打
弯""狗血便溺可破洋炮"之类的天方夜谭。国脉至此，真是危如
一线。

再如官场之间的相互倾轧，日记中亦曾涉及：

东云言顷自省中来，闻杭州之役，将吏分别治罪，藩司林福
祥、提督米兴朝均递至衢州军前正法，经巡抚左宗棠奏拟戍边者
十三人，弥之与焉。弥之与左有姻，不为挠法，可也，而左顾许以
开雪，乃背地中伤；李次青亦偾军，将承左意还楚筹捐，既发，即
极疏论死；数君罪诚有之，左亦残险可畏矣。常州之役，总督何
桂清递系刑部狱，吴士在台谏者连名疏论，必欲置何极刑，刑部
尚书赵光与何俱滇产，引睿庙圣训，反复争之不得，何遂弃市；赵
愤吴士气盛，遽劾安徽巡抚翁同书连失凤、寿，与苗练浮沉取容，
既不先事防维，又不以死勤事，与何罪相当，翁亦弃市。翁，常熟
人也。国朝颇无党祸，恐自此肇争，使人担忧朝局。东云、敏泉
去。予还草堂湾。（同治元年十月十四日）

陈对山，号东云，江西人，入曾国藩幕府，咸丰十一年曾募兵往浙
江赴援杭州，未至兵溃，陈对山熟悉前线军情，然所言真伪不一。如
力保何桂清的是祁寯藻和彭蕴章之流，而非赵光；而翁同书之系狱，
主要由于曾国藩的弹劾，亦非赵光始作俑者，此处信息不确；但陈对
山与邓辅纶（字弥之）相熟，所言左宗棠弹劾诸人，却有相当的可信
度。更为重要的是，藉此真假相杂的记述可以看出，当时官场的党争

和倾轧已有相当明显的迹象，才会在高心夔等时人心中产生"党祸，恐自此肇争"的担忧。

又如对官军扰民的描写，日记也着墨颇多：

> 是日闻九江镇总兵普承尧军溃于建德，爰有戒心。（咸丰十年十一月九日）

> 是日叠闻彭泽不守，普军尽弃兵械，散至湖口，所经乡镇多被劫掠，湖口新筑坚城，无一守兵，反见野掠，人心大恐，逃徙者蚁续于道。（咸丰十年十一月九日）

> 贼退据箬子港，距湖口尚七十余里，而普军溃勇在马影桥强住民舍者失火延烧市庐，讹言贼至，号窜失所。（咸丰十年十一月九日）

对于湘军中最能打仗的鲍超"霆字营"的纪律问题，日记中有如下记录：

> 得仲牙口信及韫山兄书，闻鲍提军兵勇经湖口，居民大被骚扰。吾家方移居团鱼墩村舍，中途遭肤箧之害，仲牙几受窘辱，时事如兹，民不堪命矣，予浩然有归志。（咸丰十一年四月十日）

> 是日同偲老入城，看申夫，因论鲍提督将略，非徒以勇胜也，常有畏惧备敌之心，故无大败，又能不伐其功，真名将矣。晚，偲老还舟，申夫为予歌秦声，快甚，快甚。人又言提军天性贪湎，部下以杀掠为能，不少约束，异乎申夫所言，予家曩被鲍军途劫行囊矣，此岂仁者之师耶。（咸丰十一年七月二十四日）

> 鲍提督兵过湖口，居民汹汹。（咸丰十一年十月五日）

虽然李榕（申夫）为鲍超辩护，但高心夔以自家的亲身遭遇表明，鲍超军队实际上纪律败坏，以杀掠为能，此已预兆出曾国藩对军队制度和军规建设的破产。然而,人民却要仰仗这样扰民的军队来拯救,这不能不说是一种悲哀。

官与兵如此不堪,绅与民又如何? 请看以下数则《佩韦室日记》:

近时省城绅团局中挟妓饮酒,父子同席者有矣,士大夫倡为耽乐,俾昼作夜,晏然如燕雀之处堂,厝火积薪,祸必及之,而醉生梦死,举国若狂,曾不知清江之乱、常苏之变,滇寇所以扰川北,英彝所以窥京师,大都坐此不少觉悟而自速灭亡,殆哉,岌岌乎事不可为矣。(咸丰十一年二月二日)

是日舟行四十五里,泊杨家渡,从者与同舟诸人登岸,造一村中,居民相聚,诵耶稣咒者百数十人,男女杂糅,坐卧一室,见诸人皆愕然。嗟乎,王道衰弛,圣教凌夷,愚民信附訞邪,趋之若鹜。粤西逆举此,实为倡东海岛彝肆行内犯,为人上者抵死徇名利,不复知谋国本、遏祸萌,视蚩蚩之氓日即于水火而莫之救,使贾长沙、韩昌黎诸公生今日,其伤心惨目又当何如哉。(咸丰十一年三月二十二日)

乡民讹言养鸡过霜降,食之腹溃出蛆,一时烹宰略尽,至以香楮送毛骨山厓水次,祝而弃之。星子、都昌及吾县百余里间,势颇汹汹。嗟乎,愚蚩浮动,乃至于此,非吉象也。七八月间,湖北潘乡围妖民,或降马脚祠请杨泗将军,将军,妖神也,附民言:今年九月当大水,高夏水三尺。乡人皆恐,有逃徙者,乡中豪杰因共缚为神言民,过九月,将鸣于官而杀之,颇善于止妖。世方扰乱,苟民心不靖,废业悲吁,则邪渗干正,灾气应之,以致饥疫。非兵革,有司置若罔闻,非爱民矣。(咸丰十一年九月二十一日)

闻祁门、黟、绩溪等县饥民相食,始犹聚啖道馑,今则一家自相烹宰,数十里无一居人,真前古未有之奇厄矣。此数县之贼出掠者亦饥疲不能力战,官军朝夕防御,欲令聚歼山壑间,周余黎民同归于尽,哀哉。(同治元年三月二十二日)

挟妓饮酒,居然父子同席,恬不为耻,礼法制度荡然无存,而士大夫昼夜狂欢,醉生梦死;平民百姓,或崇信洋教,或信谣自乱,或饥疫相继,自相烹宰,这是战乱岁月中江南社会的真实写照,览之使人慨然。

除此之外,《佩韦室日记》还记录了高心夔为营葬父母,在九江各地勘查风水、寻脉望气的过程,这是非常有用的民俗学资料;高心夔长于文学,所结交的人物多有文学名家,高心夔常与他们谈文论艺,其内容具有重要的文学史价值;高氏又是篆刻名家,日记中多载治印之事,可供研治艺术史者参考;高心夔拥有较广泛的人际脉络,通过他的日记,可以考订不少名人的生卒年、行迹以及高氏对他们的看法,等等。本文对《佩韦室日记》所做的一点介绍,无疑挂一漏万,希望大方之家不吝赐教。

(原载《北京大学学报》2019 年第 2 期)

附记:

本书第 70 页笔者将陪肃顺和高心夔饮酒的莲芬和蝶云,先入为主地视为女伶,并作为肃顺尊重女性的证据;其实莲芬和蝶云皆为男性名伶,朱莲芬且为同光十三绝之一;肃顺相关言行,只能说明他对当时被视为从事"贱业"的戏曲演员有一定的同情心。感谢豆瓣书友"野蔷薇"先生指谬,使笔者得借本书三印之机,改正这一低级错误。

立此存照,以为来日之戒。

高心夔自画像及其与湖湘诗派之关系

——以《佩韦室日记》为中心

晚清名士高心夔(1833—1881)经历颇为传奇,他少年成名,文武双全,受到权臣肃顺和曾国藩的器重,但又命运坎坷,两次会试,均因在试帖诗"十三元"韵上失误被置于四等,以至于王闿运为诗嘲之:"平生双四等,该死十三元。"①后来虽然归班铨选知县,又久不得简任,十余年后始两署吴县令,病卒后犹遭弹劾。

高心夔以诗知名却受累于诗韵,素有大志却始终奔走下僚,遭遇令人叹息;但更令人遗憾的是,近代以来关于其人其诗,存在大量模糊乃至错误的认识。幸而其手稿《佩韦室日记》五册现藏浙江省图书馆,可以帮助我们廓清不少之前的迷雾,今主要据此日记,并结合其他相关史料,对高心夔其人其诗重做考察。

一 近代史上的高心夔"成像"

高心夔其人,原来人们主要依据其《高陶堂遗集》以及杨岘《直隶州知州高君墓志铭》(以下简称《墓志》)、朱之榛《清故赐进士出身江苏候补直隶州知州署吴县知县高陶堂先生事略》(以下简称《事略》)、汤纪尚《高陶堂先生传》②,再附以笔记、日记、诗话等记载。

---

① 李慈铭《越缦堂读书记》,上海书店出版社 2000 年版,第 1176 页。

② 本文所引《高陶堂遗集》系据平湖朱氏光绪刻本;杨岘《直隶州知州高君墓志铭》系据其《迟鸿轩文弃》卷二,吴兴刘氏嘉业堂刻本;朱之榛《清故赐进士出身江苏候补直隶州知州署吴县知县高陶堂先生事略》系据其《常(注转下页)

杨岘是高心夔好友,汤纪尚是高心夔忘年交,朱之榛是高心夔弟子,其叙述当然算是第一手资料,但是,其中仍不乏互相矛盾或不准确之处。至于后世所述,错讹更夥。

高心夔,原名梦汉,字伯足,后改名心夔,陶堂、碧湄、东螯,皆自号,然费行简《近代名人小传·文苑》云"高心湄,字伯夔"①,名与字俱误,该书于高氏小传通篇多诬词,本文不复枚举。

高心夔的生卒年,《中国文学家大辞典·近代卷》定为公元1835—1883年,皆误②。因《墓志》讲得很清楚:"遽引疾退。盖辛巳四月也。郁郁骤病,十月十四日卒,年四十九。"光绪七年辛巳(1881)为其卒年,前推四十九年系道光十三年癸巳(1833),为其生年。《佩韦室日记》咸丰十年五月五日:"是日予二十八生日矣。"同治五年五月五日:"是日予三十生日矣。"亦可确证其生于道光十三年。

高心夔中举人时的年龄,《墓志》云"年十七,举咸丰辛亥科乡试";《高陶堂先生传》云"年十六,为弟子员。明年,举咸丰辛亥乡试",亦持咸丰元年十七岁之说;然其生年既可确定,则咸丰元年中举人时年龄当为十九岁。

高心夔中举至成进士其间的经历,《高陶堂先生传》载颇详:"举咸丰辛亥乡试,计偕入都,宾于尚书肃顺之门。无何,大寇剟江右,乃归侍,父遭家难,愤团义旅投文正曾公,别属楚军五百,使会师壁抚州,久无功,急归终父忧。再入都中,己未贡士,庚申廷对。铨县令,

---

(续上页注)懒慵斋文集》下,民国九年东湖草堂刻本;汤纪尚《高陶堂先生传》系据其《盘薖文甲乙集五卷》(甲集上),光绪刻本。

① 费行简《近代名人小传》,中国书店 1988 年版(据 1918 年崇文书局版影印),第 48 页。

② 梁淑安《中国文学家大辞典·近代卷》,中华书局 1997 年版,第 372 页。另高氏卒年,钱仲联《近代诗钞》(江苏古籍出版社 1993 年版)定为 1883 年,萧晓阳《湖湘诗派研究》(人民文学出版社 2008 年版)更正为 1881 年。

不赴。”然叙述混乱倒错，且为《中国文学家大辞典·近代卷》等史料因袭。据《佩韦室日记》，并综之《墓志》《事略》，其间事实是：咸丰五年高父被太平军杀害，高心夔起乡兵五百复仇；投曾国藩幕中，攻抚州，矛洞左腿；师久无功，归终丁父忧。咸丰九年试礼部，举进士，因复试试帖内讹十三元韵内“浑”字为上声，置四等，罚停一科；然为肃顺所赏识，该年二月聘请教读其子；咸丰十年五月保和殿朝考，又因试帖用十三元韵内“缊”字为细缊之“缊”，再置四等，幸咸丰帝开恩令其归进士本班铨用知县，遂乡居守选[①]。

十三元韵部复杂，高心夔两次折戟于此，虽出人意外，却也不难理解，但时人已造作蜚语，李慈铭《越缦堂日记》光绪八年十月二十六日载：“久馆故尚书肃顺家，肃待之厚。庚申殿试，肃方筦权，张甚，必欲为得状元，询之曰：‘子书素捷，何时可完？’高曰：‘申酉间可。’至日，肃属监试王大臣，于五点钟悉收卷，以工书者必迟，未讫则违例，而高可必置第一矣。然高卷竟未完，于是不满卷者至百余人，概置三甲，而仁和钟雨人素不能书，自分必三甲者，竟捷状元，说者以为有天

① 《事略》：“粤寇刳江右，赠公殉焉。既遘家难，锐意复仇，时湘乡曾文正督师浔阳，先生练乡兵五百人请隶麾下，会诸军攻抚州，壁城而垒，战辄先，矛洞左髀，文正疏称‘右营高梦汉’，先生原名也。”《佩韦室日记》咸丰十年五月七日：“己未中式礼闱后旋以复试试帖内讹许浑‘浑’字为上声，置四等，罚停一科；今年夏五月二日，保和殿朝考，予以试帖用十三元韵内‘缊’字为细缊之‘缊’，再置四等，荒陋蹇劣，为本朝开国二百余年所仅见，固宜放还田里，使获从事于学，蒙恩于名单书一‘归’字，盖归进士本班，铨用知县也。”此记两次进士试甚详。咸丰十年七月十六日：“予自去年二月始识主人于皞臣斋中，遂承知爱，至今为别，弥用惘然。”由是知肃顺咸丰九年二月始于龙汝霖（皞臣）宅中结识高心夔。咸丰十一年十二月三十日：“明年乙卯正月大雪，先府君竟以应檄办团，还省禀复，遇变渚溪舟次，恸哉；是年冬雪，予督乡兵，方屯苏官渡西岸蜒蚰山营中，两日不能举火；丙辰雪时，予以全家旅食无资，贾盐浙江，还滞常山县中；丁巳雪时，徙居匡庐山西朱岭；戊午雪时，予再北上叶县守岁；己未雪时，在肃裕亭宅。”此记咸丰年间经历甚备。

道焉。"①其中夸饰不实处不值一驳,因肃、高若真有此语,绝不至流传于外;肃顺咸丰八年方兴科举大狱,至斩大学士柏葰,亦绝不会授人以柄,以身犯法。翁同龢日记四月廿一日载:"是日监试者有尚书肃公。湖北陈炳勋带坊间副本起草,实无他物,坐以怀挟交讯。传旨戌初撤卷,甫届戌初即纷纷掣取,有剩一行者、数字者,均不得免。发出寿字圆印,完卷者钤于卷尾,不完者就所止钤之。肃公颐指气使,视士人若奴隶。掣卷毕,日犹未落也。"②肃顺系奉旨严格于晚七点"戌初撤卷",则"五点钟悉收卷"之说不攻自破。

　　高心夔此后经历,据《高陶堂遗集》及《墓志》大略可知。同治四年奉役岳州③,同治七年入李鸿章幕,同治十年署吴县令④,同治十三年七月受代归乡⑤,光绪六年再知吴县,光绪七年四月引疾退,十月郁郁病终⑥。然因《高陶堂遗集》晦涩难读,后人多参综《墓志》《事略》及《高陶堂先生传》括其生平,遂使此段经历亦显模糊不确,如《中国文学家大辞典·近代卷》:"同治末,投直隶总督李鸿章德州行营佐幕。光绪初,叙劳以直隶知州分发江苏,署吴县县令三年,见恶于上司,离任。后复职,终以事被劾罢去,憔悴以终。"⑦其言同治末佐李幕、光绪初署吴县,皆失之考。

---

①　李慈铭《越缦堂读书记》,第 1176 页。

②　翁同龢《翁同龢日记》第一卷,中西书局 2012 年版,第 83 页。

③　高心夔《高陶堂遗集·陶堂遗文》之《游君山记》:"同治六年夏四月……自予奉役岳州,且两年。"

④　高心夔《高陶堂遗集·陶堂遗文》之《申江舆诵后序》:"同治七年,心夔游李肃毅伯德州军府。……如是三年,心夔署吴县。"

⑤　高心夔《高陶堂遗集·陶堂遗文》之《鸿泽堂记》:"同治十三年秋七月,心夔既解吴令,请急归省丘垄。"

⑥　据《墓志》。另高心夔《陶堂遗文·恤诵》:"光绪七年四月,心夔再罢吴令。"

⑦　梁淑安《中国文学家大辞典·近代卷》,第 372 页。

　　关于高心夔的个性形象,史料中刻画不多,但相对一致的看法是其性刚峻,《事略》云其:"性刚峻,不施戟级,才雄气猛,桀然负康济略。"《高陶堂先生传》亦云:"先生性刚明洞辟,不施戟级,守峻而行危,峨峨不可狎。"翁同龢咸丰十年七月廿一日记中云其"倜傥磊落,非凡夫也"①。但凭此建构起来的高心夔形象无疑太简单、太欠分明。那么,在《佩韦室日记》中,高心夔又是怎样自我塑造的呢?

二　高心夔《日记》的"自画像"

1. 颍谅易怒

　　《佩韦室日记》中,高心夔曾屡次劝说肃顺行事谦抑,担心其因矫亢急峻而招大祸;咸丰十年七月,高心夔辞别肃顺时,再次"以和平宽大劝之"(咸丰十年七月十六日),但所谓秉性难移,高心夔虽"数举此规诤,亦自知其不免"(咸丰十一年十二月十三日)。肃顺终因骄横专权导致杀身。有意思的是,高心夔性格中有不少类似肃顺之处,两人可谓气味相投。先看咸丰十年的几则日记:

　　　　麓生自城南还园,告予同乡物议梦如,谓予连年屯颛,其气焰以取之,始闻殊怨,既而悔之。古人云:"闻谤言而怒者,难与观进德。"自今以始,自修而已。(五月十四日)

　　　　乐初言我锋芒太露,诚非无本之言。午餐时与麓生论事,亦小牾,予意固无他,而出之以谑,顿为所折,遂嘿然无语。眉兄常谓我所以见疑于同辈者,坐此病,近思痛戒,辄复蹈之,愧悔无尽,书之以志吾过。(六月二十日)

　　　　是日晨,读嘉兴沈应彤味蔗所辑《程式编》,专录其"慎言门"以攻我尚口之病。……主人来谈,闻所以御夷之道甚备。又闻太白昼见辰巳时分,盖五日矣。复与论事,不合,往返几数百言,

---

①　翁同龢《翁同龢日记》第一卷,第 94 页。

而未见纳，古人忠告善道，呜呼，愧矣。今日钞《程式编》，即违慎言之戒，奈何。奈何。（七月五日）

有事盛怒，既而悔之。（十月二十五日）

不论是外界认为他气焰嚣张，以致"物议梦如"；还是他自己抄录《程式编》"慎言门"以警示自己"尚口之病"，从中皆可看出高心夔确有恃才傲物，常以言语调笑讽刺他人的毛病；而长善（乐初）认为他"锋芒太露"，无非也是指克制工夫不够，常有轻狂急躁、盛气凌人之举。高心夔尽管再三悔过自省，但却屡戒屡犯，于是日记中才有"始闻殊忿，既而悔之""有事盛怒，既而悔之"的记载。他出京之后，这种狂傲峻急的坏脾气似乎也并未得到多少改善，因为其日记中仍不断出现"予性情简傲"（咸丰十一年四月一日）、"余性殊激"（咸丰十一年九月二十三日）之类的记载。再看咸丰十一年几则日记：

旋赴竹庄所午饮，坐中有恶少，予不能堪，竹庄为予别设一席。（二月十四日）

是日极责恶佃，其族人老者来请，始呵之去。（八月二十五日）

捶一劣僧。（十二月二十一日）

"恶少""恶佃""劣僧"，高心夔对待他们的态度是"不能堪"，"呵之"，甚至"捶"之，皆不忍耐；上行下效，他的家仆也爱斗勇逞狠：

是日奴辈往佃人家收棉花，与人斗，击伤人额，遣老佃往慰解之。夜因深诫奴辈不得骋势辄怒搏人，予两岁中鞭恶僧二、恶丐三，颇悔过举，"上有好者，下必甚焉"，是予之咎也夫。（同治元年闰八月二十三日）

即使对于家人,他也常疾言厉色,甚至拳脚相加:

> 是日因季角业学不力,甚挫辱诫饬之,良久乃已。(咸丰十一年十月一日)
>
> 是日盛怒,季角食烟,因尽毁家中烟具,戒家人无内外有复食者必榜其背。仲牙遂亦改行。予以遭逢闵难,维持家政,期于长善遏恶,禁止令行,秉性颎谅,不能阿枉,稍悖予意,辄加厉色疾声,虽复闺内肃然,而事后时多伤感。古人所谓一室太和者,固自有道。嗟乎,予之不足与于斯也。(咸丰十一年十二月四日)
>
> 怒挞匡儿,气郁久不能下。(同治元年三月十六日)
>
> 夜,烦忧百端,不能释然于仲牙。……即如前日予挞匡儿,而谓予以毒打为能事,懵然见讥,冒昧甚矣。仲牙骄纵其女,欲以例予,何其谬哉。(同治元年三月二十日)
>
> 因家事疾怒不能已,夜不寐。(同治元年六月八日)

对于幼弟高心獬(季角)学习不力,他不是正面激励,而是“挫辱诫饬”,为了防止其吸烟,高心夔不仅“尽毁家中烟具”,而且警告敢有“复食者必榜其背”;高心夔之子匡儿年方五岁①,不知因为何事,竟被高“怒挞”之,当二弟高心伯(仲牙)讥刺他以“毒打为能事”时,高心夔反而认为弟弟“冒昧甚矣”“何其谬哉”,可见其固执自是的一面。他将“稍悖予意,辄加厉色疾声”归因于自己“长善遏恶,禁止令行,秉性颎谅,不能阿枉”,“颎谅”有光明直率之意,前举翁同龢日记亦赞其“倜傥磊落”;但颎谅亦有躁忧固执之意,朱熹《诗集传》释《诗·小雅·无将大车》“无思百忧,不出于颎”时云:“颎,与耿同,小明也。在忧中耿耿然不能出也。”刘宝楠《论语正义》释“君子

---

① 同治二年二月十七日记云“匡儿质性稚卤,句读艰涩,年已六龄”,由是知同治元年匡儿五岁。

贞而不谅"时云:"谅者,信而不通之谓。"高心夔自我刻画的形象具有一定的复杂性。

高心夔自名其斋"佩韦室","韦"为熟皮绳,性柔韧松缓,性急者佩之以自警戒。《韩非子·观行》:"西门豹之性急,故佩韦以缓己;董安于之性缓,故佩弦,故佩弦以自急。"从高心夔的这一命名亦可看出其自我定位。

2. 尚义勇为

高心夔性格中还有任侠尚义的一面,咸丰五年,他年方二十三岁,即能以文举人的身份带领乡兵作战,并在攻打抚州城时英勇负伤,颇有"上马击狂胡,下马草军书"(陆游《观大散关图有感》)的气概。而在日常生活中,他对故友的情义,亦足令人动容。其同乡杨襄廷(赞臣)殁于京师,高心夔不辞辛苦,"举柩土中,将为易棺载还湖口"(咸丰十年六月二十五日),"检赞臣遗骸,敛之匣中"(同治十年七月二日),最终将之交还给杨父。对于另一亡友范元亨(直侯),他更是义薄云天:

> 抵滕王阁下,早餐罢,舍舟入城,关吏盘诘再四,盖距省会百里外即有游贼往来也。到新东岳庙访邹松隐羽士,因假榻焉。时亡友范直侯(元亨)妻子五人流寓庙侧吕祖祠中,且四五年,皆向予跪拜,深为哀悯。适星子潘席卿解元(先珍)与直侯同年友善,来过与商安置范氏之计,直侯遗椑尚寄城外,予议为之归葬,席卿亦分任其事。(咸丰十一年正月二十四日)

范元亨,字直侯,号问园主人,九江人,咸丰二年举人,五年病卒,晚清诗人、戏曲家,有《问园遗集》和传奇《空山梦》传世。范亡故后,其妻、子流落南昌,贫不能归葬。于是高心夔与友人分任其事,"遣人以漆工至城外为直侯衅棺,加布其上"(咸丰十一年正月二十六日),"遣人以舟送范君枢归九江"(咸丰十一年二月十一日),并于同治二

月将之安葬(同治元年五月十六日)。不仅如此,他还于咸丰十一年六月将范元亨的遗孀及儿女都接到湖口老家供养:

> 胡桂迎范氏家属到,处之石氏舍,命家人朝夕馈食、给器用焉。(六月十九日)
>
> 命范氏二侄入塾受业。(六月二十二日)

但是范氏一家命运多舛,未及半年,子女相继有病,且亡一子,高心夔不敢再任其责,又值家道中落,无奈之下,始资助范氏登舟归乡(江西德化):

> 是日范氏侄骤患惊痫,召医视之。人言其邻新构土屋犯三煞凶神,遂使人说之撤屋,以安病者。(十一月二十三日)
>
> 是日范氏侄仍患狂痫,延僧祝之。予夙性绝恶彼教,从诸邻人请也。(十一月二十四日)
>
> 是日范氏侄病如故,其兄亦患狂痫,号叫彻夜,四邻皆惶惑不知所为,予为文牒土地神焉。(十一月二十五日)
>
> 范氏三侄俱患狂痫,予忧闷不能食。范嫂哭声达旦。(十一月二十六日)
>
> 是日范家第二侄殇,房东有不格理者,几不成殓,多方排解,始毕厝事,举家恸极失声,予为挥泪。范侄兄弟三人,既早失怙,又无期功之亲,相与关顾,寄食予家裁半载,而病痛连延,予方避地困穷,势难庇护,万一范嫂有故,谁任之者。遂决意择期办赀,送之归德化矣。(十一月二十七日)
>
> 范氏小女又病,如其兄,闷甚。人言居宅不吉,稍移邻家托宿,亦无验,仲牙为书符治之,不应也。(十二月三日)
>
> 是日遣胡桂送范嫂登舟。(十二月七日)

虽然未能对范氏一家继续赡养，但勘之情理，亦算善始善终。他的好友、著名学者刘履芬含愤自杀后，其丧事亦高心夔一手经理，朱之榛《陶堂先生遗集后序》即载："曩岁刘丈惨死，先生综度丧纪，谊笃终始。"不仅对朋友如此，对于地方民生，他也不惮权贵，常常仗义直言。同治元年，湖口县加征地丁兵米，高心夔代表地方乡绅谒见知县孙庆恒，请求核减，而孙不听，高遂上诉两江总督曾国藩，终使此事得以解决：

> 予以令躁侮不足计事，始为婉劝，不解，遂复厉声争之。减征之议，行止听令所为，辱嫚士绅，殊乖政体，拂衣径出。（九月十一日）
>
> 是日予以诸人敦迫，拟撰公呈制府稿，极陈官吏朘剥，乡民不堪之情，颇形危切。予与令故无纤隙，事关公愤，义不获辞。诸人固请予亲赴安庆帅辕，许之。（九月十三日）
>
> 是日谒制帅，请减征湖口地丁兵米，明定数目，严绝歧浮各弊。帅始有难色，予词益激切，并言一县骚动，上下水火，治体大伤，将来恣情鱼肉，皆意中事，一家哭何如一路哭，必非更新不可。帅意始回，许核减丁米，饬县遵行。（九月二十四日）

既乐为亲朋慷慨解囊，又愿为乡里解忧排难，为此不惧与地方官"厉声争之"，乃至"拂衣径出"，越级呈诉，这正是一位活脱脱的急公好义的任侠形象。

3. 读书高才

高心夔的好友杨岘在《陶堂志微录》序里赞美高为"读书高才，不通狎流俗"，可以从中看出至少两层意思，一层是高心夔勤学爱读书，一层是其非书呆子，而是高出流俗的才子。

咸丰十年五月，兵部尚书陈孚恩欲举荐高心夔帮办江西团练，高回信婉辞以欲"养气读书""吟诵修行"（五月二十六日），从其日记里，确实可以感受到高心夔对读书的重视和着意记录,兹将其咸丰十年五月五日至同治二年四月六日其所读书粗按四部分列如下(圆括号内的数字是该书出现的次数,只出现一次者不标):

经部:《毛诗》、《大雅》、《小雅》(2);《曲礼》《檀弓》;《春秋传说汇纂》(22);《孝经》(2)。

史部:《左传》(2);《战国策》;《史记》(3)、《项羽本纪》、《淮阴侯列传》、《萧相国世家》、《陆贾传》、《刺客传》(2);《后汉书》(23);《晋书·桓温传》;《五代史·死节传》;《资治通鉴》(3);《明纪》;《智囊补》(10);《汉名臣传》(2)、《晋名臣传》(2)、《唐名臣传》(4)、《宋名臣传》(5)、《名臣续传》(2)①;《说铃》(6)。

子部:《管子》(17);《庄子》(2);《列子》(3);《淮南子》;宋儒《语录》(9);吕坤《语录》(7)、沈味蔗《程式编》(2);郑士范《朱子约编》;李时珍《本朝纲目》(4);《地理人子须知》(11);沈新周《地学》(2);蔡孔炘《经学提要》;袁守定(易斋)《图民录》(2);杨纂(敏泉)《四言分韵故实》。

集部:

唐前:《楚辞》、《楚辞·九歌》、《离骚》(2)、宋玉《九辩》;《文选》(22)、《报任少卿书》、《过秦论》、《王命论》;《六代论》;《七发》;《鹦鹉赋》;《恨赋》《别赋》;《哀江南赋》;《玉台新咏》《孔雀东南飞》;八代诗;八代骈体文;《文心雕龙》;晋诗;谢灵运诗;陶诗(35);曹操诗;

唐代:唐人五律诗;杜诗(49);韩诗(8)、韩愈《秋怀诗》、韩文(2);李商隐诗;韦应物诗;温庭筠诗;

宋元明:宋诗;苏轼文;朱熹《寿皇山陵议》;谢枋得《谢文节公文集》;明人诗(7);张居正《张大岳集》;黄淳耀(陶庵)《吾师录》;彭士望《彭躬庵文集》;

---

①　《汉名臣传》《晋名臣传》《唐名臣传》《宋名臣传》《名臣续传》皆朱轼《史传三编》中之内容。

　　清代:吕留良《唐宋八家文》选本(2);西湖寄生编《国朝文警初编》(6);钱谦益《杜笺》;顾炎武《顾亭林文集》(3);尤侗《西堂集》;吕留良《质亡集》;朱彝尊《竹垞集》;周起渭《桐野诗集》;方苞《方望溪先生文集》;刘大櫆诗文集;疏枝春文集;吴一嵩《玉镇山房近体剩稿》;赵佑(鹿泉)时文;姚鼐《惜抱轩文集》;恽敬(子居)《三代因革论》;张维屏《听松庐诗集》咏史新乐府;刘开《刘孟涂诗集》;陈世镕《陈雪庐诗集》;魏源《圣武记》;曾国藩文集;莫友芝诗(5);戴存庄诗;尹耕云集(4);裴献功(次秋)古律体诗;赵树吉《盍簪集诗》(3);邓辅纶《白香亭诗集》;李鸿裔诗;周相成(端萌)《端萌呓语》《采访节烈凡例》。

　　以上出现频次总计360余次,也就是说,至少平均三四天高心夔就会读一次书;考虑到有的读书活动高氏可能未予记录,因此实际的读书频次当会更高;再考虑到高心夔很多时间处于战乱避祸状态,那么这个读书频率已经算得上很勤奋了。从读书范围看,高心夔对经部文献不感兴趣,他自己也曾说:"嗟乎,予之荒经其已甚矣。"(咸丰十一年十一月十二日)他涉猎的史部、子部书也不算丰富,史部中偏重《史记》《后汉书》《智慧补》《史传三编》,崇尚的是名臣、壮士或怀才不遇者,有着尚奇、尚激烈的倾向。子部中阅读较多的是《管子》、吕坤《语录》以及地理书,研究《管子》与高心夔的经世思想相关;翻阅吕坤的《语录》是为了修身养性;研读地理书则是为了寻觅吉地安葬父母,实用目的都很强。而集部文献出现了202次,占了总频次的一多半,这反映出他对文学的偏好,他在政功上始终未得抒伸大志、建立伟绩,但是在文学上却独树一帜,其高才和成就得到了大家的公认。

　　比如郭嵩焘就谓之"俊才少年"[①];王闿运尽管在诗艺上对高心

---

　　①　李寿蓉《天影盦全集·郭嵩焘序》,《清代诗文集汇编》第699册,上海古籍出版社2010年版,第587页。

夔有所非议，但在《论同人诗八绝句》中却承认其歌行"逸气高情，
足压同辈"①，并写《丙寅人日，因散帙，见高大心夔庚申人日见寄
诗，忆旧游，作示知者》诗赞美高的文采风流："昔寻风云游上京，当
前顾眄皆豪英。五侯七贵遍相识，行歌燕市心纵横。九江狂生高
伯足，平生见人但张目。单衫侧帽临春风，二十红颜美如玉。行年
相校一岁强，俱骋逸足驰康庄。曹刘阮陆不并世，文歌琴酒争轩
昂……"②眼高于顶的李慈铭虽然认为高的学问才力不如刘逢禄、魏
源、龚自珍等，但也承认"高实名士，文学为江右之冠……思苦词艰，
务绝恒蹊，文采亦足相济，固近日之卓然者矣"③。陈衍谓其"诗功
甚深"④。

　　除了文学，高心夔对治印也情有独钟，难以割舍，日记中所载高
氏自刻或为他人刻印凡七十余方，他自己曾解释癖好治印的原因：

　　　　瑟如处分得印泥，甚佳，自刻"陶堂著述"四字，殊惬心，奴子
　　促午餐，喜极忘饱。凡人毕生不能一无嗜好以娱闲情，予于兹
　　事，何能恝尔。（咸丰十一年二月十日）

　　　　刻印背字。余性殊激，有忧闷恒不能自宽释，然用心颇一，
　　故遇拂意事，每刻印、临帖，消遣纷虑，久之乃平。虽或自克之
　　道，亦其嗜好然也。（咸丰十一年九月二十三日）

　　正因好之，始能由技进于道，取得高超成就。《再续印人小传》赞
其"工诗文，善书，又擅篆刻。专主生峭，不落恒蹊，于浙皖两派外别

①　王闿运《湘绮楼诗文集》，岳麓书社 2008 年版，第 419 页。
②　王闿运《湘绮楼诗文集》，第 155 页。
③　李慈铭《越缦堂读书记》，第 1176 页。
④　陈衍《近代诗钞》上册，商务印书馆 1923 年版，第 386 页。

开生面也"①。通过他自刻的印文，还可了解他的心情和志趣，比如他咸丰十年朝考四等时，就刻了"哀窈窕思贤才""山泽之癯""诵先人之清芬""石钟山民"诸印，反映出其自伤和归隐之意。

由于高心夔着意修炼自己的隐忍涵养，因此在其日记中很少自夸才艺，但偶尔也有情不自禁的流露：

> 制府深赞予刻印之佳，非篁仙所能及，命作一印，诺之。……予为制府刻印，文曰"取人为善、与人为善"，偲老以为似文彭壮年之作，制府得此印，甚喜，又属作五印，刻"湘乡曾氏藏书"印一。（咸丰十一年七月二十九日）

> 是日季角寄来陈东云拟作乡试题"子曰爱之能勿劳乎，忠焉能勿诲乎"文二首，才调尽好，惜未能"直凑单微"，见猎心痒，尤而效之，期于清真而已。遂乘余兴作一篇，聊示诸弟，不拟寄陈。（同治元年闰八月四日）。

> 是日细绎拙制乡试题文，视陈作实为深致。（同治元年闰八月六日）

李寿蓉（篁仙）系"湘中五子"之一，陈对山（东云）亦"江州三君"之一②，皆为当时才子，高心夔言治印高明时尚借曾国藩（制府）与莫友芝（偲老）之口，言制艺高妙时因无名人借重，遂忍不住自夸了一下。尹耕云曾批评高心夔"终不脱名士习气"（咸丰十年六月十一日）；咸丰七年，风尘奔波中的高心夔居然费银十二两，买了一方端溪

---

① 叶铭《再续印人小传》，《印人传合集》，浙江人民美术出版社 2014 年版，第 278 页。

② 杨钧《草堂之灵》卷十一《记半人》（岳麓书社 1985 年版，第 205 页）："李篁仙志在翰林，而喜吟咏，自谓才子。以攸县龙皥臣、二邓兄弟与余并己，为湘中五子。既至江西，见高碧湄、范质侯、陈对山，为江州三君，曾至曾营中夸焉。"

石砚，"人咸议予穷旅仓皇，不脱名士习气"，高自言纵然如此，"亦不能为之割爱也"（同治元年十二月初四日）。的确，《佩韦室日记》里，不仅可以频繁看到高心夔刻意努力的读书场景，还可以不时窥察到其骨子里抑制不住的才情发露和名士风流。

总之，《佩韦室日记》中的高心夔，既矜才使气、咄咄逼人，又尚义勇为，勤学苦读，兼有狂士、侠士、儒士、名士等多种形象；他狷介耿特、爱憎分明，即使接受知识也带有较强的偏好性，这使他为人为学都不够圆融，未能臻于儒家极高明而道中庸之境，给他的人生带来了诸多隐患，他坎坷的一生，可说是一种传奇，一种充满悲剧意味的传奇。

三　高心夔诗歌及与湖湘诗派之关系

与高心夔自我刻画的才高气傲、不逐流俗、喜谈文艺等形象相关，《佩韦室日记》中还有不少与友朋的论诗之语，从中可以窥见高心夔独特的诗学观念，先看以下两则：

> 偲老言曹子建诗清雄深厚之气，唐人中惟杜老有之，太白不及也。谓予诗宜学杜，由杜而子建，中间并无间隔，不可率易颓唐，致落唐以后派。斯所谓同心之言，其臭如兰矣。（咸丰十年六月十一日）
> 是日读陶诗，因悟公诗所以不可及者，恬旷中有雄骏之气，后来储、王、韦、柳辈习为闲淡以取高韵，体干既薄，神味亦短，故学陶诗，不自陶诗始也。（同治元年闰八月二十四日）

高心夔借莫友芝之口，说出自己诗歌的理想是"清雄深厚"，而达到这种境界的典型人物是曹植和杜甫；他又认为陶诗"恬旷中有雄骏之气"，唐代储光羲、王维、韦应物、柳宗元仅学其闲淡一面，故体薄神短，这与鲁迅的"金刚怒目"说似有异曲同工之妙，也从另一个方面说明高心夔崇尚的诗歌须带有雄骏之气。在评论本朝人诗歌时，高心夔延续了自己崇雄厚、鄙短薄的诗学观念，如他评论朱彝尊诗歌"擅场处正在能多，至其小体短篇，貌为简淡，则气韵薄弱，空无所有，大篇亦然"（同治元年十二月一日）；评论周起渭诗歌"一以坚厚为宗，不逐时尚，识力已自不凡，其得力唐宋诸家，亦非由模拟，故是可传"（咸丰十一年七月十九日）。对于清朝影响最大的文学流派桐城派，高心夔也有评说：

> 桐城姚郎中《惜抱轩文集》十种，古文老洁有法度，经史各说尤见精核，但古近体诗，清薄少思力，高者尚不能越过宋人，人于诗文不能兼擅乃尔。（同治元年四月二日）
> 同舟疏生，桐城人，见示其曾祖枝春大令文集，大抵守桐城派，而体尤小，卷首有刘海峰评语，书法遒媚可爱。又，姚惜抱所为《疏太令小传》，殊老洁，然近拘谨，无以广后生才地。时人竞谈此派，吾不取也。（咸丰十一年三月二十日）

高心夔对后来同光体推尊的姚鼐评价并不甚高，认为其古文虽"老洁有法度"，而诗歌却"清薄少思力"，尚不如宋人；高心夔还认为桐城文派一味追求老洁，易见"小"和"拘谨"，不利于后学才能的开展①，也不符合他的审美理想，故而虽然"时人竞谈此派，吾不取也"。这既反映出当时桐城派的影响之巨，也表现出高心夔的特立独行。对于那些具有雄厚特点的诗人，他则不吝赞美：

> 乃与杏公共读山阳鲁通父诗，鲁公名一同，为诗清雄惋郁，

---

①　《佩韦室日记》咸丰十年六月八日："尹公于拙诗有所绳论，并言七言八句、转韵短歌不宜多作，恐务简劲致促真气，此不欲予速求小就也，心志之矣。"亦是惧因简劲而有损气势之展开，可与此论相互参照。

一时所希有，杏公已为钞成一册矣。（咸丰十年六月九日）

　　至眉兄斋，主人未起，移时乃出，同饭毕，与论为诗入手之法。眉兄初学温、李，欲循故步，予言其辞笔幽警，微乏劲气，因劝其改学高、岑，再入杜陵，所谓取法乎上之意。又论我辈精力不能兼营，但当用心专一，择其可以安身立命者终身服佩之，能舍然后能取也。（咸丰十年六月二十三日）

　　是日过偲老舟，论存庄诗，《蓉洲初集》天机清妙，其失不切事情，《味经山馆诗》欲娇少年之所为，词质而理干不立，非作手也。子偲称当代巨手，于淮南得鲁通甫，足与其乡郑子尹（珍）广文匹敌，通叟予故服膺，郑诗见者仅数篇，然清雄质厚，无雍、乾间人气习，偲老或非阿好也。（咸丰十一年七月二十一日）

　　高心夔认为鲁一同的诗"清雄恍郁，一时所希有"；李鸿裔（眉兄）的诗歌"辞笔幽警，微乏劲气"，故而劝其取法乎上，先学高适、岑参，再学杜甫以振之；认为戴存庄诗有"不切事情""词质而理干不立"之弊；认为郑珍诗歌"清雄质厚"，莫友芝所言郑珍与鲁一同（通甫）诗歌可以匹敌并非虚语。

　　雄厚虽是高心夔标举的诗歌理想，但他自己在实际创作中并未完全做到，要言之，其雄偏于奇险，其厚偏于深涩，这种诗歌特点，集中表现在他的《高陶堂遗集》中。

　　《高陶堂遗集》，包括诗集《陶堂志微录》五卷、文集《陶堂遗文》一卷、家训诗《恤诵》一卷、《碑趺》一卷（集《孔宙》《韩敕》《史晨》碑，为联五百余通）。《陶堂志微录》由李鸿裔删定，其他则由朱之榛收集，于光绪八年合并刻于经注经斋。在这部书里，为其诗集作序者计有李鸿裔、潘祖荫、杨岘、刘履芬、傅怀祖、徐景福、朱之榛七人，他们无一例外地称赞了高心夔的高才和不逐流俗的诗歌风格。这是一批熟悉和亲近高心夔的人，而且看到了诗集的全貌，他们的意见当然非常重要，其中又以删定高诗的李鸿裔和梓行《遗集》的朱之榛的看法最值得重视：

> 吾友高伯足未冠即以诗名，其才之雄夐，气之刚厚，辞之美富，足以为诗之达者。顾尝怪近世作家，或喜沿俗浅之习，刻意惩矫，韬才敛气，闷遏光采，托兴深远，必具内心。犹惧其易也，既镌既琢，揉而磋之，必泯刃迹，一字未惬，或至十易，及其辞与意适，天然奥美，镕炼之极，造于幽微，其工力之深重，并世诗人殆未能或之先也。……吾尝评其诗能咀嚼古作者之菁腴，而不模肖其貌，夐然自辟町畦，不背于古，然亦病其收摄艰苦之意多，宽博欢愉之趣少，虑其境或象之。（李鸿裔序）

> 窃谓先生为诗，力拟比兴，寓意玄奥，而体物综事，一归至正。世俗小夫，未窥宏旨，恒苦棘涩。……第念先生闳材伟度，雅不屑以文词显，而冗僚蹭蹬，命与谖谋，推其襟抱，一寄篇什。言多凄怆，甚可痛也。然即所成就，已足骖驔古昔，考镜性真，庶几上下千年，絜芬不沫。（朱之榛后序）

李、朱二人所言，事实上概括出了高心夔诗风的主要特点：一是寓意幽微玄奥，二是字句奇涩镌琢。李鸿裔的话说得非常形象，就是高诗本来诗意已经“托兴深远”而难以索解[1]，可好像害怕还会显得平易，于是进一步制造障碍，努力锻造字句，出奇制胜，“揉而磋之，必泯刃迹”，必使人难寻其义始罢休，王闿运《论同人诗八绝句》就认为他的五古“五字相连，皆不能解一二”[2]，张之洞也说高诗“无二字相

---

① 徐景福之序云：“吾尝叩作诗于高子，高子曰：自寻蹊径，意盖以独造为宗主，以取别于世之奥媚纤腻，无所得于己，而恒恐不见好于人者，是亦不已，而姑以诗言也。”可以作为参证。

② 王闿运《湘绮楼诗文集》，第419页。

连者"①。比如《清虚洞》"佚灵牖冥宇"一句,"佚灵""冥宇"的组合极
罕见,但非"佚"字无以表现隐遁之深,而"冥"字的多义性也很好传达
出天地之间的幽深与高远、苍茫与迷茫、空阔与空虚;"牖"字用作动
词,整句诗传达的意思是:清虚洞是隐遁的神灵在浑茫天地间凿开的
一扇窗户,真是用词生新,想象奇诡,辞与意确有奥美、幽微、奇涩之
感。马亚中在《中国近代诗歌史》中对高氏的这种诗风做了深入
分析:

> 高诗与王诗、邓诗相比,不仅注意动、形、副的锻炼,而且还
> 相当注意名词,尤其是名词性词组的雕炼,高心夔似乎不太喜欢
> 运用现存的双音节名词,而常常重新构造双音节词组作为主宾
> 成分。由于较多使用单音节词,所以张之洞要讥之为"无二字相
> 连者"。的确阅读高诗,有时需要一字一字读,而不能一句一句
> 读,这是造成高诗棘涩生创的一个重要原因。然而,由于高心夔
> 不放过对每一个字的推敲,因此他的诗歌常常能透进数层,深入
> 骨髓……②

这本来颇为契合高心夔所体现出的主流诗风,而且《高陶堂遗
集》诸人序中也没有一句话提到他与王闿运有什么诗歌上的相似性,
但是今天的文学史论者往往把高心夔看做王闿运的同调,将之归入
湖湘诗派中去。这又是为什么呢?

考溯文献,窃以为这种观点,可能是受到汪国垣所论的牢笼。汪
国垣在《近代诗派与地域》中首先标出"湖湘派",并将高心夔看作桴
鼓相应者:

---

①　夏敬观《学山诗话》,张寅彭主编《民国诗话丛编》第 3 册,第 40 页。
②　马亚中《中国近代诗歌史》,(台湾)学生书局 1992 年版,第 348 页。

其派以湘潭王闿运为领袖，而杨度、杨叔姬、谭延闿、曾广钧、程颂万、饶智元、陈锐、李希圣、敬安羽翼之，樊增祥、易顺鼎则别子也。……当湘绮昌言复古之时，湘楚诗人，闻风兴起。其湖外诗人之力追汉、魏、六朝、三唐与王氏作桴鼓之应者，亦不乏人。而湖口高心夔氏为尤著……陶堂高氏于咸同之际，与湘绮同为肃顺座上宾，论文谭艺，深相契合……惟陶堂与湘绮，投分至深。①

在《光宣诗坛点将录》论王闿运为湖湘派领袖时，汪国垣又附入高心夔；在《近代诗人小传稿·王闿运》中，又将王与邓辅纶、高心夔并推为"湖湘三大家"②。经过汪氏的再三致意，高心夔进入湖湘派行列并与王闿运同调几成定评③。萧晓阳《湖湘诗派研究》一书处理较为谨慎，他折中前人说法，将湖湘诗派看作是兴起于近代初期而与宋诗派相抗衡的一大诗歌流派，作家以崇尚《骚》心《选》旨的湖湘作家为主，代表作家有王闿运、邓辅纶、邓绎、李寿蓉及龙汝霖诸人，为诗多效法汉魏六朝，抒发心中悲情，在近代诗坛上形成了一股浪漫主义文学思潮。只在论及湖湘诗派之羽翼时，将高心夔等江西诗人列入，但该节标题为"异域湖湘派诗人"，亦反映出其在取舍上的某种犹豫④。

---

① 汪国垣《汪辟疆诗学论集》上册，南京大学出版社 2011 年版，第 44—45 页。

② 汪国垣《汪辟疆诗学论集》上册，第 67、135 页。

③ 如上海辞书出版社《大辞海》在线数据库：汉魏六朝派：或称"湖湘派"，是"活动于清咸丰间至民国初的一个诗派。以湖南湘潭诗人王闿运为领袖，其他主要诗人有邓辅纶、高心夔、龙汝霖、邓绎等，多为湖南籍人氏。其特点是心摹手追于汉魏六朝之间，而反对学宋。其作品则并非一味拟古，亦多反映现实的篇什"。

④ 参见萧晓阳《湖湘诗派研究》，人民文学出版社 2008 年版，第 308—332 页。

事实上，王闿运诗风古雅精严，辞采巨丽，然并不艰涩奇险，与高心夔诗风绝然不侔；至于汪国垣所言"论文谭艺，深相契合""投分至深"，揆诸《佩韦室日记》，更非事实：

> 壬秋，湘潭才人，与予定交京师，予深服其风雅而嗜学，惟议论则多所牾，然终非予所能及也。（咸丰十年十月二日）
> 与敏泉论韩退之诗，敏泉薄其七言古体，与壬秋同意，予以为不然。（咸丰十年十月二十四日）。

原来不是"深相契合""投分至深"，而是"多所牾"。另外，王闿运对韩愈七古颇有微词，而高心夔却很欣赏韩愈，这大约是为韩愈诗风的雄奇和字句的独造所吸引吧。

有意思的是，王闿运也并不认可高的诗艺，其《论同人诗八绝句》曾评高诗："剑气珠光逼少年，老来长句更芊眠。饶思秀涩开新派，终作楞严十种仙。"并有小序：

> 高伯足诗少拟陆、谢，长句在王、杜之间，中乃思树帜，自异湘吟，尤忌余讲论，矜求新古。尝刻意作《咏怀诗》廿首，录稿传余，并探月旦，余云五字相连，皆不能解一二，刉之固自可识，吾无以名之矣。高颇自失。①

王闿运已明言高心夔"乃思树帜，自异湘吟"，而且所论与己不合，王是拟古肖古，高则"矜求新古"，其喜爱陶渊明，诗集至命名为《陶堂志微录》，但一如他自言"心夔弱而好诗，尤好渊明，溯焉而上，

---

① 王闿运《湘绮楼诗文集》，第 419 页。按：《湘绮楼日记》及《湘绮楼说诗》卷二，"秀涩"作"秀色"。

游焉而下,不耻其不似也"①。高、王两人都已公开声明彼此观念不合、创作不同,我们又何必把他们强拉到同一诗派中去。

后来钱仲联继承了王闿运的说法,在《论近代诗四十家》论高心夔:"人间径路绝,乃与风云通。陶堂诗似之,秀涩开一宗。楞严十种仙,见嘲湘绮翁。"认为高心夔"学选体而能自辟町畦,千辟万灌,语不犹人"②,其观点即来自王闿运的"饶思秀涩开新派",承认高是独立一宗③;但对王以"楞严十种仙"暗讽高诗尚未证道却稍有异议,认为高诗:"五律如《奉赠邓八许六两兄三首》、《客子吟》九首、《伤怀寄弟六首》,五古如《移家五首》,七律如《汉将四首》《城西二首》,七古如《鄱阳翁》《苦雨二首》,或树杜陵之骨,或得玉溪之神,而俱以雕炼之笔出之。《匡庐山诗七首》,缒幽凿险,足使谢柳却步。"④钱仲联早在1926 年发表的《近代诗评》(《学衡》第 52 辑)中就评高诗"如荔枝江瑶,不登常餐"⑤;后来在《近百年诗坛点将录》中又将高心夔定为"天罪星短命二郎阮小五",评其"诗宗选体,兼学杜甫,千辟万灌,迥不犹人"⑥。此可与《论近代诗四十家》中观点相互参证。不过,如果将王

---

① 《陶堂志微录·述目》。另李慈铭亦尝论及:"诗文皆模似汉魏六朝,取境颇高,而炫奇襮采,罕所真得。自谓最喜渊明诗,故号陶堂,然其诗绝不相似。大抵诗文皆取法于近人刘申甫、魏默深、龚定庵诸家,而学问才力皆远逊,然思苦词艰,务绝恒蹊,文采亦足相济,固近日之卓然者矣。"(《越缦堂日记》光绪八年十月二十六日,亦见《越缦堂读书记·高陶堂遗集》,上海书店出版社2000 年版,第 1176 页)然李氏认为高氏诗文取法刘逢禄、魏源、龚自珍则为无稽之谈。

② 钱仲联《梦苕盦论集》,中华书局 1993 年版,第 339 页。

③ 马亚中虽将高心夔划入"汉魏六朝派",但已注意到"高诗已经非汉魏六朝诗所能限止",见其《中国近代诗歌史》第 352 页。

④ 钱仲联《梦苕盦论集》,第 340 页。

⑤ 周秦、刘梦芙编校《梦苕庵诗文集》,黄山书社 2008 年版,第 512 页。

⑥ 钱仲联《梦苕盦论集》,第 373 页。

闿运和钱仲联都曾标举的"秀涩"换成"奇涩",可能与高心夔的诗风更相契合。

另外,从《佩韦室日记》所列高心夔阅读的集部书目看,他对宋元诗基本无视,其会心和激赏的是《文选》、陶诗、杜诗、韩愈诗文和本朝诸大家诗歌。如果说推崇《文选》、轻视宋诗,还是湖湘派的共同特点,但对杜、韩的重视,将师法对象下移至盛中唐,就与湖湘派大异其调了。假如我们只按照字面意思理解陈衍在《沈乙盦诗叙》中的说法,所谓同光体,即"同光以来诗人不墨守盛唐者"①,以之检验高心夔诗歌,其传世诗歌的前四卷创作于咸丰二年壬子至光绪三年丁丑,《恤诵》一卷作于光绪七年,倒可以说是同光体之一种了,这比那些上攀同治的"同光体"或更名符其实。不过,钱仲联在《论同光体》一文中已指出,"同光体"是陈衍、沈曾植等"以宗宋为主而溯源于韩、杜"的诗风②,这与高氏诗歌差异明显。那么,我们还是将高氏诗歌视为清代晚期诗坛花园里的一朵奇葩较为稳妥。

近百年来,我们研治近代文学,不免借助陈衍、汪国垣等前辈的经验,他们的确给我们提供了重要和便利的观察窗口,但有时也会使我们丧失开辟新窗口的勇气和动力,形成一种惰性和遮蔽。本文借助一些新材料,试图在前人的视野之外另外凿开一扇小小的窗户,也算是向高心夔"佚灵牖冥宇"之类的诗句致敬吧。

（原载《苏州大学学报》2019 年第 1 期）

---

① 钱仲联编校《陈衍诗论合集》下集,福建人民出版社 1999 年版,第1048 页。
② 钱仲联《梦苕盦论集》,第 417 页。

一位晚清书启师爷的风雅生活

——以徐敦仁《日损斋日记》为中心

"师爷"是清代对官员(主要是地方主官)私人聘请的具有专门知识和才能的佐理人员的俗称,其正式称谓一般作"幕宾""幕友""幕客"等。"师爷"之名明代已见,但彼时不指幕府人员,而是多用来指称学官①。如明弘治十五年(1502),李英任山海卫教授时,曾作《初至答拜诸生家诗》:"昨谒诸生数十家,醉驼羸马日西斜。邻姬唤侣分灯火,霜叶惊风落帽纱。耆老欢迎南学士,儿童争看李师爷。谁云山海文风薄,恩义今朝百倍加。"②明末凌濛初的拟话本小说集《二刻拍案惊奇》卷二十六"懵教官爱女不受报,穷庠生助师得令终"中,差人亦唤曾任沂州学正的高广为"高师爷"。降及清代,"师爷"之称渐与"幕客""幕友"相通,如康、乾间人李百川所著《绿野仙踪》第二回,写冷于冰成为当朝宰相严嵩的书启幕宾后,他人即唤其为"冷师爷",这也从一个侧面说明"师爷"并非地方官员幕友的专称。

关于师爷的研究,近几十年来已有不少重要成果,如缪全吉《清

---

① 陈志勇《师爷》第一章《师爷溯源·师爷称谓的出现》举出明末《太和县御寇始末》卷下和《醒世姻缘传》第六十二回中的两个例子,认为"师爷先是指地方学校之教官,后来又将在私学中从事授业的馆师也称做师爷……明代的师爷称谓,源自学师、教师"(中国社会出版社2009年版,第3—4页)。但书中所举《醒世姻缘传》中例子,亦是学官。目前似还未发现明代有以馆师指称师爷的材料。

② 詹荣《山海关志》卷六《人物六·名宦六之一》,嘉靖十四年葛守礼刻本。

代幕府人事制度》(台北"中国"人事行政月刊社 1971 年版)、项文惠《绍兴师爷》(南京出版社 1991 年版)、郭润涛《官府、幕友与书生——"绍兴师爷"研究》(中国社会科学出版社 1996 年版)、高浣月《清代刑名幕友研究》(中国政法大学出版社 2000 年版)、李乔《中国师爷小史》(学习出版社 2011 年版)、尚小明《学人游幕与清代学术》(社科文献出版社 1999 年版,东方出版社 2018 年增订版)等。但是,在刑名、钱谷、书启三大常见师爷的研究中,与文学关系密切的书启师爷的研究相对薄弱,有较大的开拓空间。本文拟以晚清一位书启师爷徐敦仁的日记为中心,对书启师爷的生活世界及相关问题做一探讨。

一 生平与著述

徐敦仁,《(民国)吴县志》卷六十六下有传:"徐敦仁,字艾衫,洞庭山人,光绪丙子优贡,亦与修府志,后官江西知县,有《日损斋诗文稿》二卷。"①《清代朱卷集成》恰好收有其光绪二年丙子优贡朱卷,履历小传云:"徐敦仁,字厚伯,号爱杉,一号小崦,行一,道光己丑年十一月二十一日吉时生,系江苏苏州府吴县优行廪膳生,民籍。……世居洞庭西山北徐村东宅河。"②

由此我们可知,徐敦仁系江苏苏州吴县洞庭山人,字艾衫、厚伯、号爱杉、小崦,曾参与修订苏州府志,光绪二年优贡,在江西做过知县,著有《日损斋诗文稿》二卷。朱卷载其生年为道光九年己丑,系官年,官年虽有小报年岁的陋俗,然徐氏并未减岁。考之光绪十五年刻本徐敦仁《日损斋诗文稿》(此本流传较广,但各藏馆多注录为"日损斋文稿一卷诗稿一卷",以下正文简称《诗文稿》),其中《祭周君文》序

① 曹允源等总纂《(民国)吴县志》,民国二十二年版。
② 顾廷龙主编《清代朱卷集成》第 370 册,(台湾)成文出版社 1992 年版,第 297 页。

云："周君名锡禄，字静甫，吴县诸生，以实录馆誊录议叙盐大使，同治丙寅某月日卒于京师，其生也在戊子，长余一年。"[1]戊子为道光八年，为周锡禄生年，周氏长徐氏一岁，可断定徐敦仁确实生于道光九年己丑。

除《诗文稿》存有刻本外，徐敦仁传世作品尚有《崦西小堂诗稿》，今藏国家图书馆，该本注录为同治抄本，实系稿本，蓝丝栏，诗稿正文首页首行题"崦西小堂诗稿"，下钤"敦仁"朱文方印、"蔼珊稿"白文方印、"散之心赏"朱文方印，仅收诗十首，其中七首见于《日损斋诗文稿》。徐氏还有《日损斋日记》稿本三册（以下简称《日记》），今藏上海图书馆，起同治七年元旦，止同治九年除日，每年一册，记其受聘为四川布政使蒋志章（后升陕西巡抚）书启师爷后，在川陕的生活经历[2]。从上述徐敦仁朱卷、诗文、日记，再结合其他史料，可对其家世及生平有大致把握。

徐敦仁家族的始迁祖为徐三奇，号乐静处士，宋祥符时自浙江兰谿县迁居洞庭西山，绵延至明代中期始有显宦徐缙出，徐缙（1482—1548），字子容，号崦西，弘治十八年进士，官至吏部右侍郎，赠礼部尚书，谥文敏，赐葬灵岩山，著有《经筵讲义》六卷，诗文集二十卷。徐缙是徐氏家族无人能及的辉煌存在，徐敦仁自号"小崦"，命名其诗稿为"崦西小堂诗稿"，皆有追慕徐缙之意。徐缙之后，徐氏一脉又长期不显。徐敦仁的父、祖皆为从九品的小吏，至徐敦仁一辈稍有起色，徐敦仁同胞兄弟六人：敦仁、敦义、敦礼、敦智（改名宝晋）、敦信、敦常。宝晋中同治十二年癸酉举人，充咸安宫教习，后为浙江候补知县，奖叙同治衔加二级，曾署上虞县知县；敦义、敦信为太学生；敦礼为附贡

---

①　徐敦仁《日损斋诗文稿》，光绪十五年江西书局刻本。

②　该日记收入《上海图书馆藏稿本日记丛刊》第25册，国家图书馆出版社2017年影印版。本文所引日记原文，皆据此。

生；作为长兄的徐敦仁，也以优贡身份出任过知县①。徐宝晋之子徐沅，为光绪二十年甲午科举人，光绪二十九年癸卯经济特科进士，曾任山东聊城知县、津海关监督等，著述丰富，为近代知名文学家，堪称徐氏家族的殿军。

　　徐敦仁的科举之路充满了坎坷。咸丰八年戊午，年刚而立的他与好友凤锡纶（字天石）一同北上，入京应顺天乡试，铩羽归（《诗文稿·北行程记序》）。自此五应顺天乡试，皆不售。同治五年丙寅，徐敦仁的朋友周锡禄去世，徐作文悼之，序云：“与君同游庠同应举，先后凡五次被放亦同也。”（《诗文稿·祭周君文》）同治七年闰四月廿六的《日记》详细记载了五次乡试的时间：“悉洪文卿已得状头，可谓有志竟成，犹忆戊午、己未、辛酉、壬戌、甲子五次同应北闱，旅馆栖迟，同悲觭觫，而甲子南闱捷后，四年之间成败迥殊，为文卿喜，又自伤老大矣。”他与洪钧（文卿）共同参加了咸丰八年戊午、咸丰九年己未、咸丰十一年辛酉、同治元年壬戌、同治三年甲子顺天乡试，自己五次被放，而洪钧在同治三年中举，过了四年又中状元，而自己却谋食异乡，不禁感慨自伤。同治九年九月五日的《日记》还记载了他安慰落榜的朋友李子芋，不由同病相怜：“三更后挂榜，子芋落第……慰子芋，就枕追忆五次被放，不能成寐，雨声颇大。”科举的失败给徐敦仁带来的伤害是沦肌浃髓的。

　　虽然科举屡遭败绩，但徐敦仁的诗文才能却颇受时人推崇。他的《书高垣吴氏死贼事》一文被凤锡纶推为堪比司马迁“序次简古，通身全是筋骨，子长子长”，诗歌被沈铿赞为“风骨道上，音节苍凉不懈，而及于古。《圆圆曲》搜前人所未到，《轮船歌》穷物态所难言”②。著名词家谭献还赠诗两首：

---

　　①　关于徐氏家族及其成员的考述，据徐敦仁朱卷外，还参考了徐宝晋乡试朱卷（《清代朱卷集成》第 110 册）、徐沅乡试朱卷（《清代朱卷集成》第 190 册）。

　　②　徐敦仁《崦西小堂诗稿》卷首，稿本，中国国家图书馆藏。

　　爱杉我良友，为别十年余。云物依长剑，风尘老素书。空文垂复尔，吾道问何如。安得西湖畔，白头来卜居。

　　爱杉如古贤，志欲为世用。歌哭千秋心，文章九鼎重。白眼浊醪空，青春芳草梦。三万六千顷，胸次与谁共。①

　　尽管友朋赞语有溢美之嫌，但其长于诗文也是事实，否则很难想象谭献会使用"歌哭千秋心，文章九鼎重"这样份量很重的字眼。徐敦仁蹉跎科场的同时，不得不为生计奔波。同治三、四年间，冯桂芬主讲苏州惜阴书院，徐敦仁应该在此学习过，同治十三年冯氏去世后诸门人所作的祭文中，徐敦仁即列名其中。他还曾两次游浙，《崦西小堂诗稿》所收诗歌首行题为"后浙游草（丙寅）"，说明他至少来过浙江两次，第二次来浙时在同治五年丙寅，其中《客中冬至》诗云："瞥眼星杓转，人还异地留。一年今夕永，八口砚田谋。……"砚田笔耕，大约不是依人作幕即是教授私塾。他还于同治六年丁卯春应考杭州诂经精舍、紫阳书院，《日记》同治八年八月廿六日曾回忆："夜录《丁卯春杭州日记》一月，时考诂经精舍、紫阳书院，兴会淋漓，借寓城南务署，步行出入动辄一二十里，足力不疲，且闲居窘迫，而时作胜游，亦一乐事也。"他与谭献的结识应在此时②。

　　同治六年丁卯十月，蒋志章被授四川布政使，遂聘徐敦仁为书启

────────────

　　①　《日损斋诗文稿》卷首徐敦仁识语。谭献日记手稿中亦载有此二诗，文字稍异，光绪五年五月廿九日："阅徐爱杉诗文稿数篇，题诗二章，曰：'爱杉我旧友，为别十年余。云物依长剑，凡尘老素书。空文垂复尔，吾道问何如。安得西湖畔，白头来卜居。''爱杉如古贤，志欲为世用。歌哭千秋轻，文章九鼎重。白眼浊醪空，青春芳草梦。三万六千顷，胸次与谁共。'"按：本文所引谭献稿本日记内容均为吴钦根博士整理和提供。

　　②　谭献稿本日记光绪五年四月三十日载："辰，入署杂治，吴徐敦仁来访，谈久之。徐君，字爱山，优行贡生，考授县令。予监院诂经精舍时，爱山就试，曾结文字交者。"

师爷，携之入川；同治八年己巳十二月，蒋志章升任陕西巡抚，又携徐入陕；同治十年辛未十一月二十二日，蒋卒于任上，幕府星散。徐敦仁于次年回到家乡①，参与纂修《苏州府志》，负责"军制"和"第宅园林"两门的撰写②。后又参加光绪二年江苏贡生试，获优贡第一名，入京朝考一等，引见，于当年七月以知县用③，签分江西候缺。徐沅朱卷载其曾署广信府贵溪县知县，但当为光绪十五年左右事，因该年始刻《日损斋诗文稿》于江西官书局。光绪二年至其莅任贵溪知县之前，徐氏可能仍以游幕为生。谭献稿本日记光绪五年四月三十日载："辰，入署杂治，吴徐敦仁来访，谈久之。徐君，字爱山……今客傅公幕府。"证明至少光绪五年，徐敦仁是在安徽布政使傅庆贻的幕府。

　　徐敦仁的日记和诗文集皆命名为"日损斋"，应取自《老子》"为学日益，为道日损"之语，似乎他自我的期许在于道德立身。然而他能长期托身巡抚、布政使较高级别的官员幕府，却主要得力于他的文学才华。据《日记》，他著有《后浙游草》《蜀游草》诗稿；据徐宝晋朱卷，他还著有《随园骈文补笺》《琅环仙馆诗文稿》《琅环仙馆骈文》等，今多不传，但可看出其对诗歌和骈文的熟稔，而诗文尤其是骈文正是书启师爷必备的基本功。

二　行记与诗歌

　　《日记》首册开篇即云："同治七年岁次戊辰，时年四十，就铅山蒋璞山方伯书记入蜀，去腊十有七日行抵南昌。方伯眷属在省城，

---

　　①　《日损斋诗文稿·凤天石传》："辛未秋八月，余在秦中闻君赴，哭之而恸。逾年归，复哭君于家。"
　　②　冯桂芬纂《(同治)苏州府志》卷首总目后之题识，光绪八年江苏书局刻本。
　　③　《日损斋诗文稿》诗稿末二首诗为《六月十八日恭应保和殿御试》《七月初二日引见蒙恩以知县用恭纪》。

傚戴莲士先生状元府旧宅居之，留予度岁，门榜曰'荆嘉山房'，堂曰'览珠'，予所居乃堂之西院也。"次册开篇又云："同治八年，岁在己巳，时四十一岁，就书启馆，在四川藩幕。"清代书启师爷又可称"书记""书札""书禀""记室"等，由此也可以坐实徐敦仁书启师爷的身份。

幕主蒋志章（1813—1871），字恪卿，号朴山、璞山，江西铅山人，为著名诗人蒋士铨的曾孙，道光二十五年乙巳进士，改翰林院庶吉士，历任广东督粮道，署布政使，两广盐运使，四川按察使，同治六年由浙江按察使转任四川布政使。由于蒋氏全家暂居江西南昌，故徐敦仁于同治六年腊月十七日赶到此处与他们会合。

同治七年正月廿六日，蒋志章携带家眷、幕客，分乘四船出发。这次旅行路线可分为五程：（1）南昌—吴城—南康—湖口—九江，时在二月初六日；（2）二月初十日在九江乘火轮船，经靳州、黄州，于二月十一日至汉口；（3）定六只荆舸子（一种湖北当地的客船），于二月十五日开行，过襄口、荆州、宜都、宜昌，二月三十日至沙市；（4）换四舱川舸三只，另有任彬自雇一船，三月三日启行，三月十日入峡，备历三峡之险，三月廿四日始抵万县上岸；（5）三月廿八日雇轿启行，又历蜀道山川跋涉之难，于四月十二日抵达成都。

作为以文笔见长的书启师爷，在近三个月的"山川跋涉"中，徐敦仁的主要活动除了为蒋志章起草重要的书启禀稿外，就是观书、游览和写作，每过名胜，凡有靠岸和停歇之机，他总要登临凭吊一番，然后载入日记，有时还赋诗留念。如同治七年三月初十日记：

> 晴，风利。三十里过平善坝，为入峡之始。峡凡三上水者，先过西陵峡，又名归乡峡；又三十里过南沱，又三十里黄陵庙，又三十里三陡铺泊，未刻过一小滩。今日峡中行九十里，乱峰插云，荒江走石，境甚奇峭。午前所见皆是石山，色赭而黑，类螺蛳形者甚多。山顶山腰间有洞六，午后所见诸山，土戴石，石戴土，

形状诡诞，令人目眩。山上间有人家，石罅耕土，或艺二麦，岸上牵船，自成一村，不知人世风波也。维舟时尚早，同人上岸闲行，谒古黄陵庙，庙系别建，非诸葛武侯所记黄牛庙也。同人夜谭，堑翁苦吟竟至达旦。

三峡七百里，两岸奇峰连绵，怪石林立，绝不同于江南的秀山媚水，怪不得徐敦仁会有"目眩"的感觉，该日所记简洁生动，宛如小品文，特别是同行的幕宾李显祖（堑翁）诗兴大发，竟至苦吟达旦，令人忍俊不住。而徐敦仁亦有诗纪之：

> 门户控三楚，夔巫形势强。山川赖疏凿，云雨本荒唐。石色千年黑，江流一雨黄。行人方入峡，枉说是归乡（西陵峡又名归乡）。（《巫峡》）[1]

此时尚未遇险，故写景抒情尚有泛泛之感，然"石色千年黑，江流一雨黄"已颇见笔力雄浑。三月十六日和十八日，徐敦仁一行连遇二险，先是十六日过拖肚子滩，由于纤夫拉纤过紧，致使四号船覆，幸抢救及时，"人俱无恙，而船随流水而下，直至巫峡方止"。然后十八日入夔峡，"峡中危石参天，森然可怖，视前二峡尤奇，有黑石峡，石大而色黑，滨水欹斜如欲坠者。……将抵夔关，忽起大风"，三号船又阁浅穿漏，舱中进水，差点覆沉，三月廿一日，二、三号船各断纤一次，着实惊心。徐敦仁有七古长诗记其事：

> 昨日覆一舟，今日覆一舟。舟覆则已矣，我心增烦忧。人生天地同浮沤，生死有命何容愁。轻身涉险古有戒，曷为掷同瓦注万里来遨游。又况山高有白帝，滩恶称黄牛。蜀中山水天下险，

---

① 徐敦仁诗歌未加特别说明者皆引自《日损斋诗文稿》。

瞿唐淫预怪石森戈矛。既不同张骞凿空持使节，乘槎博望争封侯。又不同相如高车骑驷马，题桥名字夸千秋。不过饥饿落拓出随大夫后，元瑜记室仲宣作赋同登楼。沉舟侧畔傥竟葬鱼腹，数茎瘦骨何以归山邱。我于此时且作达，不须楚人对泣空学新亭囚。波涛仗忠信，我心终无訧。夷险视一致，陆沉随神州。记昔驱车上帝里，奔腾曾乱黄河流。前年归装附番舶，豪情直欲凌沧洲。河伯海若亦俱相怜惜，惟彼江神何遽作我羞。更闻成都古天府，山川形胜前贤古迹一一资冥搜。杜陵出峡复入峡，至今尚有草堂留。苏家父子俱蜀产，宦游踪迹穷边陬。行百里者半九十，长风破浪安能休。吁嗟乎，长风破浪安能休，我心终自增烦忧。君不见昨日覆一舟，今日覆一舟。（《两日见峡中覆舟者二心用惴惴作诗自广且警焉》）

诗从覆舟说起，自问：为何以身犯险，万里入蜀？接以自答：不是如张骞、司马相如那样持节出使，而是如阮瑀、王粲那样依人作幕，实为生计所迫。复又自怜：风波险恶，有可能葬身鱼腹无法回归家乡。然后再三自慰：一是既来之则安之，不须自哀，此心安处，夷险一致；二是回忆昔年曾渡河海，皆能无恙，此次渡江，想亦会得江神护佑；三是蜀中人杰地灵，值得凭吊效仿的前贤甚多。最后又回到当下，虽然理性告知应该解脱，但面对"昨日覆一舟，今日覆一舟"的事实，心中还是难免烦忧。全诗颇有李白歌行的气势，但结句却不似李白飘逸出尘，而是复归眼前现实，这也是宋代以降诗歌更加日常化的一个例证。他还有一首《过峡》七律："奔流直下下牢关，峡束重重控百蛮。峰峻石穿天上路，滩高浪滚雪中山。人同虎豹分崖住，身与蛟龙夺命还。深夜一灯照孤睡，瓮头人鲊梦刀环。"也杂糅了浪漫与沉郁、想象与现实，但终归于三峡最险处的"人鲊瓮"滩头，孤独的游子如与蛟龙搏命般的危险，思乡情深萦于魂梦之中。末句化用传闻苏轼作"自过鬼门关外天，命同人鲊瓮头船"（《竹枝词》）和秦观"身在鬼门关外天，命轻人鲊瓮头船"(《鬼门关》),颇为帖切。

当然,峡中之旅也并非尽是风高浪急、提心吊胆,也有风和浪软、赏心悦目之处,徐敦仁有《峡中当无滩处舟行亦平喜作》一诗云:

> 漫言三峡皆奇险,亦有平漪百里余。沙软客行江底路,日斜人钓石中鱼。酒斟琥珀浇愁垒,窗拓琉璃读道书。一样客怀差可喜,小诗自写滴蟾蜍。

水平沙软,夕阳迟迟,江清石净,宛若一体。岸边钓者钓的仿佛是石中的鱼儿,舟中游子杯中是如琥珀般晶莹的美酒,手中执的是超脱尘外的佛道之书,推窗外窥,水天一色,世界清明,游子顿时忘却尘虑,身心俱澄,充满欣悦,好诗也不由自主的流淌而出。证以三月廿三日记,知此诗描写的可能是云阳县一带的风景:

> 晴。辰刻开船,风顺,是日所见山稍觉平远,水亦略平。未刻过下岩寺,石壁凿三迦叶像,有石洞二,中结龛,有塔有钟,在洞口,山上平冈,人多结屋以居,周围石壁上齐如削,大类城堡,或于山巅建孤庙,山之半土中嵌石,宛如带之围腰,宽狭相称,如曾经刀尺者,山之麓间有平阳,外围以石,如筑堤,长数里,又见水涯石陂袤延数里,石铺漫衍如云气叆叇,亦奇观也。行百二十里,近巴阳峡泊,过小江口约三十里,万县界。阅《随园诗话》数卷,春日迟迟,赖此消遣耳。

不同文体表达功能不同,一般来说,同一人对待同一件事,在不同文体中传递出的信息有所差异,这种差异,有时相辅相成,有时却相反相成。如陆游的"《入蜀记》展现的是陆游理性、深思、好学、好交游的形象,而入蜀诗特别是进入夷陵以前的诗,则呈现出的是一个充满悲伤、无奈、怨恨的十分情绪化的陆游形象"①，正反合观，方窥真相。徐敦仁的日记与诗歌中传达的情绪虽是趋向一致的相辅相成，但其日记重事而诗歌重情，如果仅看诗，便无由知具体时地；如果仅观日记，亦无由生动感受作者心境。徐敦仁所作诗歌并未载入日记，因此更需要诗、文合观，才能全面把握作者的经历和情绪。

三月廿八日，由万县启程山行，徐敦仁《日记》云："晴。黎明起，装毕行李，辰初启程，计大轿二乘，四轿十三乘，小轿二十八乘，每乘加纤夫四名，小轿则三人抬，无纤，行李百二十扛，每扛两人，铺程另用红扛，上有盖如轿，以蔽雨，共计夫约六百名，万县办差。"蒋志章尚是为政清廉的官员，然亦须动用六百名力夫为之服务，清廷地方官员的接待任务之重为我们留下了深刻印象。蜀道的崎岖，徐敦仁日记中亦有记载："下午过佛立山，石级直上斗绝，上坡至巅，出轿步行下坡，上下共约十余里。"（三月三十日）"是日所行只十里平地，余皆崇山峻领，且雨后路滑，时有倾跌之虞。"（四月二日）不过，更为形象具体的描写却见于他的一组《自万县至成都山行杂成》：

蟠龙山峻插青天，上有平畴数顷烟。斫破琉璃种瑶草，云中荷锸是神仙。

远系长绳到日边，笋舆还用十人牵。百盘到顶祖而示，汗血功勋在两肩。

鲇鱼上竹方隃岭，瞎马临池又下坡。一落直愁千万丈，立身高处怕蹉跎。

万山排列势嶙峋，苍翠如披画本看。行到最高峰一望，不成邱壑不成峦。

①　吕肖奂《陆游双面形象及其诗文形态观念之复杂性——陆游入蜀诗与〈入蜀记〉对比解读》，《绍兴文理学院学报》2011年第1期。

　　　　刺桐花落千山白，勺药花开十里红。分付舆人行缓缓，两边
消受有香风。

　　　　白日长征夜梦还，说将奇景到乡关。一声杜宇千三路，半月
肩舆十万山。

　　以"神仙"形容山巅的耕作者，以"汗血功勋在两肩"形容轿夫纤
工，以"苍翠如披画本看"形容山峰颜色，以"万山排列""十万山"形容
山峰绵密，以"千山白""十里红""一声杜宇"形容到处的花香鸟语，都
能感受到徐敦仁是以赞赏而非畏惧的心情看待这次山行。蜀道虽
难，但到底不像三峡舟行动辄有性命之虞，因此会有如此诗意的表
达。四月十二日，徐敦仁一行成功到达成都，徐氏当天日记云："是役
也，自南昌到成都凡行八十日，舟凡三易；自九江到汉口坐火轮船一
昼夜；起陆，坐笋舆半月。山川跋涉，风露侵陵，峡中又目睹沉舟两
次，心中时觉怦怦，所喜布帆无恙，一路化险为夷，濡笔记此，以志天
幸。"从明天开始，他将在成都迎来新的生活①。

三　书启与文事

　　在大多数关于师爷的研究论著中，皆认为刑名师爷地位最为重
要，钱谷师爷次之，书启师爷只能追陪其后，收入也远逊于前两者。
但是论者没有注意到三者之间的动态变化，刑名师爷主掌司法，钱谷
师爷主掌赋税，皆与民生息息相关，因此在州县幕府中，两者的位置
的确比书启师爷优先；但是省级以上的幕府，通常并不负责直接的案
件审理和赋税征收，往往只是处理州县层层上报的有关文书，因此刑
名师爷与钱谷师爷的重要性有所减弱。相反，书启师爷主掌上下应
酬文书，直接关乎所佐主官在人际交往是否失礼，是否会因此赢得声

━━━━━━━━━━━━━━━━━━

　　① 《日记》还记载了同治九年徐敦仁由川入陕的过程，但是由于途中诗作
未见留传，缺少诗歌的参照，故此处不论。

誉或遭受损害,而且大幕主官有较多向皇帝上奏折的机会,关于文书的格式和措辞有严格的规定,因此此类幕府中书启师爷的地位反而看涨,报酬也颇可观。金安清《水窗春呓》"书契圣手"条云:"往时官场承平之际,上下皆重文字。凡贺禀贺启,皆骈丽绝工,一记室,脩有千金者。即才学之士,得以遨游公卿,得高价。其好声气者,则书札遍天下,幕客率数十人,各司一技。"①徐敦仁《日记》亦云:

> 阴,北风,气候甚凉,与前数日大不相同。缮存奏稿二扣。仲会来夜饭,为写折扇一柄。葆翁述方伯意,书启二席,每席节礼向有六七百金,新延孙鸥舫得一分,其一分欲分二百与雠之。（同治七年四月廿一日）

由上可知,蒋志章的四川布政使幕府,正式的书启师爷即有两席,每席仅节礼即有六七百金,加上每月脩金,一年收入确有千金之数。不过不知什么缘故,徐敦仁的一份节礼中,要分出二百两给雠之,或许雠之也帮助徐敦仁起草文书,故须给他一定报酬;另一书启师爷孙湛（鸥舫）是举人出身,徐敦仁尚是秀才,这可能也是原因之一。金安清与徐敦仁皆生长于道咸同光之世,两人的记述相互参证,可为我们深入了解这一时期大幕书启师爷的情形提供帮助。

书启师爷的主要任务自然是为幕主起草"书""启""禀""札"各种文体。今据《日记》,将徐敦仁同治七年至九年为蒋志章起草文书的数量,分年月列表如下（个别日期徐敦仁仅记概数,如"稿数件""稿十余件",逢此则在该月数量后标"＋",表示大于此数）:

---

① 金安清《水窗春呓》,中华书局 1984 年版,第 44 页。

	一月	二月	三月	四月	五月	六月	七月	八月	九月	十月	十一月	十二月	合计
同七	12	11	5+	15 46（闰）	34	7	11	35	42	35	44+	25+	322+
同八	18	17	21	44+	33	20	6	60	33	8	33	42	335
同九	36+	45+	53+	32+	58+	28	25	65	34	22 25（闰）	17+	44+	484

这些文书，包括面向皇帝上的各类奏折，如同治九年元月十三日"夜，为中丞改定谢恩折稿，至四更方毕"；十一月廿九日"写元旦贺折并安折六扣及封"；十二月一日"写密考折并清单"，初五日"写片一件，又重写密考折、清单各一件，密考折至末行误一字，又重写"，初八日"重写奏调张秉塾、周瑞松夹片，约二百余字，午刻折弁行"。

也包括面向督抚州县各衙门的例行文书，如同治七年二月一日"起曾爵相、李爵帅禀稿二件"，三月十九日"起万县复稿及致首府稿"，同治八年四月十八"起各省巡抚节稿八件"。

还包括为蒋志章代拟的各类私人信件，如同治八年十二月四日"礼尚万稿一，改贾中堂、陈三太太稿各一，唁稿一，部属稿一"，同治九年正月廿五日"为中丞写兰谱一封，一严渭春中丞树森，一周渭臣军门达武"，四月十四日"信稿三件，又中丞嘱缮三姑姑信一件，姑姑者，姑母也"，九月十三日"作贺左宫保十月初七日五十九寿辰信，颇费工夫，尚觉典雅"。

文书的性质五花八门，文体要求也不尽相同，颇能考验书启师爷的才能和经验，有时不得不借重他人的力量。如同治七年九月廿八日："稿二件，一理番厅公事，一谢简州猫，笔墨绝不同也。"一公一私，一庄一谐，风格大相径庭。再比如同治九年二月三日："作字至漱芳处，问折例。"蒋志章由布政司转升巡抚，所上奏折格式会有相应变化，为了稳妥，徐敦仁就曾向已故大学士彭蕴章的堂侄彭毓菜（漱芳）寻找帮助，彭毓菜当时在四川总督吴棠处做幕宾，与徐敦仁谊属同乡,是合适的请教对象。

文书数量,以年而论,呈逐年增长态势,特别是同治九年数量有明显增加,大概是因为蒋志章升任陕西巡抚后,地方时局不靖,需要处理的各类文书增多之故;以月而论,五月和八月的数量较其他月份为多,这主要是因为端节、中秋节是问候应酬较为集中的节令。值得注意的是,草拟各类文书并非书启师爷的唯一职责。从徐敦仁《日记》看,他至少还部分承担了以下文事活动:

1. 录写呈批

如同治八年十月廿八日:"录批数件。"廿九日:"录批十余件。"十二月初三日:"录呈批二十余件。"廿六日:"录批三十余件,长者八。"

2. 代阅各地禀复稿

如同治九年五月七日:"阅各处禀复稿三件。"二十七日:"阅各处禀三十余件。"

3. 批改书院试卷

如同治七年闰四月十六日:"阅书院超等三十卷,为拟批十五卷。"十月十九日:"覆阅书院卷一束,百余本。"十月廿日:"覆阅书院卷一束,百余本,俱不佳。"同治八年十月廿三日:"夜,阅书院卷三十本。"十月廿四日:"定书院卷甲乙。"十月廿六日:"夜方伯嘱编书院卷超特等八十名名次。"同治九年四月十日:"阅卷二十本,略更原定名次,拟前十名批。"

4. 代拟诗文联语

如同治七年闰四月廿四日:"为方伯和朴山将军原韵诗七律一首。"六月初七日:"作《洗马池图》七律一首,代方伯题恒容斋(保)画。"同治八年九月十二日:"葆述方伯意,欲代作舒母墓志,固辞。"(实未辞掉,《诗文稿》中收有其代蒋志章所撰的《舒母张太夫人墓志铭》)同治九年九月廿二日:"灯下作《陕西武乡试录序》。"廿三日:"改正武试录序,录送中丞。"闰十月十日:"代中丞书对一联。"十二月十日:"为中丞撰挽林方伯太夫人联句。"

5. 编校书籍

蒋士铨与袁枚、赵翼并称"江右三大家",其《忠雅堂集》有乾隆、嘉庆、道光、同治、光绪等多种刻本,其中同治八年至九年间成都刻本,有其曾孙蒋志章跋(亦徐敦仁代作)云:

> 先曾祖太史公《忠雅堂诗文集》,旧板向弆藏园,园在江西省城进贤门外。咸丰癸丑,遭兵燹,亭榭花树、图书尊彝,俱为灰烬,而诗文板亦化劫尘。数年来同人索刻本,率无以应。同治戊辰,承宣入蜀,乃谋重付剞劂。诗集家传,有手订原稿,携行箧中,独完好如故,公暇偕徐爱杉茂才敦仁、孙鸥舫大令湛,对雠覆校,间依原本,改正一二,以从其朔。噫!先太史公一生忠悃,卒以病废,功业未有见于时,而至今读其诗文者,往往叹息不置。则先太史公之借以自见于世,与世之欲有以见先太史公者,皆于是乎在。重锓之役,固小子所不敢辞也。刻诗集竟,继刻文集,工未竣,有巡抚三秦之命,匆匆卒业,鱼豕之讹,恐不免焉。尚有《四六法海评本》待梓,九种传奇欲翻刻,志而未逮,且俟异日。同治庚午孟春曾孙志章谨识。①

有些藏馆据"同治庚午孟春"这一题识时间,将其定为同治九年庚午刻,稍嫌笼统。所幸此跋提到的重刊过程,在徐敦仁《日记》里有非常详细的记载,今举其要者如下:

同治七年六月十八日:"方伯持《忠雅堂》诗、文集各一部嘱校。"知重新校刻始于此日。

六月廿二日:"试五色笔。将校《忠雅堂诗》。"廿四日:"方伯将《忠雅堂墨稿》嘱校,其中未刻诗尚多。"知其校本为蒋志章家传稿本,

---

① 邵海清校,李梦生笺《忠雅堂集校笺》附录三,上海古籍出版社 1993 年版,第 2506—2507 页。

即蒋跋所云"诗集家传,有手订原稿"。

七月初五日:"校诗,自初一起,毕庚辰至癸未四年一册,附《簪笔集》一卷。"十二日:"校诗。剞劂氏已移入署中七圣祠,明日动手翻刻。"知七月十三日开始刻版。

十月初三日:"校《忠雅堂诗》一卷,将原稿二册及鸥舫所校第四本送缴。"知徐敦仁与孙湛(鸥舫)分任校勘。

同治八年正月廿七日:"葆翁持《忠雅堂诗稿》来嘱重校新板误字。"知至此已将诗集刻出新版,并刷出蓝样做二次校改。

三月十三日:"鸥翁校过《忠雅堂诗》二本,复为重阅一遍。"三月廿四日:"较《忠雅堂》补遗诗及词一本毕,约五六日工夫。"知校勘之认真及具体进度,按:三月廿四日记中"较"与"校"通。

五月十一日:"《忠雅堂诗集》修补始竣。"知至此二校毕。

六月廿一日:"方伯来谭,嘱重校《忠雅堂诗》。"知此日开始三校。

六月廿三日:"校《忠雅堂诗》,修补者尚不少。"七月初十日:"《忠雅堂诗集》修补竣工。"知此日三校毕。

八月廿七日:"杨会元堂来刷《忠雅堂》。"知此日开始正式刷印《忠雅堂诗集》。

九月初五日:"校《忠雅堂文集》三篇。"此为《日记》中所载校《忠雅堂文集》之最早时间。

同治九年正月初三日:"方伯得升陕抚喜信。"二月初三日:"中丞嘱作诗集跋。"六日:"为中丞作跋,付刊。"知蒋跋实系徐代作而成。十二日:"同中丞索《忠雅堂文集》三部,一送仲英,一送幼耕,一自留,《诗集》二部送仲英。"知至此文集已经刷印出来,但《日记》中未见丝毫二校、三校记录,估计是匆匆一校后即予印出,文集错讹处自然会多于诗集。此即跋中所云:"刻诗集竟,继刻文集,工未竣,有巡抚三秦之命,匆匆卒业,鱼豕之讹,恐不免焉。"

综上可定,诗集为同治八年八月印行,文集则为同治九年二月印行。

李乔《中国师爷小史》将师爷分为政务性师爷和专门性师爷两大类，又细分为若干小类①，徐敦仁既有书启师爷、书禀师爷、章奏师爷的政务性特点，又有阅卷师爷、著书师爷的专门性特点，身兼多能，因此甚得蒋志章倚重。

四　读书与临帖

缮写奏折是大幕书启师爷非常重要的工作，因为奏折的对象是皇帝，司其职者不仅要求文字典雅工切，而且要求书法华贵挺秀。徐敦仁两者兼擅，不排除有天赋成分，但更多还是来自后天的爱好和努力。从《日记》中即可感受到，除了襄助幕主各项文事，读书与临帖是徐敦仁生活的两个主项。

据《日记》，可粗略统计三年中徐敦仁所读之书（书名后的括号内的数字，为该书或该书部分内容在《日记》中出现的次数，仅出现一次者不标）：

经部：《周易》(4)、《尚书》(5)、《礼记》(6)、《诗经》、《左传》(6)、《公羊传》、《谷梁传》、《尔雅》、清李骅、陆浩《春秋左绣》、屈曾发《万言肄雅》、瞿树荫《经字考略》。

史部：《国语》、《国策》(3)、《史记》(7)、《汉书》、《通志》、《宋史》、明郑晓《吾学编》、清吴乘权《纲鉴易知录》(17)、杜诏《读史论略》(21)、冯辰《恕谷（李塨）年谱》、蒋士铨《忠雅日记》、《清容居士行年录》(4)、吴锡麒《史隽》、梁绍壬《两般秋雨庵随笔》(2)、陈钟祥《岷江纪程录存》、宣维礼《游峨眉日记》、李元度《先正事略》(4)。

子部：管子《封禅篇》、公孙龙子《指物论》、南朝刘义庆《世说新语》(5)、唐孙思邈《千金宝要》、宋苏轼《酒经》、《东坡杂著》(3)、洪迈《容斋随笔》、王应麟《困学纪闻》(2)、明吕坤《呻吟语》、清周鲁《类书纂要》、允禄、吴襄《子史精华》、张埏《息影偶录》(2)、李汝珍《镜花缘》。

---

① 李乔《中国师爷小史》，学习出版社 2011 年版，第 17—30 页。

集部:汉三国文、《古诗十九首》、六朝颜延年诗、王僧虔文、任昉文、庾信赋(4)、唐李白诗(4)、杜甫诗(12)、韩愈诗文(11)、柳宗元文(3)、樊宗师文、宋欧阳修文、曾巩文、苏洵诗文(2)、苏轼诗文(3)、明杨慎《升庵全集》(10)、清王夫之诗、仇兆鳌《杜诗详注》、方苞《古文约选》、沈德潜《国朝诗别裁》(2)、胡骙《石笥山房集》(15)、旷敏本《岣嵝文草杂著》、邓元煐《邓春圃诗》、袁枚《小仓山房诗》(4)、《随园古文》《随园诗话》、蒋士铨《忠雅堂集》(70)、吴锡麒手书日记残本及骈文尺牍草稿、洪亮吉《北江诗话》(2)、恽敬《大云山房文稿》(22)、顾莼《律赋必以集》、刘沅评古文、冯询诗稿、彭蕴章《彭文敬公集》(2)、傅信之《古文撷逸》(10)、梅庵和尚诗集、蔡嘉玉《蜀中丛稿》(3)、何栻《真气集》《文波集》、顾复初《乐余静廉斋诗文词》(8)、凤锡纶《味道堂诗文稿》、徐同善《小南海诗钞》、沈锵《袖海诗评》、刘愚《惺予文存》、王权古文稿(2)。

可以看出,徐敦仁所读之书,集部最多,史部和子部的说部次之,经部最少。经部以《尚书》《礼记》《左传》出现次数稍多,亦不过五六次。而史部中的《史记》《纲鉴易知录》《读史论略》以及集部中杜甫、韩愈、杨慎、胡骙、袁枚、蒋士铨、恽敬、顾复初等人的作品,出现频次均较经部诸书为高。这既是他工作性质使然,同时也反映出其知识趣味,他似乎更愿意做一位文士而非学者。

徐敦仁所读书籍的来源,一部分出于自己购藏。如同治七年九月六日,他买"大板《纲鉴易知录》一部四十本,计银三两",之后便不断出现阅读此书的记录。但也有很大一部分是友朋赠送。以同治七年为例,元月十八日,蒋志章送其《忠雅堂集》,在入蜀两个多月历程中,此书遂成为其经常翻阅之物;抵达成都后,防局委员顾复初送他自著的《乐余静廉斋诗文词稿》,之后《日记》中陆续出现他对该书的评价:"读幼耕《乐余静廉斋诗文词稿》,中有见道语,非率尔操觚者。"(四月廿五日)"终日阅幼耕诗文,觉其诣力颇深,迥非时流所及,盖亦有道行者也。"(四月廿七日)"阅幼耕词及古文略毕,自评词第一,我谓不如诗。"(四月廿八日)另一书启师爷孙湛赠送《古文摭逸》,徐敦仁也曾认真阅读:"鸥送《古文摭逸》,观之颇有未见者。"(六月二十二日)"阅《古文摭逸》二本毕。"(八月廿三日)"阅《古文摭逸》'阴符''内经''握奇'等篇。"(八月廿五日)"阅《古文摭逸》毕,篇为断句,尚有奥者未尽当也。"(八月廿七日)

至于受幕主或友朋委托校勘书籍,自然对该书会有更精细的研读。《日记》曾记载徐敦仁校《忠雅堂集》有所收获的一个例子:

> 夜,细观《清容居士行年录》,悉"藏园老人"出处,大凡《忠雅堂诗》开卷刻《零岩寺》二律,隔数叶有《万年桥舣月》一首,向以为于吴中风景措语不类,久蓄疑窦,今知寺在山西,桥在江西,非吾苏之寺之桥也,乃恍然大悟,始知读书之难,往往知二五而不知为十,前人注李、杜、韩、苏诸家诗,众说纷纭,其中不可解者仍难了然,亦苦于不能得当日之情景,但以臆揣度耳,如《忠雅堂此》二诗,无行年录以证之,一经后人附会,其误岂浅鲜哉?(同治七年九月廿六日)

友人任葆棠见之感佩,批注其上云:"读诗能如此留心,是得诗中三昧者。"缪荃孙的父亲缪焕章也委托徐敦仁校过恽敬的《大云山房集》,最后徐敦仁"标出所校《大云文》十册内讹字一百五十余,题误三处"(同治八年十月十三日)。

至于临帖,更是生活常态。徐敦仁本就工于书法,刚至成都时,他人生地疏,未顾及此,只是偶然临帖:"偶临何义门先生字迹一过。"(同治七年四月二十日)但是很快他就制定了将临帖作为日常功课的计划:"定明日为始,须早起,先用临池功,不然无专攻之业,将何以自立耶?"(闰四月十七日)之后,除了事务繁忙、身体不适等特殊情况,徐敦仁基本上将临帖坚持下来。他临帖的对象有唐代欧阳询、虞世南、钟绍京、李邕、徐浩、颜真卿、怀素,宋代米芾,元代赵孟頫,明代董其昌，清代何焯、梁诗正、张照（得天居士）、梁同书、陈希祖、钱襄、郭尚先等。尤其对钟绍京《灵飞经》、赵孟頫《黄庭经》、张照临的宋徽宗《牡丹诗帖》、董其昌《成道记》等楷书名作用力甚勤，这可能出于缮写章奏的考虑。其三年间临帖的大致历程如下：

同治七年四月至六月间，徐敦仁多临摹何焯字，"觉其用笔之秀挺，盖不可及也"（六月七日）。然后又临摹了欧阳询的楷书《皇甫君碑》，居然做到"笔法结体大半相合"（六月十一日）。七月十三日，他在蒋志章处看到梁同书所撰"楷书蒋适园公、心余先生、钟安人、修隅公墓志四本，笔势坚密，沉着可宝"，于是借来临写一过。九月，他又临摹了米芾和梁诗正的书法，亦能做到"临芗林（梁诗正）书，颇有笔意"（廿五日）。十月，临米芾外，又加临赵孟頫，"临米札，并松雪帖，颇得手"（十月一日）。十一月五日，从蒋志章处借到董其昌墨迹，不断揣摩体悟："终日临香光字，约十数纸，计千余字，原册计廿四叶，有大有小，有纵有敛，有平正有敧斜，共一千余二十八字，笔法备矣"（初六日），"临思翁墨迹一过，觉与《成道记》笔意一色，夜取此帖，将用笔之法点出，向所见为石刻失真者，今悟实有此种笔格，与墨本一一符合，细参其意，进一解矣"（初七日），"终日临思翁字，然终觉不能简净，其用笔如绵里藏针，力不外露，故不易肖也"（初八日），"临思翁字一过，觉《步虚词帖》临杨少师者，笔法虽稍变，实一鼻出气也"（初九日）。从十一月十五日开始直至岁末，徐敦仁皆以临董其昌《成道记》为主。

同治八年正月十三日，徐敦仁临《成道记》已"毕第三过"，廿四日"在一小书坊买《云麾碑》、《不空碑》、怀素草《千字文》、东坡书《柳州庙碑》四种"，廿五日阅所买各帖，"参其用笔之法"，廿六日在《成道记》外，每日加临徐浩《不空碑》。至二月初二，临《成道记》"毕第七过，稍进"，初八日借到董其昌临"《天马赋》卷子，终日对临两过，颇有所得"，至廿三日"临《成道记》八页，始能用悬腕法，觉运笔稍有力"。至三月初五，停《不空碑》，仍单临《成道记》。至五月十三日临完第十四遍后,此帖临写始变得断断续续,但十七日加临董其昌所书《步虚词》,二十五日加临董其昌《正阳门关帝庙碑》。六月七日买得张照墨刻,此后临《正阳碑》外,又杂师张照笔法。七月廿一日复得张照临宋徽宗《牡丹诗帖》,遂以临此帖为主,间临赵孟頫、董其昌。至九月二日总结云:"临字将一年,功无间断,多及千纸,竟少进地,或以泛临全帖,领会故难,今日易一法试之,择字之结构,用笔可以为法,将偏旁相同者,竭数日之力,只临两三字,必待其薰薰意吻合,脱手随写,无处不合,再临别字,既专且精,功夫或易长进,以后当守此法。"又决定以临楷为主,"缓学行书"(九月十三日)。于是之后《日记》多见"临楷书""临楷字""临楷"等字样,而仍以临董其昌、何焯、梁诗正、张照为主,间临李邕《云麾碑》。至十一月三十日复感慨:"计自去冬起临帖已满千纸,不可谓不勤,惟姿地不高,进步无几,且常欲换帖,未能专力一家,亦一病也。"但十二月他又临欧阳询《皇甫君碑》、褚遂良《圣教序》、钟绍京《灵飞经》、赵孟頫《黄庭经》、董其昌《西湖诗帖》《灵飞经》《天马赋》、张照《牡丹诗》等,仍是杂临诸帖。

同治九年正月间,徐敦仁多临赵孟頫《黄庭经》。但不久忙于治行装、辞友朋,出川入陕,中遂辍笔,至三月廿二始在西安抚署安定下来。三月廿三日,他开临赵孟頫《赤壁二赋帖》及清钱襄(讷生)楷书:"临钱讷生大楷一页,松雪《赤壁》一页,以试笔。"其后复临赵孟頫《黄庭经》,"笔致稍蕴藉"(四月五日)。四月八日起临《黄庭经》外,又多临各帖行书,间临王羲之《曹娥碑》、梁诗正石刻、王文治墨刻。西安多碑林,六月初九,徐敦仁"又至碑林观石刻回,买小唐碑十四种",之后主临唐碑,有所获。如六月廿三日云"临唐碑四百字,笔格稍变,似砖铭",廿六日云"临唐碑四百字,有笔意"。八月多临赵孟頫《黄庭经》和张照《牡丹诗》。九月添临欧阳询《虞恭公碑》,九月十三日拟"以后当专力于《虞公碑》《黄庭》,或可稍立间架,并得笔力也",实未认真执行。如十七日又临赵孟頫《兰亭十三跋》,廿三日"终日临《兰亭十三跋》,一周。灯下复作字甚多,觉赵比董为易,试从事数月,看功效何如",之后即临赵孟頫《黄庭经》。十月廿七日,他在城隍庙买得霍树清小楷帖一本,以为"极得《黄庭》笔意",于是模写近月。十一月、十二月临写更杂,计临虞世南《用笔赋》、颜真卿《十二笔意》《祭侄季明文》、欧阳询、米芾、董其昌、张照、霍树清诸家。

观徐敦仁临帖历程,颇有见异思迁之感,似乎正如其所自语"未能专力一家,亦一病也""灯下阅一年所临各种帖,无甚进境"。但某种程度上又系自谦之语,徐敦仁实从不同书家获益匪浅。如"临鲁公《十二笔法》二纸,颇挥霍有致"(同治九年十一月十二日),"临虞小楷二百字,颇有静穆之致"(同治九年十二月三日)。转益多师、不主故常,未必便是毛病。其优贡朱卷后考官赞云:"八法之工,尤属一时之冠。银钩铁画,既擅其长,金马玉堂,行膺其选。"即肯定了徐敦仁书法上的造诣。当然,从书法崇古的传统看,徐敦仁所临重在馆阁帖学一派,未必能入大方之眼,然而作为书启师爷,这又是必然的选择。

五　收支与笃亲

徐敦仁的收入,《日记》中并无特别明确的记载,但是可以据相关内容大致推算出来。

同治九年八月廿九日《日记》载:"与葆面谭脩帐,今年除川支六十,陕支百四十,尚余六十金矣。"三者相加,全年脩金当为二百六十金;加上前引书启"每席节礼向有六七百金",全年收入当有千数左右,即使除去给媵之的每年二百金,徐敦仁每年收入也至少有七八百金。节礼少量来自幕主所送,如同治九年五月初四载"中丞节礼四金",但绝大多数应来自布政使司下一级衙门。如同治七年四月廿五日:"葆棠交爨府节礼八两来。"说明系府一级所送节礼;五月初六日:"是日共收到八两节礼二分,四两节礼二十分。"未详何者所送,但至少也应是府道厅一级,不会是更下一层的县级。今存清末县级衙帐中,有送府幕师爷的礼单:"府刑席,洋八元,又随二元;府钱席,又随二元;府发审席,洋八元,又随二元;府书席,洋四元,又随一元。"①然并无送省级幕府师爷的记录。节礼是清代典型的陋规之一,可说是师爷最主要的收入。

也许由于蜀富陕贫的区域经济发展不平衡及陕西战争频仍等因素,同治九年蒋志章升任陕西巡抚后,徐敦仁等师爷在陕幕中的节礼反而急剧减少了。同治九年五月八日:"中丞分节礼十四两七钱二分来,午节只七十余金,五人分,仅有此数,较川中远矣。"八月廿四日:"秋节礼分十五两四分,欠平三钱。"三节中每节仅十五两左右,统合三节每年不足五十两,确实与川幕每年可得六七百金有天壤之别。徐敦仁一度想谋兼文案增加收入:"与葆谈预支及兼文案事,托转达中丞。"(九月初七日)然无果:"星翁来围棋,胜,与谈家用事,文案仍无分,亦无法也。"(九月廿九日)可能由于节礼的大幅度下降,蒋志章不得不考虑增加幕宾每年的修银:"小园谈加修一百事,似有不能多用之意,乃与语,大凡光景不离一难字也。"(十一月三十日)但节礼来自地方,修银却要蒋自己负担,蒋为政廉明,甚至自己都有欠帐:"马慕尧来,为中丞逋事。"(十二月九日)加修对他压力可想而知,倒真是从上到下,"光景不离一难字也"。

以徐敦仁同治七年、八年每年收入约八百两,同治九年收入约三百一十两(二百六十两修银加五十两节礼)计,三年中他的总收入约为一千九百一十两。而统查《日记》中徐敦仁关于支出的记录,最大宗的是寄银给家乡的亲人:

> 同治七年五月初七日:"葆棠至新泰厚饮,为予带家信,托寄汇银七十两。"
>
> 十月十八日:"交新泰厚并银百五十两。"(同治七年《日记》

---

① 钟小安《求仕·游幕·佐治——绍兴师爷手稿整理研究》上篇《师爷手稿整理原件影印》第七部分《杂记》,中国社会科学出版社 2019 年版,第 126 页。

后附清单)

　　同治八年二月初十日："寄银三百四十两。"(同治八年《日记》后附清单)

　　八月十八日："库纹百两,交葆翁托新泰厚号带上海。"

　　十月十八日："并银贰百两,交新泰厚。"(同治八年《日记》后附清单)

　　同治九年二月初十日："并银五十两,由新泰厚。"

　　六月廿五日："漕平足银一百两,托蔚丰厚寄上海。"(同治八年《日记》后附清单)

　　往家寄银达一千一十两,占其总收入的近百分之五十三,如果加上价值颇昂的汇费,则此项花销更巨。

　　徐敦仁虽系孤身游幕,但他至少是八口之家的家主,同治五年《客中冬至》诗"八口砚田谋"可以为证。另外,徐氏在苏州吴县是一大族,仅徐敦仁就有胞兄弟六人,其小家庭之外的亲族之累恐怕亦复不少。因此,徐敦仁虽然自奉不厚,但日记中仍不断提醒自己:

　　　　自去冬日兰溪动身,至今端节,计用银二十六两,番饼二十六元,钱十八千矣,虽未浪费,款亦钜也。(同治七年五月十一日)

　　　　核清出入数目,今年已用去百二十金矣,以后书帖亦不宜买,方可节省也。(同治八年十月廿七日)

　　　　夜,写上年在川出入总数,一年两月共用二百金,虽有应酬及买书帖正用,亦甚费也。(同治九年九月廿日)

　　　　算清三月起用数,亦四十金矣,尚宜节省。(同治九年九月廿日)

　　同治八年十个月中花费一百二十两,每月平均十二两;而同治八年元月至同治九年二月,计一年零两个月,共用银二百两,每月平均十四两多一点；由于入陕收入剧减，同治九年三月至九月，共用银四十两，每月平均用银不足六两。然而徐敦仁感到仍有节省之必要。作为书启师爷，他不时需要购买些书籍法帖及文房用具，因此所费稍多。如同治七年八月廿八："买《容斋随笔》一部，去银四两。"十二月十三日："以三两伍钱银买玉方（陈希祖）字一幅。"同治八年元月廿四："买《云麾碑》、《不空碑》、怀素草《千字文》、东坡书《柳州庙碑》四种，计银一两。"二月十日："买笔墨，用银二两五分。"二月十一："买旧书画扇面五张，计银三两五钱。"六月七日："买得天居士墨刻八册，去银四两五钱。"七月十二："买兰石大行书小幅八条，去银三两。"七月十九："买《玉虹楼残帖》六本，银贰两五钱。"十月十日："买《杜诗详注》一部，二两五钱。"即使如此，每年此项开支不过二三十两，买得也多是残本或非善本，根本不入藏书家法眼，但徐敦仁仍告诫自己"书帖亦不宜买，方可节省"。普通文人游幕之不易，于此可窥一斑。

徐敦仁将所得钱款大半寄家而非用于自我消费，起码说明他对亲情看得很重，家庭责任感很强。《日记》中专门列有三年来他与家乡亲友书信往来的清单，大致统计如下：

> 同治七年发信 30 次（41 封），收信 34 次（44 封）。
> 同治八年发信 21 次（57 封），收信 25 次（38 封）。
> 同治九年发信 30 次（61 封），收信 24 次（50 封）。

平均每月（同治七年、同治九年分别有闰月）发信和收信都在两次左右，而每次收发信，常附带其他几人信件。如同治七年六月二十八日："写润弟信二，三叔、寿儿信各一，芝函信二，稚枚信一，四弟信一，共八函，计二十七纸，每纸约二百余言，终日方毕。"一次发信中，竟有六人八函。同治九年腊月二十六日："夜接本月初三马递家信，计三叔、明斋叔、笠第、润弟、寿儿、袁絜斋父台六函，悉家中均好。"则是接家信一次，内附六人之函。虽然天隔一方，但鸿雁不断，亲情永继，成为徐敦仁重要的精神生活支柱。

　　不仅是对族人，对于姻亲，徐敦仁也非常顾念，愿意尽力帮助。他的大舅蔡嘉玉，道光二年优贡，同治《苏州府志》有传："蔡嘉玉，初名习安，字静甫，道光壬午优贡，四川汉州知州，署巴州、邛州，有蔡青天之目，终浙江温州知府。道光中尝捐田数百亩入宾兴局，暮年家居贫瘁，至鬻所居椽瓦户扉以食。或以告汉、巴、邛三州人，三州人鸠数百金（寓）[寄]吴资之，未几卒。"①《府志》仅言"或以告"，但未言是何人将蔡嘉玉晚年生活拮据的状况告知汉、巴、邛三州人士，从而有了"鸠数百金"以助之的佳话。今据《日记》，始知汉、巴、邛三州集资活动的策划者和发起者都是徐敦仁。

　　同治八年四月十二日，徐敦仁欲重刻大母舅蔡嘉玉的《蜀中丛稿》，并将其中相关内容分赠蔡曾任职并有惠政的汉、巴、邛三州官绅，再由徐氏拟一启事为之告助，幕友任玉森（葆棠）以为可行。次日，徐敦仁又将《蜀中丛稿》请蒋志章览阅，并告欲重刻告助事，蒋"深以为可"。获得幕主和幕友支持的徐敦仁，很快紧锣密鼓地行动起来：十四日"以《丛稿》交会元堂主人杨姓重刊"，十五日"灯下为母舅作《小启》一篇"，十六日"终日改昨作《小启》，颇费裁剪"，十七日"又略改《小启》，录正，请方伯阅"，廿六日根据任玉森的意见，欲重改《小启》，廿七日"重改《小启》"，廿八日"终日改《小启》，仍未定稿"，直至五月二日始"录正启稿，付会元堂写样本刻"。可谓慎之又慎。

　　五月廿三日，先刻成蔡嘉玉的《纪事诗》和徐敦仁的《小启》各百本，以五十本托同幕钱谷师爷张德泰（建侯、建翁）"面交新任巴州李洁泉（璲）带去劝助"，张德泰虽祖籍江苏武进阳湖，但从小长于四川，熟悉当地风土人情。廿六日"以《纪事诗》《小启》分送同人"。六月一日："《纪事诗》《小启》刷齐三百五十套，以百套托建翁函致汉州陈子

----

①　冯桂芬纂《（同治）苏州府志》卷八十四《人物十一》，光绪八年江苏书局刻本。

俊，以八十本托建翁、沈吟樵（宝锟）、吕静甫（烈嘉）函致邛州陈芝田。"虽然有布政使司的背景，但徐敦仁仍要委托与当地官员熟稔者先予说项，以期事情顺利。

但迟至九月初四日，才有第一笔捐助款二十两送来，系前任巴州知州陈鸿绪所赠。初五日"曹星涛送母舅六两"。曹系布政使司库厅官员，也是徐的朋友。而徐寄予厚望的汉、巴、邛三州尚无动静。于是十一月十六日，徐敦仁再托闵西塘帮忙："以母舅事托西翁。"闵家三世在蜀皆为刑名师爷，人脉较广。同治九年正月初七日，又托张德泰"作函催汉、巴、邛三处母舅告助款，发马封"，马封系驿站寄递紧要文书所用，可见徐敦仁心情之急迫。此时蒋志章升迁陕西巡抚之命已下，告助事如延至入陕后，显然更加无望。

在多位友朋的帮助和催促下，公私捐助银两始陆续而来。正月十一日："幼来送母舅银十两。"十六日："章雅瀛送母舅六金。"廿八日："建翁来，交到陈芝田送母舅银三十两，邛州各局公送三十两。"二月初六日："汉州寄到母舅助款二百四十四两。"总计得款三百四十六两。二月初七，他的同乡亢如埙（生甫）委署自流井，徐敦仁又以母舅事请托，十二日，还交给亢《纪事诗》三十本，《小启》三十本，托到自流井任告助"。

然而随着徐敦仁离蜀入陕，尽管他仍未忘记此事，七月二十七日还托人带信入川，询问亢如埙，但巴州和自流井处的捐款却杳无音讯，日记中再无收到相关款项的记录，一场由徐敦仁发起的众筹活动至此也就基本结束。

关于捐款一事的叙述视角，《苏州府志》与《日记》存在着一公一私的有趣差异。《苏州府志》叙述了一个官有德民有义的动人故事，蔡在官勤政爱民，且捐田赞助宾兴局（无偿资助当地士子参加科举考试的公益性基金），退居回乡后宦囊如洗，贫无所居，其实暗示了蔡嘉玉的清廉；而描写汉、巴、邛州人自发捐款数百金，助其安度晚年，既是对义民的表扬，又暗示了蔡嘉玉的德政使民众难忘，故能善有善报。《苏州府志》教化风世的目的是明显的。《日记》则详述了从同治八年四月至同治九年二月，徐敦仁如何百般努力，动用多种人脉，甚至"假公济私"，历时十个月，才筹到了来之不易的三百多两银子。《日记》展现的是人事的复杂和徐敦仁对亲族的笃爱。如果《苏州府志》将"或以告"改为"蔡甥徐敦仁以告"，则转公为私，无法彰显道德教化的力量，作为地方官府主修的志书，显然不愿采用这种叙事视角。

应该指出，像徐敦仁这样利用一些隐性资源，为亲族谋得利益的行为，在当时社会和人情认知中是被默许甚至鼓励的。但是，如果幕府师爷不知轻重，做出有损幕主形象之事，也会被幕主无情解雇。徐敦仁的幕友李子芋就因致信西安知府公然干预司法，而被蒋志章辞聘："子芋为祁家讼事致信首府，外议沸腾，主人辞之。"（同治九年九月廿五日）仅从师爷雅称"幕友""幕宾"的字面意思看，师爷似乎可与幕主平起平坐，但毕竟寄人篱下，更多主动权事实上掌握在幕主手中。有些论者一味强调幕友的自由性和主动性，淡化了其依附性，其实是不全面的。

余　论

以上几节考述了徐敦仁的生平与著述，并从行旅、歌咏、读书、临帖、家信、笃亲以及佐襄文事几个侧面，重点展示了其生活中风雅的一面。它自然不能包举徐敦仁生活的全部，更不意味着其他面相的研究缺少价值。比如徐敦仁的官场见闻及人际交游网络、徐敦仁的吃喝玩乐等，也都是笔者深感兴趣而在本文中无法详细论述的，仅在此揭示一麟半爪。

徐敦仁虽是诸生，但作为布政使和巡抚幕中的书启师爷，接触面相当广泛，即使是一二三品的方面大员，《日记》中也不乏记载。如同治七年九月十二日："吴制军来拜，隔牖观之，身中，面丰厚，鬓斑，语音甚低，久坐方去。"记载了四川总督吴棠来拜会蒋志章时，幕后师爷隔窗而窥的感受。与之类似，同治八年正月廿一日："翁廉访升陕西

藩台,夜来拜。"同治八年十月四日:"李爵相来拜。"也应是翁同爵、李
鸿章来拜会蒋志章的省称。而同治九年左宗棠的数次送礼:"左宫保
送湖笔、燕窝,作谢稿一件,颇用心。"(十月廿日)"起谢左宫保貂褂稿
一件。"(十一月初六)"起贺左宫保抚马回并送丽参、鱼翅稿。"(十一
月廿九日)馈赠对象同样应是幕主而非幕宾。《日记》中的左宗棠似
乎颇懂礼尚往来,与坊间所传其不通人情世故的骄狂形象并不一致。
对翁同爵与蒋志章关系的前后变化,《日记》的记载颇堪玩味:

> 灯下为方伯写兰谱,系送翁方伯者。(同治八年二月初八日)
> 方伯得升陕抚喜信。(同治九年正月初三日)
> 陕西翁玉甫方伯双红履历并夹单禀到,去春在川与主人为
> 同寅,又换帖,今则上司属员,所谓官场如戏也。(同治九年正月
> 初五日)

同治八年正月,翁同爵由四川按察使升陕西布政使,与四川布政
使蒋志章成为同级官员,于是两人结拜为换帖金兰的兄弟,以便在官
场能够相互照应;同治九年正月初三,蒋志章刚得升陕西巡抚之信,
初五日,翁同爵以下属身份所上的禀单即到,所谓的兄弟情义不过是
可以互利互惠的由头,看来确实官场如戏。但中国官场等级森严,规
矩繁多,一不小心就会触了霉头,甚至葬送政治生涯或生命,又实非
真如戏也。

徐敦仁的收入大半寄家养亲,自己就不得不力图撙节。据《日
记》统计,三年来购买衣服的开支尚不足百两,可谓俭省;但是《日记》
中关于其饮食的记录,却给人以相反的印象:

> 方伯请署中诸同人燕菜,满汉两席,约三十余金,同集十二
> 人,小有醉意。(同治七年闰四月十八日)
> 昨醉未醒,终日昏昏多睡。方伯三堂设席,集同人饮鱼翅二

席,共十四人,不敢多饮,恐病酒也。(同治七年五月十日)

是日同人醵分预祝关帝生日,在七圣祠演戏一天,叫两班子,早面二席,夜鱼翅二席,皆设建侯房,同人欢饮。(同治七年五月十二日)

建侯斋中集饮,同坐七人,烧鸭甚佳,食之过量。……回坐片刻即睡。腹痛大作,盖食多所致,后宜慎之。(同治七年七月七日)

酒肴俱极精美,主人醉吐,予亦醉饱过度,早睡,夜起如厕,四更许不寐至旦。(同治七年八月廿三日)

同人重游花市,在二仙庵集饮,翅席三桌,西塘办,公分……共二十人,肴颇精美,乘醉而归。(同治八年二月十四日)

居然饮食精美,不断享用价值不菲的大餐,甚至因醉酒、饱食导致身体不适,徐敦仁对口腹之欲似乎颇不节制。不过仔细研究会发现,这种场合或为公款消费,或为他人买单,或为众人公摊,其实自己出资有限,徐敦仁多是在慷他人之慨。某种程度上也可说徐敦仁是出于社交需要不得不参与各种宴会,从而导致"被醉饱"。

《日记》中还有不少反映徐敦仁游玩的文字。他不仅行役途中多登临名胜赋咏感怀,而且居川陕幕府时,也常结伴出游成都、西安的佳处。如成都的武侯祠、杜甫草堂、薛涛井、蜀王旧城、骆公祠、满城、锦江,西安的碑林、城隍庙、喇嘛寺、多将军庙等,徐敦仁都曾流连观赏。同治七年八月廿四日的草堂之游被徐视为"入蜀第一快事",《日记》中的记录堪称一篇优美的游记:

早阴,午刻淡日,下午晴。黎明起,宿醒未解,肩舆出东门,与建、鸥二君三人坐扁舟泛锦江,时水落,浅不过尺许,砂石齿齿,自东而南过万里桥,又西至青羊宫上岸,步入草堂寺,时葆翁等十数人已先到,盖舟行不及舆马速也。寺不及游目,草堂在寺西偏,门榜曰"杜公祠"。入门绿竹万竿夹径，径曲而幽，步其中间，如入仙境，遂登诗史堂小憩。堂三楹，甚轩敞，茶话片刻，谒少陵神龛，中坐塑像，东偏一龛祀放翁，有碑石刻像。龛上何子贞学使撰对云："锦里春风公占却，草堂人日我归来。"盖以何水部自比。堂前有杨蓉裳增祀放翁碑，文甚古雅。堂之东为晨光阁，西恰受航，深而狭，两边开窗，式如舟。少北而西一亭，新建曹方伯六兴所建，榜署"草亭"，亭高可眺，四围水竹，由恰受航折而南为水槛。临流观鱼，投饼饵池中，则金背鱼大尺许，争浮水面，唼唼有声，间有甲族来争食，可得物外趣。再南为春水舍，舍之东为竹斋，与诗史堂相连。堂之外有花树，有桥，桥之外为门庭，亦三楹，甚轩敞。堂之东有平台一，其西有屋三楹，皆可坐，门外可望浣花溪、百花潭。草堂之胜，在水竹颇有野趣，然四望无山，并无大奇。天下村庄野树类此者无虑万亿，而此一席地竟以杜陵得名，所谓地以人传也。是日葆翁为主人，同集十六人，分两席，席设竹斋，菜系酒馆包办，却无习气，美不胜收，蟹粉、鱼翅尤为杰出，畅饮至申刻方罢。重至祠堂、草亭一行，同人始散，予仍与建翁、鸥翁泛舟而归，回署已上灯矣。此游为入蜀第一快事，当纪以诗。

写景状物，简洁传神，并由此引申出"四望无山，并无大奇。天下村庄野树类此者无虑万亿，而此一席地竟以杜陵得名，所谓地以人传也"的意旨，颇见高明。《日记》中所云"当纪以诗"，应即《诗文稿》中所收《同人游浣花草堂鸥舫作七古一首即次其韵》：

　　桤林漏日西风凉，蓼花两岸烟苍苍。锦江绕郭若衣带，高歌孺子清沧浪。江流滚滚去不返，水鸟拍拍飞且翔。前路草庵望不远，深情潭水终难量。会稽公子有逸兴，招邀近局连朝忙。客十五人主则一，云霞冠佩芙蓉裳。健步或携绿竹杖，善骑亦控青丝缰。联翩共集草堂寺，罗列肴核高筵张。数丛竹树风飒飒，一池荇藻鱼洋洋。醉后题诗壁可迮，兴来怀古情偏长。当时杜陵西入峡，布衣稷契老此堂。同谷七歌弟妹远，浣花一曲溪流香。蓬莱宫阙渺何许，莴苣菜把聊堪尝。至今独留诗史笔，更谁能把天瓢浆。残膏剩馥幸沾溉，少时吟兴犹能狂。饥驱踪迹略相似，乱离天宝同苍茫。吴中只余半间屋，秋风狼籍莼鲈乡。旧时燕子飞不到，空寻门巷乌衣王。长洲麋鹿几兴废，苏台花草无芬芳。桃源不复有鸡犬，麻姑重到悲沧桑。浮生转是此间乐，酒徒随处皆高阳。

诗文对读，更能增进我们对一百多年前杜甫草堂的了解，也更能感受到前人对草堂的爱惜之情。

徐敦仁与他的同僚还颇喜爱音乐。《日记》中常有"冒雨至鸥舫斋中听诸君度曲"（同治七年四月廿二日）、"夜，堃臣斋中同人度曲"（同治七年五月初八日）、"夜至建侯斋听同人度曲"（同治七年六月初三日）、"同人咸集度曲"（同治七年重阳）、"夜，八人同饮，饮罢又度曲"（同治八年二月廿四日）。有意思的是，他们多是自度曲，而非外招乐伎。《日记》召伎侑酒的文字只有一处："为葆翁做生，西塘主办，五人公分，主客共八人，侑以双鬟琵琶杂弄。"（在同治八年四月廿一日）系幕友集体为任玉森过生日的喜庆活动，并非与伎狎游。似可见出蒋幕诸人多才多艺，风流而不下流。徐敦仁本人立身更谨，三年川陕游幕，皆未携家眷，但《日记》中从未有踏足青楼的记录，相反，倒是记载了两次梦遗现象："半夜遗"（同治七年七月七日），"夜，一品锅甚佳，饮数杯，头小晕，蒙被睡，遗"（同治九年十一月一日）。一次在七夕，一次在酒后，皆情性容易摇动之时，这也从侧面暗示了其私生活的检点。因此，本文以"风雅生活"入题，应该能概括出以徐敦仁为代表的部分书启师爷的特点吧。

（原载《华南师范大学学报》2021年第1期）

祥麟年谱简编

祥麟(1843—1906)，又作祥麐，马佳氏，字仁趾，满洲正黄旗人。六岁补内火器营养育兵，同治十三年翻译科进士，授翰林院庶吉士，历任詹事府赞善、右庶子、少詹事、内阁学士、哈密帮办大臣、乌里雅苏台参赞大臣、仓场侍郎等，累官至察哈尔都统。但作为重要疆臣的祥麟，却没有在《国史传》和《清史稿》中留下传记。今据分藏清华大学、中国科学院图书馆、台北傅斯年图书馆的祥麟日记，以及中国第一历史档案馆所藏祥麟奏折，结合其他史料，为之略编年谱如下。

道光二十三年癸卯(1843)，一岁

四月二十一日，祥麟生于北京。

据《祥麟日记》(以下简称《日记》)及科举同年录，祥麟生年可有不同推测：

(1)《同治庚午科直省乡试同年录》(又名《同治庚午科大同年齿录》，下简称《同年录》)顺天卷载有祥麟："字仁趾，道光丁未年四月廿一日生，满洲正黄旗松寿佐领下，翻译生，第一名举人。"此处言祥麟生于道光二十七年丁未。

(2)《日记》光绪二十四年正月初四日："口占七绝，附录于此，以记五十年来之际遇也：六龄食饷忆龆年，管钥于今忝镇边。时事多艰臣图报，不欺君父不欺天。"逆推四十九年(古人以虚龄计岁)，祥麟似生于道光二十九年。

(3)光绪十三年日记又多次出现"四十年"，如二月廿八日："不图四十年愚蒙，今一旦启于乌垣，并可藉此排遣，可谓'人生四十当知

卅九之非也'。"闰四月初一："麟五龄从家严、先慈学演火枪,六龄挑补内火器养育兵,四十年来犹昨日也。"十一月十七日："镫下与两女闲话四十年来往事解闷。"逆推三十九年,则又似生于道光二十八年。

(4)《日记》光绪十年八月二十日又载："回忆麟十四龄时,廿八年如昨日。"该年祥麟当为四十二岁,逆推四十一年,则其又当生于道光二十三年。

按:中国第一历史档案馆藏有《奏为拣选祥麟拟正裕德拟陪补授詹事府少詹事请旨事(光绪七年四月十六日)》所附《祥麟裕德履历清单》："拟正,花翎四品衔右庶子祥麟,甲戌翻译进士,正黄旗满洲福谦佐领下人,食俸六年,年三十九岁,马佳氏。考语'才识明敏,学问优长'。"光绪七年前推三十八年,为道光二十三年。该馆又藏有祥麟光绪三十二年二月初七日所上《奏为自报病危事》："无如奴才年逾六旬,气血两亏,非药饵所能奏效。"亦唯有生于道光二十三年始符"年逾六旬"。故可确定祥麟生于该年。

第二说、第三说中的"四十年""五十年"疑非自生年算起,光绪二十四年所云"五十年",约从"六龄食饷"算起;光绪十三年所云"四十年",约从"五龄从家严、先慈学演火枪"算起;如此,则皆当生于道光二十三年。第一说中的道光丁未系官年,官年往往小于实年,此处言祥麟生于道光二十七年丁未,即小于其实年四岁。然官年规律为改年不改月日,故其生于四月二十一日可从。《日记》光绪十一年四月十九日："卯刻策骑至十里墩戈壁滩恭叩家严、家伯母、家叔如在京贱降前期行礼仪。"亦知祥麟当生于四月十九日后不久,与生于四月二十一日可相符合。

其家隶属满洲正黄旗,姓氏为马佳氏。曾祖伊立布,妻伊尔根觉罗氏;祖皂保,妻钮祜禄爱新觉罗氏;父春升,妻爱新觉罗氏,亦正黄旗。

曾祖父母、祖父母、父母姓氏皆见于《同年录》祥麟条下。春升生祥麟时年三十有三,《祥麟日记》光绪十一年正月廿五日："叩祝家严七旬晋五寿辰。"逆推七十四年,知春升生于嘉庆十六年正月廿五日。另光绪十二年九月廿九日:"欣喜家严七旬晋六得见曾孙,为马佳氏鄙支之冠。"亦可为证。

春升之名,亦见载于《德宗景皇帝实录》卷之二百八十六光绪十六年六月二十四日:"内阁学士兼礼部侍郎衔祥麟之父春升,着赏给御书扁额一面,紫檀三镶玉如意一柄,小卷江绸袍褂料二件,小卷八丝缎袍褂料二件。"

祥麟之母正黄旗出身,系据祥麟之舅文艺推出(参见《清代官员履历档案全编》)。

道光二十七年(1847)丁未,五岁

是年,随父母学习演练火枪。

《日记》光绪十三年闰四月一日:"麟五龄从家严、先慈学演火枪,六龄挑补内火器养育兵。"

道光二十八年戊申(1848),六岁

是年,挑补内火器养育兵。

《日记》光绪十三年闰四月一日:"麟五龄从家严、先慈学演火枪,六龄挑补内火器养育兵。"按:养育兵初称"教养兵",属于八旗的预备兵性质。然从后来祥麟经历看,其不仅能使用火器,而且还爱好文学,对满汉两种文字都能熟练使用。

咸丰六年(1856)丙辰,十四岁

是年八月廿二日,祥麟祖母去世。

《日记》光绪十年八月廿二日:"卯初策骑往戈壁地遥祭先大母,以讳日故也,回忆麟十四龄时,廿八年如昨日,光阴迅速,老大徒伤,椿永遐龄,萱已早谢,一乐已去其半,念之能不痛哉?"按:前推廿八年,为咸丰六年。

咸丰九年（1859）己未，十七岁

入仕为小吏。

《日记》光绪十一年四月十二日："想廿五年前初登仕版，次年即遇庚申之乱。"按：自光绪十一年前推廿五年当为咸丰十年庚申，然文中又言"次年即遇庚申之乱"，是"初登仕版"当为咸丰九年。

祥麟大约靠荫补进入仕途，任何职不详，但挑为内务府笔帖式的可能性较大。

中国第一历史档案馆藏有《为片复现任内务府造办处笔帖式祥麟报捐内务府郎中原捐银数并无捐免离任银两应否开缺之处自行办理事致内务府（同治七年六月十三日）》："户部为片复事准内务府造办处，咨称内堂抄来户部案呈，现任造办处八品笔帖式祥麟在江北粮台等处前后陆续报捐内务府郎中，不论双单月补用等因，本处查该员系在任八品笔帖式之缺，是否应行开缺之处，本处并无成案，相应咨行户部，希即查明咨复本处，以凭办理等因前来。查现任内务府造办处八品笔帖式祥麟，在江北粮台报捐现银官票共六千八百十一两，请以内务府郎中不论双单月补用并免考试，本部于本年闰四月核准知照吏部内务府在案。兹拟咨称该员是否应行开缺之处片查到部，本部查核该员原捐银数并无捐免离任银两在内，至应否开缺之处应由贵府自行办理可也。"不知是否即此祥麟，姑录待考。

同治元年（1862）壬戌，二十岁

是年命字"仁趾"。

按古人弱冠赐字之习俗，故系其字于本年。祥麟，字仁趾，见于《词林辑略》卷八同治甲戌科："祥麟，字仁趾。"《翁同龢日记》《张佩纶日记》等亦有载。

同治三年（1864）甲子，二十二岁

五月十六日，长子桂鹏出生。

《日记》光绪十二年五月十六日："想廿二年前今日先母抱孙鹏，马佳氏一门喜有冢孙，犹昨日耳，不免又是念乡情切。"

同治四年（1865）乙丑，二十三岁

五月十三日，祥麟母亲亡故。

《日记》光绪十一年五月十三日："先慈忌日，率两女至本城东十里墩西通衢行廿周［年］礼。"

同治九年（1870）庚午，二十八岁

八月，中顺天乡试翻译科举人。

《日记》中有数处言"庚午同年"，如光绪十年四月廿八日："大令庚午同年查子屏。"八月廿八日："闻得王子桢大令乃庚午同年王幼霞、甲戌同年王佩卿之叔也。"光绪十一年八月廿三日："晤姚牧，意将询问贻误所以，谈及甲第方知静庵乃庚午同年也。"按：祥麟为同治十三年甲戌科进士，故庚午同年只能是同治九年乡试同年，而王鹏运（幼霞）正系同治九年举人。

又：翻译科与正科考试内容不同，录取人数亦不同。可参见邹长清《清代翻译科研究》（天一阁博物馆编《科举与科学文献国际学术研讨会论文集》，上海书店出版社 2011 年版，第 137—170 页）。据该文该年翻译科中式举人计京旗五人，驻防八旗十五人。祥麟为京旗中式举人。然《同治庚午科直省乡试同年录》仅载四人："顺天翻译乡试举人四名：第一名，祥麟，满洲正黄旗；霍顺武，□□□□；英文，满洲镶红；薛维卿，□□汉军。"

同治十一年(1872)壬申,三十岁

九月,同治大婚,祥麟因翻译祝文,赏候选主政。

《日记》光绪十五年正月廿七日:"同治朝大婚时麟尚居小吏,以恭翻各项祝文,经枢臣保奖,得邀候选主政。"

同治十三年(1874)甲戌,三十二岁

三月,中翻译科进士,选翰林庶吉士。

《词林辑略》卷八同治甲戌科:"祥麟,字仁趾,正黄旗满洲人,散馆授检讨,官至察哈尔都统。"

科举不仅对汉人,对旗人亦意义非凡。同治十三年祥麟中了翻译科进士。此后升迁迅速。按:该年翻译科进士共录京旗一人,驻防八旗三人,祥麟为京旗唯一及第者,入选翰林庶吉士。

光绪二年丙子(1876),三十四岁

四月,散馆,授翰林院检讨。

见同治十三年《词林辑略》引文。另《德宗景皇帝实录》卷之三十光绪二年四月二十六日:"翻译庶吉士祥麟,着授为检讨。"

光绪六年庚辰(1880),三十八岁

三月十七日,升右春坊右庶子。

中国第一历史档案馆藏有光绪七年五月十八日《大学士管理吏部事务臣宝鋆等谨题为补授翰林院官员事》:"谨将应升之右春坊右庶子祥麟等职名开列具题,恭候简用一员补授翰林院侍讲学士⋯⋯右春坊右庶子祥麟,同治十三年翻译进士,历俸四年九个月二十七日,光绪六年三月十七日升补今职,未遇大考。"

按《奏为自报病危事》:"散馆授职检讨,历任詹事府赞善,翰林院侍讲,詹事府庶子,侍讲学士,侍读学士,少詹事,内阁学士兼礼

部侍郎衔。"知祥麟任右春坊右庶子前的官职为詹事府赞善、翰林
院侍讲。

光绪七年辛巳(1881),三十九岁

**本年仍为詹事府右庶子;五月,补授翰林院侍讲学士;十一月十
日,继娶妻乌尔达氏。**

补授翰林院侍讲学士事见"光绪六年"条下宝鋆题奏,题奏上于
光绪七年五月十八日,后有御批:"祥麟补授翰林院侍讲学士。"

《日记》光绪十年十一月十日:"麟忆及三年前此日继娶贤妻。"

光绪八年壬午(1882),四十岁

**正月,任翰林院侍读学士;十月,升詹事府少詹事;十二月,因《同
治圣训》完峻,得优叙。**

中国第一历史档案馆藏有礼亲王世铎、吏部尚书万青藜《奏为拣
选祥麟拟正裕德拟陪补授詹事府少詹事请旨事(光绪七年四月十六
日)》:"臣世铎等谨奏为请旨事。四月十五日臣等奉命派赴内阁验放
验看各项人员,准内阁咨称批本处向有翰詹等官一员在批本处行走。
今詹事府少詹事嵩申奉旨补授光禄寺卿,所遗员缺准翰林院拣选,得
右庶子祥麟才识明敏、学问优长,堪以拟正;侍讲裕德持躬谨慎、行走
克勤,堪以拟陪。按照新章咨送验看前来。臣等公同验看得拟正右
庶子祥麟、拟陪侍讲裕德二员,均勘充补。谨将该员等履历缮写清
单,恭请钦派批本处行走翰詹等官翰林一员,为此谨奏请旨。光绪
七年四月十六日。"又藏光绪八年九月三十日《大学士管理吏部事
务臣宝鋆等谨题为补授少詹事事》:"该臣等议得詹事府少詹事宝
昌升任一缺,应行开列……谨将应升之翰林院侍读学士祥麟等职
名开列具题,恭候简用一员补授詹事府少詹事……翰林院侍读学
士祥麟,同治十三年翻译进士,历俸六年四个月零十日,光绪八年
正月二十八日转俸今职,未遇大考。"可见光绪七年祥麟尚未能升

为少詹事,迟至本年十月始得如愿。按:宝鋆题奏于九月三十日,批复自当在十月矣。

《德宗景皇帝实录》卷之一百五十六光绪八年十二月四日:"穆宗毅皇帝圣训完竣出力,予詹事府少詹事祥麟优叙。"

光绪九年癸未(1883),四十一岁

三月,为内阁学士兼礼部侍郎衔;十一月,赏副都统衔,为哈密帮办大臣。

《德宗景皇帝实录》卷之一百六十一光绪九年三月十二日:"以詹事府少詹事祥麟为内阁学士兼礼部侍郎衔。"卷之一百七十四光绪九年十一月十九日:"赏内阁学士祥麟副都统衔为哈密帮办大臣。"

光绪十年甲申(1884),四十二岁

二月六日由京启程,五月二十八日抵哈密,接印视事;八月,上折欲往中法战场效力。

《日记》光绪十年八月三日所上折:"本年正月内陛辞请训,蒙皇太后、皇上召见,训谕周详,无微不至,奴才跪聆之下,钦感莫名;当于二月初六日由京起程,五月二十八日行抵哈密,接印视事,拜折谢恩。"

《日记》八月三日:"详校奏折,饭后巳初至办事公廨,谨封请旨从戎文暨安折四分拜发,由驿驰陈,望朝廷俯如所请,早达海疆剿除法逆,幸甚。折稿并记:奏奴才祥麟跪奏为情殷报效,恳恩准赴海疆军营,力图用命,恭折仰祈圣鉴事。窃奴才满洲世仆,由甲兵学习清文,滥登科甲,受先朝特达之恩……奴才顷读本年七月初六日上谕,法人渝盟肇衅,我皇太后、皇上赫然震怒,振兴天讨,凡有血气者莫不同仇敌忾,奴才受恩深重,报称毫无,当此时事多艰之际,正臣子效命之秋。奴才幼隶火器营,素娴军旅,逮后词林供职,公余涉猎兵书,史馆校书,曾瞻先朝庙算。合无仰恳天恩,畀以偏师,驰赴海疆军营,助剿

法逆，勉效犬马之劳，稍尽涓埃之报，以冀仰酬高厚鸿慈于万一。谨将奴才忠奋下忱，情甘效命疆埸①缘由，不揣冒昧，恭折由驿驰奏，伏乞皇太后、皇上圣鉴训示谨奏。"

《德宗景皇帝实录》卷之一百九十二："光绪十年八月二十九日哈密帮办大臣祥麟奏情殷报效，请准赴海疆助剿，得旨、览奏具见悃忱。哈密地方紧要，该帮办大臣实力整饬，即所以图报效，所请着毋庸议。"

按：该年十月新疆建省，帮办大臣缺遂裁撤。

光绪十一年乙酉(1885)，四十三岁

八月十二日，启程回京；十一月十一日，途中接到乌里雅苏台参赞大臣任命；十二月七日，进京请圣安。

《德宗景皇帝实录》卷之二百十一光绪十一年七月五日："裁缺哈密办事大臣明春等奏，新疆更定官制，巡抚刘锦棠等均已到任，拟请先后交卸。得旨，祥麟着即交卸来京，明春着将经手事务，赶紧清厘完竣，即行来京。"卷之二百十九光绪十一年十一月十一日："以前哈密帮办大臣祥麟为乌里雅苏台参赞大臣。"

中国第一历史档案馆藏祥麟《奏为交卸暂护将军印务并请陛见赏假事》："十一年八月十二日遵旨来京，十一月二十六日行至直隶，获鹿县途次，承准兵部火票内开，光绪十一年十一月十一日奉旨，祥麟着作为乌里雅苏台参赞大臣，照例驰驿前往。"

按：《日记》光绪十一年八月十二日："酉初由伊吾庐新邑哈密帮办大臣公廨拜马神祠，携眷起行。"十二月初七日："到京跪请圣安，叩谢天恩，当蒙皇太后、皇上召对，顾问西陲一切情形罔不周详。"

---

① 埸：原作"场"，天头改为"埸"，并注音"亦"。

光绪十二年丙戌(1886),四十四岁

二月,请假修墓;四月十三日,启程赴乌里雅苏台任;六月初四日到任。

《日记》光绪十二年二月十九日:"请假修墓,即蒙'赏假一个月,钦此'。"三月十九日:"假满请安并请训,复蒙皇太后、皇上召见。"四月十三日:"巳刻叩辞家严暨诸亲友,由舍下策骑出德胜门。"赴乌里雅苏台任。六月初四日到任:"入乌城南门,时辰正三刻矣。敬诣万寿宫,行九叩礼。"

《奏为交卸暂护将军印务并请陛见赏假事》:"十二年六月初四日到任,讲习边事,协理交涉。"

光绪十四年戊子(1888),四十六岁

是年曾上折为乌里雅苏台、科布多官兵请求接济。

《德宗景皇帝实录》卷之二百五十七光绪十四年七月十七日:"乌里雅苏台参赞大臣祥麟、科布多参赞大臣沙克都林札布等奏,乌科两城,官兵困苦,请饬部接济。下户部议。"

按:光绪十四年《日记》佚,故补其事。在乌他年事迹均详载《日记》中。

光绪十五年己丑(1889),四十七岁

三月九日,乌里雅苏台将军杜嘎尔卒于军营,祥麟权护将军。

《日记》三月初九日:"丑正二刻兵部来报,据乌副管尔图那逊等呈报,伊父杜军帅已于本日丑正因病卒于军。"

《日记》未言祥麟何日护将军印,然据《日记》五月十二日:"本年四月初四日奉旨'乌里雅苏台将军员缺,着托克湍补授,照例驰驿前往',钦此钦遵,咨行前来,而未言及可斋兄未到任以前何人护理也。"六月四日"缘暂摄军篆"。《奏为交卸暂护将军印务并请陛见赏假事

（光绪十六年二月二十八日）》："权护将军印务已将历年。"知自杜嘎尔卒后，一直由祥麟权护将军。

光绪十六年庚寅(1890)，四十八岁

二月廿四日，新任将军托克湍驰抵乌里雅苏台本任。二月廿八日，祥麟简放内阁学士兼礼部侍郎衔；三月十九日启程，五月十七日至京，十九日觐见；六月廿四日，赐祥麟之父"庆溢莱衣"匾；七月，祥麟妻乌尔达氏亡故。九月十一日，署工部左侍郎。

《德宗景皇帝实录》卷之二百八十一光绪十六年二月二十七日："以乌里雅苏台参赞大臣祥麟为内阁学士兼礼部侍郎衔。"然据《日记》光绪十六年三月二日："本年二月廿八日奉上谕：'祥麟着补授内阁学士兼礼部侍郎衔，钦此。'"今据《日记》。

返程日期及至京日期等皆据《日记》。

《德宗景皇帝实录》卷之二百八十六光绪十六年六月二十四日："壬戌，谕内阁、本年朕二旬庆辰，业经覃敷闿泽，并加恩内外臣工。因念在京大员老亲，有年逾八十者，承恩禄养，爱日舒长，洵属升平人瑞，允宜特沛恩施。礼部尚书昆冈之母栋鄂氏着赏给御书扁额一面，福寿字各一方，紫檀三镶玉如意一柄，大卷江绸袍褂料二疋，大卷八丝缎袍褂料二疋。内阁学士兼礼部侍郎衔祥麟之父春升着赏给御书扁额一面，紫檀三镶玉如意一柄，小卷江绸袍褂料二件，小卷八丝缎袍褂料二件。内阁学士兼礼部侍郎衔凤鸣之父瑞成着赏给御书扁额一面，紫檀三镶玉如意一柄，小卷江绸袍褂料二件，小卷八丝缎袍褂料二件。前江宁副都统连庆之祖母佟佳氏着赏给御书扁额一面，紫檀三镶玉如意一柄，小卷江绸袍褂料二件。用示朕锡类推恩至意。寻颁昆冈之母扁额曰春满笙阶，祥麟之父曰庆溢莱衣，凤鸣之父曰龙章锡祉，连庆之祖母曰金萱日永。"

《翁同龢日记》光绪十六年七月十九日："吊祥仁趾麟妻丧，与谈乌里雅苏台兵制饷章，甚明白，又言乌梁海今为俄人筑室淘金，我未

过问,此最失着,总署不敢与讲。(乌梁海三部有前唐努,中、后唐努,中唐努最沃饶,地气暖。)"

《德宗景皇帝实录》卷之二百八十九光绪十六年九月十一日:"内阁学士祥麟暂署工部左侍郎。"

光绪十七年辛卯(1891),四十九岁

二月四日,为正蓝旗蒙古副都统;四月十四日,为仓场侍郎;七月十二日,考试满洲翻译。

《德宗景皇帝实录》卷之二百九十四光绪十七年二月四日:"以内阁学士祥麟为正蓝旗蒙古副都统。"卷之二百九十六光绪十七年四月十四日:"以内阁学士祥麟、吏部左侍郎许应骙为仓场侍郎。"卷之二百九十九光绪十七年七月十二日:"命吏部左侍郎松溎、仓场侍郎祥麟考试满洲翻译。"

按:本年在仓场侍郎任上,得议叙一次。《德宗景皇帝实录》卷之三百十六光绪十八年九月十八日:"以全漕告竣,予仓场侍郎祥麟、许应骙议叙,江苏督粮道景星优叙。"

光绪十九年癸巳(1893),五十一岁

十月,以全漕告竣,得议叙一次。

《德宗景皇帝实录》卷之三百二十九光绪十九年十月四日:"以全漕告竣,予仓场侍郎祥麟、许应骙议叙,江苏督粮道景星等优叙有差。"

光绪二十年甲午(1894),五十二岁

正月,因慈禧太后六十寿辰,得议叙一次;七月,上奏欲往中日战场效力;十一月,因奏折抬头有误,被议革职留任,当月又以全漕告竣,得议叙一次。

《德宗景皇帝实录》卷之三百三十二光绪二十年正月一日:"懿

旨,本年予六旬庆辰,推恩懋赏,在廷臣工,克勤厥职,宣力有年,自应一体加恩,以光盛典。……理藩院左侍郎志颜、右侍郎庆福、仓场侍郎祥麟、计应骙均才交部议叙。"

《德宗景皇帝实录》卷之三百四十四光绪二十年七月十日:"谕内阁,祥麟奏请赴海疆军营报效一折,览奏具见勇往之忱。惟仓场事务綦重,该侍郎办理尚属认真,仍着切实整顿,毋得稍涉疏懈。所请从戎海疆之处,着毋庸议。"

《德宗景皇帝实录》卷之三百五十二光绪二十年十月二十七日:"本日仓场衙门奏片一件,抬写处字有错误,非寻常疏忽可比。祥麟、许应骙均着交部议处。"卷之三百五十三光绪二十年十一月三日"吏部奏遵议处分一折,仓场侍郎祥麟、许应骙均着照部议革职留任。"卷之三百五十四光绪二十年十一月二十日:"以河海并运,全漕告竣,予仓场侍郎祥麟、许应骙议叙。"

光绪二十一年乙未(1895),五十三岁

十月,以全漕告竣,得议叙一次。

《德宗景皇帝实录》卷之三百七十八光绪二十一年十月二十四日:"以全漕告竣,予仓场侍郎祥麟等议叙。"

光绪二十二年丙申(1896),五十四岁

十一月二十五日,以全漕告竣,得议叙一次;二十八日,授察哈尔都统;十二月二十一日,到任。

《德宗景皇帝实录》卷之三百九十七光绪二十二年十一月二十五日:"以全漕告竣,予仓场侍郎祥麟廖寿恒议叙。"卷之三百九十七光绪二十二年十一月二十八日:"察哈尔都统蕙铭因病解职,以仓场侍郎祥麟为察哈尔都统。"

中国第一历史档案馆藏有《奏为任满三年循例请陛见事(光绪二十五年十二月十六日)》:"奴才前于光绪二十二年十一月二十八日在

仓场侍郎任内,荷蒙简放察哈尔都统,计自光绪二十二年十二月二十一日到任之日起……"

光绪二十四年戊戌(1898),五十六岁

正月,上《奏为废员安维峻效力期满台费缴清请旨释回事》折;十二月,因奏片抬头之误所获革职留任处分得以开复。

中国第一历史档案馆藏《奏为废员安维峻效力期满台费缴清请旨释回事》:"奴才祥麟、奴才伊崇阿跪奏为军台效力废员三年期满,应缴台费全数交清,恭摺具陈,仰祈圣鉴事。窃据张家口管站部员耀豫呈报,废员安维峻系甘肃秦州直隶州秦安县人,前任福建道监察御史,任内因案革职,发往军台效力赎罪,指派第十二台腰站当差。自光绪二十一年正月初十日到台之日起,扣至光绪二十四年正月初十日三年期满等因,呈报前来。旋准兵部来咨,转准户部行知该废员安维峻应交台费实银一千二百二十一两,现已在部全数交清等因咨行前来。查《中书政考》例载:坐台废员三年期满应缴台费全数缴完者,由军台都统抄录该废员获罪原案具奏请旨释回,谨将该废员缘事案由恭呈御览,所有废员效力年满,缴完台费,可否释回之处,出自鸿慈,谨合词恭摺具陈,伏乞皇上圣鉴训示遵行谨奏。光绪二十四年二月二十四日。"朱批:"着再留二年。"

按:安维峻因言论获谴革职发往张家口军台,然"直声震中外,人多荣之。……抵戍所,都统以下皆敬以客礼,聘主讲抡才书院"(《清史稿·安维峻传》)。从《日记》看,祥麟与安维峻也多有往来,对其颇为礼敬。安维峻诗文集中亦有记载,其《望云山房诗集》卷中有《(光绪二十五年)四月四日小雨初晴,祥仁趾都护西席清子荫孝廉偕其令徒魁瑞臣、摺臣见过,约登城北玉皇阁,余率三子之瑄、之璟、之璞往从之游。游罢,子荫邀饮酒肆中,座有钟愚公前辈,是日尽醉,乐甚,率成七律四章纪事》,魁瑞臣、摺臣即祥麟之孙。《望云山房文集》卷下《寄缪邰生别驾书》:"祥仁趾都护以弟留戍二年,大发慈悲,荐阅州

县试卷,有函托少轩太守事,信到时宣属小试将次告竣,自应毋庸置议。而立斋大令失之过厚,寄信各州县集资二百金,由少翁统寄祥帅处转饬具领。弟以云天高义,固足照耀古今,但费出无名,于理不顺,于心不安,当即奉璧。祥帅初不允,弟又托人反覆陈说。大略谓君子爱人以德,即成人自处,亦不敢妄自菲薄,与其迫之受而使不安于心,何如听其辞而所保全者大也。于是祥帅始释然,且许转璧矣。"

《德宗景皇帝实录》卷之四百三十六光绪二十四年十二月二十六日:"革职留任处分察哈尔都统祥麟前得革职留任处分,山西按察使锡良前得革职留任处分,均着加恩开复。"

光绪二十五年己亥(1899),五十七岁

正月初六,上《奏为奉旨开复革职留任处分谢恩事》;十二月十四日,上《奏为废员安维峻留台又届期满恳恩准予释回事》,允之;十六日,上《奏为任满三年循例请陛见事》,未得允。

中国第一历史档案馆藏有《奏为奉旨开复革职留任处分谢恩事》:"正月初六日奴才祥麟跪奏为叩谢慈恩仰祈圣鉴事。窃奴才于光绪二十四年十二月二十六日恭阅电开十二月二十六日内阁抄奉慈禧端佑康颐昭豫庄诚寿恭钦献崇熙皇太后懿旨:察哈尔都统祥麟等前得革职留任处分,着加恩开复等因,钦此。奴才当即恭设香案,望阙叩头,叩谢慈恩。奴才满洲世仆,忝列科名,屡沐鸿施,倍殷鳌戴。方愧涓埃之未报,复荷殊宠之攸加。闻命自天,悚惭无地。惟以矢勤矢慎,勉效驽庸,以期仰答高厚隆施于万一。奴才感激下忱,谨恭摺叩谢皇太后圣鉴谨奏。"

又《奏为废员安维峻留台又届期满恳恩准予释回事》:"奴才祥麟、奴才明秀跪奏为废员留台又届期满,恭摺具奏,仰祈圣鉴事。窃据张家口管站部员耀豫报称,废员安维峻前在御史任内因言事获咎,发往军台效力赎罪。于光绪二十年十二月十八日到口,点派十二台腰站,次年正月初十日到台当差,光绪二十四年正月初十日效力三年

期满,遵例遣丁赴部呈缴台费银两在案。嗣经接准部咨,奏请照例释回。奉朱批'着再留二年,钦此'。计自光绪二十四年正月初十日起,扣至光绪二十六年正月初十日,又届二年期满,先期呈报前来。奴才等查该废员安维竣在台效力,前后五年,矢慎矢勤,安静读书,深得古人退思补过之义;又闻该废员家有老亲,年逾八旬,倚闾望切,为情势所必然。伏思圣朝以孝治天下,凡臣子隐情无不体恤周至。如该废员之久羁台所,孤苦伶仃,亲老家贫,奉养有缺,揆诸皇太后如天之仁,皇上锡类之孝,闻之当有恻然者。今该废员留台又经二年期满,合无仰恳天恩,准予释回,以示体恤之处,俟奉旨后钦遵办理,为此恭摺具陈,伏乞皇太后皇上圣鉴训示具奏。光绪二十五年十二月十四日。"朱批:"着准其释回。"

又《奏为任满三年循例请陛见事》:"……计自光绪二十二年十二月二十一日到任之日起,扣至光绪二十五年十二月,奏请陛见。现在察哈尔左翼毗邻地方安堵,已经撤防,右翼地界防堵亦渐安靖,任内并无经手要件。合无仰恳天恩,俯准奴才叩觐阙廷,跪聆训诲,俾得有所遵循,庶可及时自效,不胜悚切待命之至。所有奴才依恋下忱,吁请陛见缘由,理合恭摺具奏,伏乞皇太后皇上圣鉴训示遵行。谨奏。光绪二十五年十二月十六日。"朱批:"毋庸来见。"

光绪二十六年庚子(1900),五十八岁

四月十日,因肝疾请假一月;五月十日,续假一月;六月五日,因病势加剧,呈请开缺,遂命祥麟回京,以芬车为察哈尔都统。

中国第一历史档案馆藏《奏为病假届满病仍未痊恳请再续假一月事》:"奴才祥麟跪奏为奴才假期届满,病仍未痊,恳恩再行赏假调理,恭摺具奏,仰祈圣鉴事。窃奴才前因感冒春寒,触动肝木旧证,牵掣手足,曾经具折请假调理,于四月十六日接到原摺,奉朱批'赏假一个月,钦此'。当即煎丸并进,滋补迭施,感冒之证随见轻减,而神气已亏,尤复腿骨瘦软,需人扶持。现在假期届满,精力仍难支撑,急切

之余,弥深惶愧,惟有吁恳天恩,俯准续假一个月,俾得赶紧治疗,一俟就痊,当即销假,断不敢稍耽安逸,重负高厚生成。所有假期届满,病仍未痊,恳恩再行赏假缘由,谨恭摺具奏,伏乞皇太后皇上圣鉴谨奏。五月初十日。"

光绪二十六年五月十六日奉朱批:"着再赏假一个月,钦此。"

又《奏为病势增剧吁请开缺事》:"奴才祥麟跪奏为奴才假期又满,病势增剧,吁恳天恩,俯准开缺回京调理,恭摺具奏,仰祈圣鉴。窃奴才前因感冒牵动骹证,精力仍难支撑,复经具续假于五月二十一日接到原摺,奉朱批'着再赏假一个月,钦此',蒙圣恩高厚,奴才不禁感激涕零,当即赶紧医治,方冀日就痊,可作速销假,图报涓埃。兹假期又将届满,病势虽稍轻减,而动火袭风,仍行增剧,适值军务吃紧,即力疾筹商布置,迫切之余,更致舌强语涩,夜不成眠,怔忡昏晌,步履跪拜又复维艰。……矧察哈尔地方若北门锁钥,正当冲要,倘筹画稍疏,贻误兵机,罪何可赎。现在一切防备布置奴才等已经具奏,幸边防尚无警动,合无仰恳鸿慈,俯准奴才开缺回京调理,奴才年未六旬,精力未衰,一俟就痊,即当泥首宫门,求赏差使,万不敢稍耽安逸,自外生成。……六月初五日。"

光绪二十六年六月初十日奉朱批:"着准其开缺,钦此。"

按:《德宗景皇帝实录》卷之四百六十五光绪二十六年六月三日:"命察哈尔都统祥麟来京,以镶黄旗满洲副都统芬车为察哈尔都统。"日期微有错乱,当以祥麟折上朱批为准。中国第一历史档案馆藏《奏报移交印信并起程日期事》亦可为证:"奴才祥麟跪奏为移交印信并起程日期恭摺奏闻,仰祈圣鉴事。窃奴才于光绪二十六年六月初五日具奏,因假期届满,病仍未痊,恳恩俯准开缺,回京调理。于本月十三日接到原摺,奉朱批'着准其开缺,钦此'。自新任察哈尔都统芬车于六月十七日抵张家口,奴才谨于二十一日将都统印信关防移交新任都统芬车接收,奴才即日由口启程回京,一俟病势稍痊,当诣阙跪聆圣训,求赏差使,所有奴才移交印信并起程日期,谨恭摺奏闻,伏乞皇太后皇上圣鉴谨奏。光绪二十六年六月二十一日。"

光绪三十二年丙午(1906),六十四岁

二月初七日,上遗折。

中国第一历史档案馆藏《奏为自报病危事》:"前任察哈尔都统奴才祥麟跪奏为病已迫危,微命难延,伏枕哀鸣,叩谢天恩,恭摺仰祈圣鉴事。窃奴才满洲世仆⋯⋯二十二年十一月简放察哈尔都统,二十六年在任染患痰疾,屡治罔效,恩准开缺回旗调理。原冀赶紧医痊,再图报效,多延一日,衰朽之躯即多尽一日犬马之力。无如奴才年逾六旬,气血两亏,非药饵所能奏效。本年正月陡发痰疾,眩晕大作,延至二月初五日奄奄一息,自顾万无生理。从此长辞盛世,不得再觐天颜,五内如焚,倍加依恋圣恩未报,感愧殊深。惟有严嘱奴才之孙兵部学习主事魁莹勤奋供职,以冀仰答高厚鸿慈于万一。所有奴才病势不起,沥陈依恋感激下忱,谨据遗折叩谢天恩,伏乞皇太后皇上圣鉴谨奏。光绪三十二年二月初七日。"

从《绍英日记》看《我的前半生》的
史笔和文笔

　　末代皇帝溥仪《我的前半生》是一部发行量巨大、读者众多、影响遍及海内外的传记文学作品。该书的定本自 1964 年问世以来，截止到 2013 年，已累计重印 26 次，发行 190 余万册，并有多种外语译本；如果加上灰皮本、批校本及全本①，至今的发行量已经超过 200 万册，可谓传记文学史上的奇迹。

　　由于传主本人身份的特殊性和所处历史的复杂性，《我的前半生》不仅具有较强的可读性，而且更具有丰富和珍贵的史料价值。但是，该书灰皮本问题较多，尤其清末一段"参考了清宫演义等笔记小说，大多不可靠"，"民国一段，也多是道听途说"②，后经公安部同意，在溥仪的积极配合下，由李文达搜集材料、重新构思，并采纳各方意

----

　　① 《我的前半生》最早的本子成于抚顺战犯管理所，是溥仪在其弟溥杰帮助下所写的具有悔过性质的油印本，1960 年 1 月由群众出版社内部出版，因是灰色封面，俗称"灰皮本"（2011 年又由群众出版社公开出版）；在此基础上，溥仪与李文达通力合作，不断修改完善，先后于 1962 年 6 月印出一稿大字本（因上有溥仪一百五十余处批校，俗称"批校本"，2013 年由群众出版社公开出版）；1962 年 10 月印出二稿大字本（因是在一稿本基础上的修改增补，内容比定本多了十五六万字，俗称"全本"，2007 年由群众出版社公开出版）；1964 年 3 月正式出版了定本（群众出版社又于 2013 年 1 月发行了定本第 2 版）。参见孟向荣《探寻丢失的历史——〈我的前半生〉出版史话》，中国文史出版社 2016 年版。

　　② 摘自群众出版社送公安部办公厅主任刘复之的报告，转引自孟向荣《探寻丢失的历史——〈我的前半生〉出版史话》，第 15 页。

见、三易其稿,最终形成定本。定本对晚清和民初历史的描写,得到了许多近代史学者的肯定。但是,它仍然不能算是严格意义的历史人物回忆录,而是一部兼具真实与虚构、史笔与文笔的传记文学。如果不能从中辨析出哪些内容属于史笔,哪些内容属于文笔,史笔叙述中又有哪些不准确之处等①,利用该书的价值就会大打折扣。笔者近年致力于《绍英日记》②的整理与研究,发现日记内容颇有助于解决上述问题。

绍英(1861—1925),字越千,满洲镶黄旗人,马佳氏。其祖升寅,嗣父宝珣,兄绍祺、绍諴、绍彝俱为显宦。绍英本人仕历亦显赫,光绪末曾以京师大学堂提调身份东渡日本考查学务;又曾任商部右丞,充高等实业学堂监督;擢度支部左侍郎,派充崇文门监督。宣统年间擢署度支部大臣,辛亥革命后,充任溥仪宫中总管内务府大臣,兼任八旗护军营都护使之职,后特授太保。绍英有记日记的习惯,虽经动乱,其日记经后人精心守护,仍保留下来三十三册之多。记事自光绪二十六年七月二十日起,至民国十四年三月十八日止。这样一位逊清内廷大臣的日记,用来与《我的前半生》③对读,恰可有效辨析出后者叙述中的虚与实、正与误。

一　推戴公文的时间之谜

人物传记文学不同于严格的历史人物传记,后者以寻求历史事实为特征,前者则更重视塑造情感的真实性,有时并不一定与历史事

---

① 学界已有人著文纠正《我的前半生》史实之误,如朱家溍《对〈我的前半生〉部分史实错误的订正》,《故宫博物院院刊》1980 年第 3 期。

② 本文所引绍英日记,均整理自国家图书馆出版社 2009 年影印出版的《绍英日记》。

③ 《我的前半生》定本错误最少,是本文对读的主要版本;以下凡不特指某本者,均指定本,本文引用之定本,系据群众出版社 2013 年第 2 版。

实相一致。在清室何时撰写推戴袁世凯称帝公文这一事件的叙述上，《我的前半生》中的描绘就与历史事实产生了冲突。

1915年的冬天，袁世凯加快了登基称帝的步伐，为了取得清室的支持，他不仅欣然同意与清室联姻，还在清室优待条件后亲笔添加一段跋语："先朝政权，未能保全，仅留尊号，至今耿耿。所有优待各节，无论何时断乎不许变更，容当列入宪法。袁世凯志，乙卯孟冬。"

《我的前半生》对此事如此叙述：

> 师傅、王爷和内务府大臣们……和袁世凯进行了一种交易，简单地说，就是由清室表示拥护皇帝，袁皇帝承认优待条件。内务府给了袁一个正式公文，说："现由全国国民代表决定君主立宪国体，并推戴大总统为中华帝国大皇帝，为除旧更新之计，作长治久安之谋，凡我皇室极表赞成。"这个公文换得了袁世凯亲笔写在优待条件上的一段跋语……①

然而据《绍英日记》（凡引该日记之日期均先阳历，后括注阴历），1915年12月9日（十一月初三日）："中堂到，谈及梁燕孙至中堂处，为请旨赞成国体事。"12月11日（十一月初五日）："进内，王爷、中堂到，说明赞成国体事。"12月13日（十一月初七日）："七点至总统府总长办事处，随众至居仁堂给大总统致贺。"按：中堂指大学士、首席内务府总管大臣世续，王爷指醇亲王载沣，梁燕孙指曾任总统府秘书长的梁士诒。可以看出，内务府行公文赞成袁世凯变更国体必在阴历十一月初三请旨之后②，而袁世凯的跋语是写于乙卯孟冬（阴历十

---

① 《我的前半生》，第64页。
② 秦国经考证此公文的发布时间为12月13日，由内务府大臣世续、景丰、绍英联名所发（《逊清皇室轶事》，紫禁城出版社1985年版，第37页），但该书亦将袁跋时间系于内务府行公文之后，大约是受了《我的前半生》的误导。

月),因此跋语肯定作于内务府公文之前。《我的前半生》(第 64 页)引醇亲王该年十月初十(阳历 11 月 16 日)日记云:"偕世太傅公见四皇贵妃,禀商皇室与袁大总统结亲事宜,均承认可,命即妥行筹办一切云。在内观秘件,甚妥,一切如恒云云。"并解释云:"所谓秘件,就是袁的手书跋语。"亦可证明跋语至少阴历十月十日已经作成。《我的前半生》将推戴书的写作时间提前至袁写跋语之前,突出了双方的交易性质,增强了袁世凯的投机形象,更具有一种情感的真实性。

袁世凯为了换取清室对其称帝的支持。其实早在该年阴历九月,即通过步军统领江朝宗转达了他将尽力照顾清室的意思。《绍英日记》10 月 23 日(九月十五日)载:"进内,闻世中堂云:大总统令江宇澄金吾转达云,将来倘或国体变更,其优待条件并无变动,可请上面放心;至移宫一层,俟将来再议,但亦须上面愿移再移,拟在圆明园地方修建房间,以备移住等语。"而且袁世凯还通过惯用的联姻手段以示笼络。《绍英日记》12 月 1 日(十月二十五日)载:"进内,王爷、中堂到。中堂云廿四日至大总统处提议联姻之事,大总统甚赞成,惟云须俟国体定后再为办理。"据袁世凯之女袁静雪回忆,原来是准备送她去做溥仪皇后的[①],不过后来因为袁世凯被帝制的事闹得焦头烂额,再加上袁静雪激烈反对,此事也就随着袁世凯之死而自然烟消云散了。

二　索要玉玺的人是谁

为了表示登临大统的合法性,袁世凯还曾派人向清室索取玉玺,《我的前半生》如下叙述:

---

① 袁静雪《我的父亲袁世凯》,《文史资料选辑》第 74 辑,文史资料出版社 1981 年版,第 172 页。

　　"伦贝子"（溥伦）代表皇室和八旗向袁世凯上劝进表，袁世
凯许给他亲王双俸，接着他又到宫里来向太妃索要仪仗和玉
玺……仪仗是忙不迭地让溥伦搬走了，玉玺因为是满汉合璧的，
并不合乎袁世凯的要求，所以没有拿去。①

《绍英日记》里的记载则略有不同：

　　12 月 13 日（十一月初七日）：晚，朱总长电约至内务部，为
调查秦玺应归新国保存，属转达世相斟酌办理。
　　12 月 16 日（十一月初十日）：进内，王爷、中堂到，中堂说明
朱总长所说事，当饬交泰殿首领将宝谱取来一阅，皆先朝满汉文
合璧宝，并无明以前之物，中堂令回覆朱总长。午后至内务部见
朱总长，面陈并无旧玺云。

　　按：朱总长即当时的内务部总长朱启钤，世相和中堂均指世续。
据此可指系朱启钤电话约谈绍英至内务部，欲索要秦朝玉玺，并让其
转告世续办理，世续遂派人查明交泰殿所藏玉玺均为满汉合璧，并无
前朝旧玺，此事遂罢②。《我的前半生》所述溥伦来索玉玺之事存疑，
因民国与清皇室所有交涉均是通过内务府进行。但溥伦做为皇亲宗
室的一员，却显然被《我的前半生》当做负面人物形象来刻画，他仿佛
是为了"亲王双俸"才为袁世凯卖命的。《纽约时报》早在 1904 年即
评价溥伦为清皇室中"最为民主的成员"，也许从那个时候起，他已不

　　①　《我的前半生》，第 63 页。
　　②　相传秦始皇统一天下后，曾命李斯篆书"受命于天，既寿永昌"八字于
和氏璧上，并由咸阳玉工王孙寿将之雕琢为玺，历代相传，称为"传国玺"。时人
多以为此玺藏于清宫，因此不但袁世凯欲得之，后来鹿钟麟逼宫时也曾索取，实
此玺早已下落不明。

受皇室中的保守派的欢迎,《我的前半生》里,一定夹杂有这些保守派给予的影响吧。

三　溥仪公开宣布再次退位了吗

　　1916年6月袁世凯病死后,皖系实力军阀段祺瑞担任国务总理,与继任总统的黎元洪矛盾逐渐激化。1917年6月14日,长江巡阅使兼安徽督军张勋借口调停府院之争,率麾下数千辫子兵进京,并于7月1日悍然拥戴溥仪复辟登极。但段祺瑞率领的讨逆军很快就击溃张勋,南苑航空学校的讨逆航空队也出动飞机向皇宫投掷了炸弹,段军于7月12日攻入北京,张勋遁入荷兰使馆,复辟失败。这段过程,见诸诸多史料,一般均云7月12日前后"溥仪再次退位"或"再次宣布退位"。《我的前半生》引醇亲王五月二十五日(7月13日)日记"宣布取消五月十五日以后办法",溥仪加注认为是指"宣布退位";又引五月二十九日(7月17日)日记:"二十五日所宣布之件",溥仪加注认为是指"退位诏";但他又说:"这个退位诏并没有发出去。"① 未免自相矛盾。《绍英日记》对此事件有较详细记载,兹将相关内容排列如下:

　　　　7月1日(五月十三日):卯刻六点,张少轩大帅率文武员弁进内,呈递请复辟奏折,并饬随员代拟上谕等件……此事于事前并未接张帅来信,昨晚亥刻醇王爷闻外间有此消息,令张文治给予送信,予即至世中堂宅报告,复至王爷府谒见请示,后进内值宿。(按:张少轩、张帅皆指张勋,张文治指醇亲王王府管家张彬舫,世中堂指世续。)②

　　　　7月8日(五月二十日):是日张少轩、雷朝彦、张镇芳、袁大

---

①　《我的前半生》,第72—74页。

②　括号内的按语均为笔者所加,下同。

化均辞职，奉旨允准矣。王爷令内奏事在皇上前说明，今日可毋庸召见。散后，同世中堂见王聘卿，据王聘卿云：此事转圜之法，下面邀求不如上面先自行宣布，所谓被动力不如原动力也。世中堂云可回明王爷请示聘卿，散后世中堂回明前事，王爷云：此事似无不可，在皇室本无成见，惟须俟徐中堂来京，再为发表为妥。世中堂云俟明日再告知王聘卿。……晚间涛贝勒来劝王爷明日必须宣布共和，嗣又有电话来催，王爷令予给王聘卿、江宇澄电话，告以今已有旨，令即日宣布共和，属二公即行转达。二公皆云似不必如此之急，明早进内再为面商可也。（按：王聘卿指京畿卫戍司令、陆军总长王士珍，张勋复辟时授参谋部尚书；徐中堂指徐世昌；涛贝勒指载涛；江宇澄指步军统领江朝宗。）

7月9日（五月二十一日）：早，江宇澄、王聘卿、陈师傅均至尚书房，与王爷谈拟旨宣布之事，议定内阁拟底，明日宣布。（按：陈师傅指陈宝琛。）

7月10日（五月二十二日）：早，王爷到，王聘卿未来，陈大人持许继香拟底给看，甚为妥协。惟朗贝勒云此事既然我们要办者，全由张少轩所为，今彼已辞职，我们似无宣布之必要。王爷令明早请王聘卿来商酌办理，若能俟徐中堂来宣布更妥。唐鸣盛转达张少轩派来之刘某云，此时不便即宣布共和，现经六国公使出而干涉，可俟徐中堂来再为商办，令予达世中堂知道。四位皇贵妃召见世中堂，为国体事。耆大人云：朗贝勒所说从此虚下，不必再为宣布之语甚为有理。予云：我们现在情形，虚下之法尤为适用，但须请王爷向王聘卿说明，我们已经口头声明，宣布赞成共和，即无降旨宣布之必要，如必须用旨意宣布时，俟三两日内徐中堂到京，再酌核办理可也。适奉王爷召，即往见，亦为宣布之事，即将朗贝勒所陈面述，王爷尚以为然。回寓，钟捷南由天津回，述说徐中堂所云：一俟段总理到始来，一严察禁门，一由世相函致内务部，一毋庸着急，一张少轩及军队现状，一张、雷被捕。晚，王爷接张帅来函，不令宣布赞成共和，颇有恫吓之语，王爷令电约王聘卿明日进来。（按：陈大人指陈宝琛；许继香指许宝蘅；朗贝勒指毓朗；耆大人指耆龄。）

　　7月11日（五月二十三日）：王聘卿、陈师傅交来改订内务府致内务部文底，王聘卿云徐、段皆以从缓宣布为宜。……闻张大帅又派员见中堂，阻止宣布之事。晚，接捷南电话，云世相已回，说徐相国云所拟谕旨底稿不甚妥，即不便办谕旨，可由内务府办公事知照内务部。（按：徐、段指徐世昌、段祺瑞。）

　　7月12日（五月二十四日）：早三点钟后，闻正南、东南有枪炮之声甚烈……晚间，西面即行停击，四钟后枪炮之声停止。嗣接外间报告，张少轩已赴荷兰使馆，其住宅已经自焚，其兵丁均至警察厅，令其缴械，给资回籍等语。

　　7月13日（五月二十五日）：请醇王爷进内，办妥内务府所奉谕旨一道，并缮就公函一件（另有稿）致内务部，此函系写阳历七月十一日送交王聘卿转发。所拟之谕旨，先已请主位、皇上阅过后，复随同醇王爷、世中堂、陈师傅及耆大人请见说明，皇上说"我年幼，请王爷与他们商量办理"，四位主位云"所拟旨意甚好，此事我们本来不知，说明并非我们之意，甚好"。（按：四位主位指端康、敬懿、庄和、荣惠皇贵妃。）

　　由此可知，宣布共和的退位诏书源于7月8日王士珍的提议，而载涛极力赞同并催促此事。原拟7月10日发布由许宝蘅拟底的诏书，但该日毓朗提出"虚下"之法，认为复辟系张勋所为，张勋已辞职，此事自然无疾而终，无须再为宣布。这个建议得到了绍英、耆龄和醇亲王的支持；就连徐世昌和段祺瑞也认为应从缓宣布，徐世昌建议由世续代表内务府致函内务部说明情况；进而又认为退位诏书措辞不妥，不如弃用，只由内务府知照民国内务部即可。此时的清室对徐世昌几乎言听计从（张勋不断来信或派人威胁，并非退位诏书未能颁布的主要原因）。于是 7 月 13 日，绍英办妥内务府所奉谕旨和根据谕旨由内务府致内务部的声明公函①，并将撰文日期提前至 7 月 11日，因为 12 日张勋已经败逃，如将公文日期如实写成 13 日，则有观望之嫌。这份公文根本不提复辟听政之事，反而声明"本无私政之心，岂有食言之理。不意七月一号张勋率领军队，入宫盘踞，矫发谕旨，擅更国体，违背先朝懿训。冲人深居宫禁，莫可如何。此中情形，当为天下所共谅者。着内务府咨请民国政府，宣布中外，一体闻知"。这样就将复辟的责任推得一干二净②。再加上段祺瑞、冯国璋等人的有意庇护和徐世昌的大力谋划，清皇室总算暂时逃过了一劫。因此，如果以 7 月 12 日为节点，说复辟失败是准确的，但说该日前后宣布退位则与历史事实有所出入。《我的前半生》中认为"退位诏"没有发出去是对的，但他给醇亲王日记所加的两个注都是错误的，因为它们所指对象均为内务府的那份声明，而非退位诏。

传记文学尽管允许在局部细节和次要人物上适当运用想象或夸张，但其主要人物和事件却必须建立在历史事实的基础之上。在是否公开发布了"退位诏"这件大事上，《我的前半生》忠实于历史，只是在具体写作日期上，出现了一些误差，这种误差是难免的，并不影响

---

① 此系内务府所奉向内务部说明情况的谕旨及公文声明（《绍英日记》7月 18 日有引），不是内阁所奉由许宝蘅拟底的退位诏书。许宝蘅拟底的退位诏所署时间是"宣统九年五月二十日"（1915 年 7 月 8 日），见《我的前半生》，第 72 页。

② 不过，由 7 月 1 日"此事于事前并未接张帅来信，昨晚亥刻醇王爷闻外间有此消息"和 7 月 13 日四位主位云"此事我们本来不知"，可知复辟之事清皇室并未预闻，而是被动参与。《徐世昌日记》民国六年六月十三日（7 月 1 日）载："今日得京中信息：张勋恭请皇上复临御天下躬理大政，闻皇太妃、醇王、世中堂均不以为然，无力阻止，有哭泣坠泪者。"（人民出版社 2013 年版，第 10973 页）亦可做为旁证。

《我的前半生》成为一部成功的传记文学。

四　炸弹的威力和象征意义

张勋复辟后的 7 月 7 日，皇宫上空飞来讨逆航空队的飞机并掷下炸弹。《我的前半生》如是描述：

> 这是中国历史上第一次出现空袭，内战史上第一次使用中国空军。……幸亏那次讨逆军的飞机并不是真干，不过是恐吓了一下，只扔下三个尺把长的小炸弹。这三个炸弹一个落在隆宗门外，炸伤了抬"二人肩舆"的轿夫一名，一个落在御花园的水池里，炸坏了水池子的一角，第三个落在西长街隆福门的瓦檐上，没有炸，把聚在那里赌钱的太监们吓了个半死。[1]

《绍英日记》该日所载有所不同："早，王爷请张帅至尚书房谈话，闻张帅有明日辞职之说。已正，有飞艇一架自南苑飞来，抛下炸弹三枚，一在花园鱼池，一在储秀宫隆福门外，一在景运门内东南方，此弹炸伤二人，一侍卫承恩，一伊师傅轿夫，掷毕飞艇向南飞去。"

因为绍英当时即在宫内值班，所述"炸伤二人"当更为可信。此亦可从另一在场人许宝蘅的日记中得到佐证，许氏 7 月 7 日记："六时入内，张定武请开去议政大臣各缺，十时退至传心殿，十一时有飞艇入宫，于后左门、乾清门、隆宗门抛掷炸弹，伤二人，宫内颇震惊，散出。"[2]

应该特别指出的是，《我的前半生》中所云"这是中国历史上第一次出现空袭，内战史上第一次使用中国空军"之语亦不稳妥，因 7 月 5 日讨逆军飞机已经轰炸了张勋在丰台的部队。但传记文学允许合

---

① 《我的前半生》，第 71 页。
② 许恪儒整理《许宝蘅日记》，中华书局 2010 年版，第 598 页。

理的变形和修饰,将"第一次"与轰炸皇宫相联系,很好突显了讨逆军"飞艇"炸弹的历史象征意义。

五　末代皇帝的大婚

溥仪的大婚,不仅为学界关注,也为坊间津津乐道,但多是据《我的前半生》中所载敷衍而成。大致过程是民国十年初开始议婚,送到养心殿备选皇后的女子照片共四张,敬懿太妃中意载洵推荐的文绣,端康太妃中意载涛推荐的婉容,两派相争,遂交"皇帝"钦定。溥仪先是用铅笔圈选了文绣,端康不同意,力荐婉容为皇后。溥仪"心里想你们何不早说,好在用铅笔画圈不费什么事,于是我又在婉容的相片上画了一下"①,但敬懿和荣惠两太妃认为经溥仪圈过的文绣不能再嫁臣民,遂纳之为妃。选后、妃的时间用了一年多,又经直奉战争的耽搁,直拖到民国十一年 12 月 1 日才举行大婚典礼。

但是,作为筹画溥仪大婚事宜的主要官员之一,绍英在其日记中记录的这场后妃选拔,却有诸多不同,也更具体生动,兹择要排录如下:

> 1921 年 3 月 5 日(正月二十六日):闻本日在太极殿召见醇王爷、内务府大臣、师傅、近支王公十人为大婚事,系那王府姑娘。
>
> 6 月 1 日(四月二十五日):未刻至醇王府,随同与议大婚之事。王爷令将相片四张及姓氏、年岁单送给世中堂阅看,计三家:贡王之女,良说之女,锡珍家二位,共相片四张。
>
> 6 月 4 日(四月二十八日):早,进内,随同至太极殿,呈递相片、清单,上留阅,令传姑娘进内,均未敢遵照,恐该家属不令进内也。

---

① 《我的前半生》,第 90 页。

6月11日（五月初六日）：晚，醇王爷电话，令一两日内至永和宫主位前，言语恒宅姑娘二人均可进内云。（按：永和宫主位指端康，"恒宅姑娘二人"即上述"锡珍家二位"，一位锡珍之子端恭之女文绣，一为锡珍之孙文绚之女。）

6月12日（五月初七日）：早，进内，请见永和宫主位，言语醇亲王令言语恒家端恭之女、文绚之女经洵贝勒，与该家属说知，均可进内，奉谕二人进来有伴亦好，拟于初十后再传进内。

6月19日（五月十四日）：早，进内，醇亲王来，随同至永和宫，三位主位召见，为大婚之事，令王爷及绍英见徐总统再为求亲，并令告明世中堂，退出。（按：三位主位指端康皇贵妃、敬懿皇贵妃、荣惠皇贵妃。）

6月20日（五月十五日）：未刻至醇邸，随同王爷同车至公府，见大总统，为大婚议亲事，大总统婉言辞谢，并云如作亲，于维持皇室反有窒碍，是以不敢遵办，诸希原谅。王爷云，大总统所论甚有道理，将来一切仰仗维持，如办大婚时尚求帮忙云云。

6月23日（五月十八日）：早，进内，随同王爷请见三位主位，说明至公府见徐总统提亲之事，总统不肯，并云将来大婚时必帮助一切等语，主位尚欣然。王爷又单请见，说明端恭之女在教养局织袜，常在街上行走，似不甚洽当。奉主位谕，此次所进相片均可发还，即作罢论。

6月29日（五月二十四日）：未刻至筹备处，诸位均次第到，传述醇王爷奉三宫主位谕，令诸位分心采访，若人家有年貌相当姑娘，知根底者，会同进内言语，限至八月或十月均可，大婚大典应详慎选择，以昭慎重云。诸位复经讨论，俟议论终结均散。

6月30日（五月二十五日）：进内，王爷到，报告昨日会议之事，王爷尚以不交下相片为是，因尚在未定，应俟定局始能交下也。

　　据此可知，先是 1921 年 3 月，清室欲联姻那王之女，因故未果。6 月 1 日，备选出四女相片：贡王之女、良说之女、端恭之女（即文绣）、文绚之女（文绣的侄女），其中并无婉容。6 月 4 日递入相片由溥仪阅选，溥仪所选当为文绣，并传令让其进内，端康表示同意，但载沣于 6 月 23 日请见时认为文绣"在教养局织袜，常在街上行走，似不甚洽当"，于是此事搁浅。此前 6 月 20 日清室又命载沣及绍英见徐世昌总统再为求亲，欲求娶徐世昌之女儿，而徐婉言谢绝云"如作亲，于维持皇室反而室碍，是以不敢遵办，诸希原谅"。另据庄士敦《紫禁城的黄昏》记载，1922 年 3 月 11 日的宫廷官报里，宣布了婉容为后、文绣为妃的消息①。

　　由于 1922 年 1 月 28 日至 8 月 22 日《绍英日记》丢失，我们对婉容如何成为皇后的过程无法考定②，但即从已有的记载看，《我的前半生》所云初次备选皇后四人中即有婉容和端康反对文绣之说似乎都不够准确。《我的前半生》的"灰皮本"与"全本"还调侃徐世昌想把自己女儿嫁给溥仪做皇后③，则更是颠倒了事实。

---

　　①　庄士敦著，陈时伟等译《紫禁城的黄昏》，求实出版社 1989 年版，第 224 页。

　　②　载涛之子溥佳《溥仪大婚纪实》所述，与《绍英日记》和《我的前半生》中又有不同，其言："经过几番淘汰，只剩下了四家，即阳仓扎布（蒙古王公）、衡永（满族、曾任都统）、荣源（后任内务府大臣）和端恭（满族，额尔德特氏）。又经过仔细挑选，最后只剩下荣源的女儿婉容和端恭的女儿文绣……不知溥仪是和我父亲的关系比较密切呢，还是由于其他缘故，他毫不犹豫地就指定荣源之女婉荣为皇后。对于落选的文绣，王公、师傅们又经过商议，劝溥仪纳她为妃。"（《晚清宫廷生活见闻》，文史资料出版社 1982 年版，第 125 页）

　　③　《我的前半生》（灰皮本）："就连退了任的中华民国大总统徐世昌先生也不能例外，他们都是衷心愿意使他们的女儿，也能尝一尝当皇后的滋味。"（群众出版社 2011 年版，第 95 页）《我的前半生》（全本）："王公们去找徐世昌，这位一度想当国丈的大总统，表示了同意。"（群众出版社 2007 年版，第 95 页）。

历史事实相较于文学描写,具有原发性、复杂性和琐碎性,如果在文学作品中如实记录事实变化的细微过程,文学将会变成不容卒读的繁琐的历史考证。文学必须根据自己审美性、情感性和谋篇布局的需要,对生活的原材料予以剪裁、提炼、升华。在溥仪大婚选后妃这件事情上,由于持续过程较长,如果按照历史发展顺序来写,将曼衍丛杂,难以一目了然,《我的前半生》则将过程合并简化,并增入太妃之间的暗斗、载涛与载洵之间的相争,使叙述富有故事性和传奇性,故能传播广泛,成为《我的前半生》中的一大亮点。

六　溥仪生母之死因

在溥仪选后择妃期间,1921 年 9 月还突发了溥仪生母自尽之事。《我的前半生》的灰皮本以"我母亲为我自杀了"为题,这样叙述道:

> 有一天,端康下了一道命令,把太医院的御医范一梅开除了。我听到此事后感到了非常气愤……但是在那家长制度凛然不可侵犯的宫廷中,我还不敢下定决心,当面向她去作质问,便把此事告诉了陈宝琛,并和他作了一番商量,而他居然会赞成了我这样做,同时在我身边的大总管张谦和也怂恿我这样做。于是我就鼓足了勇气,到她那里质问她为什么开除了范一梅。当然她是不会向我让步的,于是我们母子便闹翻了脸争吵起来。我更粗暴地扬言不承认她是我的母亲。我表明了这种决裂态度之后,便愤愤地回去了。
>
> 端康太妃便在盛怒之下,急时抱佛脚地把我的祖母刘佳氏和我的生母瓜尔佳氏叫到宫里来,并迁怒于她们,对她们作了严厉的斥责。她们在这种情形下,也只得向太妃赔了礼,但太妃还不甘心,更把我父亲载沣和各王公大臣连我的老师们也在内,全都叫进宫来,大约也是想套用一下西太后降服光绪的老办法来压制我吧?于是她便把我如何对她无礼的情形,声泪俱下地宣

布了出来,但是这些王公大臣已再不是当年的荣禄或是袁世凯,对于我们母子之间的家务争吵,可又有什么解决的妙法,只能是对她作了一阵不关痛痒的安慰。而我呢,也不肯对她示弱,便也把这些"宗亲国戚"(除我父亲)等叫到我这里来,我也同样对他们哓哓不休地讲了一大篇我的道理。当然,他们对于我也是毫无办法的,也不过是唯唯诺诺地说出一些不解决问题的调停话而已。最后,我还是在我祖母和母亲的努力说服下,才勉勉强强地到端康面前下了一跪,并且认了错,这场风波才算是在我和端康之间平息下来。

……我却万万没想到。我的母亲在回家之后的第二天就吞服鸦片自杀了。此事发生以后,我父亲等并没有对我表示,我母亲的死是因为我而自杀,只说是得了一个"紧痰绝"的急病死了。……我母亲的自杀,还是在死后多少日子由我弟弟对我讲了才知道的。[①]

在定本《我的前半生》中,文学性修饰多了,事情的枝叶被添加得更为丰满,尤其是对话,颇为符合人物的声口:

过了不久,太医院里一个叫范一梅的大夫被端康辞退,便成了爆发的导火线。范大夫是给端康治病的大夫之一,这事本与我不相干,可是这时我耳边又出现了不少鼓动性的议论。陈老师说:"身为太妃,专擅未免过甚。"总管太监张谦和……发出同样的不平之论:"万岁爷这不又成了光绪了吗?再说太医院的事,也要万岁爷说了算哪!连奴才也看不过去。"听了这些话,我的激动立刻升到顶点,气冲冲地跑到永和宫,一见端康就嚷道:"你凭什么辞掉范一梅?你太专擅了!我是不是皇帝?谁说了

---

① 《我的前半生》(灰皮本),第105页。

话算数？真是专擅已极！"……气急败坏的端康太妃没有找我，却叫人把我的父亲和别的几位王公找了去，向他们大哭大叫，叫他们给拿主意。这些王公们谁也没敢出主意。我听到了这消息，便把他们叫到上书房里，慷慨激昂地说：

"她是什么人？不过是个妃。本朝历代从来没有皇帝管妃叫额娘的！嫡庶之分要不要？如果不要，怎么溥杰不管王爷的侧福晋叫一声呢？凭什么我就得叫她，还要听她的呢？……"

这几位王公听我嚷了一阵，仍然是什么话也没说。

……我的祖母和母亲都被端康叫去了。她对王公没办法，对我祖母和母亲一阵叫嚷可发生了作用，特别是祖母吓得厉害，最后和我母亲一齐跪下来恳求她息怒，答应了劝我赔不是。我到了永和宫配殿里见到了祖母和母亲，听到正殿里端康还在叫嚷，我本来还要去吵，可是禁不住祖母和我母亲流着泪苦苦哀劝，结果软了下来，答应了她们，去向端康赔了不是。

这个不是赔得我很堵心。我走到端康面前，看也没看她一眼，请了个安，含含糊糊地说了一句"皇额娘，我错了"，就又出来了。端康有了面子，停止了哭喊。过了两天，我便听到了母亲自杀的消息。据说，我母亲从小没受到别人申斥过一句。她的个性极强，受不了这个刺激。她从宫里回去，就吞了鸦片烟。[①]

定本虽较灰皮本语言生动，但增饰太多，反而近于文学创作。如陈宝琛"身为太妃，专擅未免过甚"之语就有问题。据《绍英日记》，端康等人此时封号尚为皇贵妃，溥仪大婚后，始于 1922 年 11 月 3 日（九月十五日），谕旨加封端康等人为"太妃"。另外，通过《绍英日记》，还发现溥仪对其母死因有故意隐晦或误导之嫌。兹列《绍英日记》相关记载如下：

---

① 《我的前半生》，第 41—42 页。

9月26日（八月二十五日）：午刻闻王爷进内，申刻闻太福晋、福晋均进内。（按：太福晋指溥仪祖母，福晋指溥仪生母。）

9月27日（八月二十六日）：端康皇贵妃召见醇王爷等十人，为革医士范一梅事与皇上意见不和，哭诉一切，王爷率众人叩头，请主位不必生气等语。上云你们下去罢，遂退出。至毓庆宫，皇上又召见，云我因永和宫近来遇事自专，我本不应给伊请安。洵贝勒对曰，皇上所说固然甚是，但是由来已久，自可照常。上亦无说，即云嗣后折奏亦应给我看看等语。退出后，即请王爷传谕奏事处，自明日起将奏折请皇上先看，一面开具事由单，请王爷批回，再请上阅后传旨，如有拟谕旨之事，先将谕旨请皇上看后再为用宝，王爷尚以为然，即传知奏事处照办也。

10月1日（九月初一日）：进内，王爷、洵、涛贝勒均进内，为醇王福晋于廿九日亥时薨逝，朱、陈、伊大人均到，随同王爷先见皇上说明，上甚悲痛，随同慰劝。上云即刻前往，议定乘气车至府，礼毕即还宫。（按：八月二十九日即阳历9月30日，醇王福晋即溥仪生母瓜尔佳氏。）

10月5日（九月初五日）：晚，皇上亲临内务府堂要报，并通电要报，即令人同敬事房太监出神武门找报几种无妨碍者交进，仍传令将前欠之报补进云。

10月6日（九月初六日）：同朱、陈、耆大人赴府见王爷，为看报事，王爷令随时进言维持，如有违碍之报，仍不得交进，余者尚可交进也。（按：朱、陈指上书房师傅朱益藩、陈宝琛，耆指耆龄。）

10月7日（九月初七日）：进内。上召见陈、朱师傅，已知《顺天时报》所载福晋暴薨事，经师傅分别解释，上尚未过于着急，当请二位师傅随时劝慰。

10月8日（九月初八日）：早，进内。陈、朱大人到，上召见朱、陈大人，下来云今日皇上之气稍平，惟甚怒永和宫，有日后不认此宫之语,亦不再往请安云。

　　综上可推知此事真实过程如下。1921 年的 8 月,端康皇贵妃辞退太医范一梅,溥仪因长期对端康皇贵妃管教的不满,在陈宝琛和太监张谦和的支持下,与端康皇贵妃大吵大闹。端康皇贵妃无奈,遂于 9 月 26 日先后将溥仪生父载沣和溥仪祖母刘佳氏、生母瓜尔佳氏(醇王福晋、荣禄之女)叫至宫中申诉,次日又召见载沣、绍英等王公大臣哭诉,在祖母和母亲的百般努力下,溥仪勉强认了错,但瓜尔佳氏既在端康那里受了委屈,又感到溥仪不服管教,9 月 30 日一气之下在家服鸦片自尽。当时载沣等人怕刺激溥仪,只说是患了"紧痰绝"急症而逝,并选择性地送进报纸,封锁真正死因。但溥仪还是从 10 月 5 日的《顺天时报》中知道了瓜尔佳氏自尽的消息,该日报纸第七版《某夫人死得可怪,含冤而去,九泉下恐不瞑目》一文载:"清室某王之夫人日前突然逝世,昨日接三总统曾派荫昌吊唁致祭。乃据所闻,该夫人之死实在有些缘故,且该夫人确非因病身亡,实在是服毒而死。详细调查,与清室某贵人极有关系。某贵人年龄虽稚而位极尊,近来骄傲性成,种种行为,颇不理于人口。或云该夫人之死,因日前教调某贵人,致某贵人反唇相稽,遂一气而辞人世云。至其内幕如何,察访再志。"看来溥仪生母之死,并非端康一人所致,而与溥仪也有着莫大关系①。

　　灰皮本《我的前半生》中说"我母亲的自杀,还是在死后多少日子由我弟弟对我讲了才知道的",明显有误。定本《我的前半生》将之修正为"过了两天,我便听到了母亲自杀的消息"。但将死因专门指向受了端康申斥,"个性极强,受不了这个刺激",似对读者有所误

　　① 　溥仪之弟溥杰在 1963 年曾撰写《清宫会亲见闻》回忆说:"我母亲也在这种情况下,觉得既对不起瑾妃,又认为已无法再使溥仪就范,就给我写了一封遗书,吞生鸦片、白酒自杀了。"(《晚清宫廷生活见闻》,第 47 页)

导。另外,《我的前半生》将端康皇贵妃召见溥仪祖母、母亲和王公大臣的顺序叙述颠倒了,而且王公们在听溥仪申辩时也并非"什么话也没说"。

《顺天时报》所说由于溥仪"骄傲性成,种种行为,颇不理于人口",导致其母气极服毒身亡,这种指责显然是溥仪从情感到心理都很难接受的;因此在撰写《我的前半生》时,他对某些记忆刻意回避、掩饰和做出修改,都是可能的。只不过我们已经无法弄清,溥仪是因记忆修改而真的相信了自己的回忆,还是明明记得事实却故意隐讳其说,《我的前半生》为我们留下了饶有兴趣的猜想。

七　借债的是哪个大总统

《我的前半生》中曾记载徐世昌接受清室赞助一事:"冯国璋任总统时,内务府大臣世续让徐世昌拿走了票面总额值三百六十万元的优字爱国公债券(这是袁世凯当总理大臣时,要去了隆裕太后全部内帑之后交内务府的,据内务府的人估计,实际数目比票面还要多)。徐世昌能当上总统,这笔活动费起了一定作用。"①冯国璋代理总统任期是 1917 年 7 月 6 日至 1918 年 10 月 7 日,这期间的《绍英日记》并无缺失,但在其日记里却根本查不到这笔经费的影子。相关的记载是:

> 1918 年 5 月 12 日(四月三日):随同中堂至太极殿请见主位,奏明大总统借债票三百万元事,上俞允。(按:中堂指世续,主位指端康,大总统指冯国璋。)
> 1918 年 5 月 20 日(四月十一日):据银库云,中堂已接冯总统函,为借债票事,当拟覆函,明早交索崇仁,其票亦随函送交也。(按:索崇仁原名崇林,十六师二团团长。)

---

① 《我的前半生》,第 78 页。

　　1918年5月21日（四月十二日）：接银库知会，增旭谷已将元年六厘公债票三百万元，计三千张，面交索崇仁收讫，应由索荫轩转交总统府也。（按：索崇仁即索荫轩。）

　　1918年5月25日（四月十六日）：中堂向王爷说明，据吴士湘云总统借款，徐相不愿，王揖唐之党甚恐其失败，欲从中阻止，惟事已成就，亦难挽回也。但本府前未闻知各情，但知借款，不知党争内容也。（按：徐相指徐世昌。）

　　据此知借款者实为冯国璋，与徐世昌无涉。冯国璋代总统任内，与段祺瑞矛盾日显，国会选举及大总统选举在即，冯、段皆有意竞选总统而势均力敌，后来段祺瑞转而支持徐世昌竞选总统，徐世昌与冯国璋遂有竞争关系。冯氏借款为自己活动，段氏一党及徐世昌自然皆不乐意。《我的前半生》中对借款额度与借款对象的描述均有错误。这种错误并非出于传记文学必要的虚构，更多应是道听途说或记忆错误所致。即使是严肃的历史传记，这种失误恐怕也在所难免，对于《我的前半生》，也不应苛求；但是，从另一方面来看，即使是传记文学，也毕竟是传记的一种，指出其史实的错误是必要的。

八　溥仪被逼宫时的记忆偏差

　　1924年11月5日，溥仪被鹿钟麟率兵逼出皇宫，这是中国近代史上的一件大事。《我的前半生》中对此自然有所反映：

　　　　那天上午，大约是九点多钟，我正在储秀宫和婉容吃着水果聊天，内务府大臣们突然踉踉跄跄地跑了进来。为首的绍英手里拿着一件公文，气喘吁吁地说："皇上，皇上……冯玉祥派了军队来了！还有李鸿藻的后人李石曾，说民国要废止优待条件，拿来这个叫，叫签字……"

　　　　我一下子跳了起来，刚咬了一口的苹果滚到地上去了。我夺过他手里的公文，看见上面写着：……

　　"那怎么办？我的财产呢？太妃呢？"我急得直转，"打电话找庄师傅！"

　　"电话线断，断，断了！"荣源回答说。

　　"去人找王爷来。"宝熙说，"外面把上了人。不放人出去了！"

　　"给我交涉去！"

　　"嗻！"

　　……过了中午，经过交涉，父亲进了宫，朱、陈两师傅被放了进来，只有庄士敦被挡在外面。①

　　这段描写绘声绘色，颇有老舍京味小说的风采，可惜其中颇有不准确之处。其一是溥仪闻知鹿钟麟带兵入宫的时间绝不会是在上午"九点多钟"。因为《绍英日记》该日明载："午刻鹿钟麟司令、张总监璧率队警进内，云奉大总统令，二人与清皇室商订修正优待条件等因，并附有五条条件，一如各报所登记，且云限于三点钟请上出宫，否则兵警愤愤不平，伊等恐弹压不住，并欲请见，当面说明。予云可将公事交来阅看，阅毕，对云此事自应和平解决，可由我辈陈明再为回答。"

　　鹿钟麟《驱逐溥仪出宫的经过》一文则云："1924 年 11 月 5 日上午九时，我携带摄政总理黄郛——代行大总统的指令，会同张璧、李石曾由警卫司令部乘汽车出发，后随卡车两辆，分载军警 20 人，直驱神武门。当时守卫故宫的清室警察，见我们突如其来，惊慌莫措，我即下令预伏于神武门附近的国民军警卫队，先将守卫故宫的警察缴械。继又将神武门左右的清室警察四个队（每队百人，分驻护城河营房）全部缴械，听候改编。我警卫部队完全控制了神武门一带之后，

---

　　①　《我的前半生》，第 114—115 页。

我偕同张、李率军警各 20 人，进入故宫，沿路见到人就喝令站住不许动，直入隆宗门原军机处的旧址。在军机处我们召来清室护军统领毓逖，给以监视，令其派人传知宫内全体文武人员，一律不准自由行动，再令其传知内务府主管人员即刻来见。未几内务府大臣绍英和荣源到来……"①虽未言及到达内宫时间，但考虑到鹿钟麟到达内宫隆宗门之前还要解除清室守卫的防御力量，他直入隆宗门的时间不会太早，中间又传召绍英等人晓谕及往复辩驳，然后才由绍英入告，则溥仪闻知逼宫信息的时间理应在 11 月 5 日午后。

其二是当时出现在宫内溥仪周围的大臣，《我的前半生》中认为除绍英、荣源、宝熙外，还有后来经过交涉才得以进宫的载沣、陈宝琛和朱益藩。这与《绍英日记》所载多有不同：

> 11 月 5 日（十月初九日）：午刻，京师警备司令鹿钟麟、京师警察总监张璧率队警进内。……适荣大人亦到，予即持所交公事请上阅看，朱大人、荣大人、耆大人均在旁，又王大人汝珍、国维亦在旁，公同商议，请旨定夺。奉谕既已如此，只得允许。皆云电请醇王爷来商议，移时王爷到，亦同意，令办覆函，公拟函稿致国务院，另有函底。大致有此次条件及善后办法应由双方商妥交换，以资信守等语，请上阅定，缮交二人。鹿司令要玉玺，复经请示，准将檀香、青玉宝各一方交二人领回。三钟时，予随从主人乘坐汽车至北府，皇后、淑妃均同至北府，荣大人亦跟随同往。鹿司令、张总监送至北府，面见主人，陈明此后既永远废除尊号，即与国民平等，上对云我已明了，共和国自应如此。鹿司令、张总监皆鼓掌称赞，握手而去，遂派军警保护，甚为严密云。上与后妃均平安入府，奉上命，予与荣大人均住府、泽公爷、涛贝勒、忻贝子、佳三爷亦均住府。予因痢疾，夜间大解二三十次，明

---

① 　文安主编《清宫轶事》，中国文史出版社 2004 年版，第 232 页。

　　早只得回家医治也。是日郑大人偕川田东医前来看视后归去。陈大人、庄大人、杨大人、柯大人均来看视。

　　在绍英笔下,是日在场的大臣除自己之外,有荣源(荣大人)、朱益藩(朱大人)、耆龄(耆大人)、朱汝珍(按:日记中误将"朱"写作"王")、王国维,后来载沣亦赶到。至于那个被安排了对白"外面把上了人。不放人出去了"的宝熙压根不在场,陈宝琛(陈大人)、郑孝胥(郑大人)、庄士敦(庄大人)、杨鼎元(杨大人)、柯劭忞(柯大人)等皆是在溥仪入住醇王府后始获准前来探视。当时国民军严禁他人进出皇宫,载沣因是溥仪生父且要接纳溥仪入住才被放入,其他如庄士敦虽是英国人,依然被坚拒[①],"朱、陈两师傅被放了进来"自然更不可能。

　　另外,像"我一下子跳了起来,刚咬了一口的苹果滚到地上去了"之类的生动细节和其后维妙维肖的对话,在最初《我的前半生》灰皮本中是没有的。心理学中的记忆偏差理论告诉我们:有时人们会把实际发生的事与经过推理觉得符合情理的事混同起来,大脑还会不断接受后来的信息为残缺的记忆做完形填空,从而导致记忆被修改或出现偏差。这可能是《我的前半生》愈往后的版本细节愈丰富生动的主要原因之一。《我的前半生》是一部传记文学,真实性与文学性同在,牢牢记住这些,就不会被其不同版本之间的文字差异所迷惑。

　　总的说来,传记文学介于历史与文学之间,尤其是像《我的前半生》这样的自传体文学,力求呈现的是自我真实的人生经历,因此虽容有一定的虚构,但纪实传真仍是其追求的最高叙事伦理。当然,这种"实"或"真"是一种文字叙述呈现出的真实,既无法等同于记忆里所谓的"真实",更无法等同于已经永远逝去的历史真实。因为记忆是人脑选择编码机能的体现,记忆本身就是人们对历史的筛选或重

---

　　① 庄士敦著,陈时伟等译《紫禁城的黄昏》,第 306—307 页。

构；当历史记忆被唤醒进入回忆模式，进一步转换为语言或文字表达时，由于主客观等复杂因素，又会有意或无意地产生一定的扭曲、变形和差错。莫洛亚曾从对过去生活的遗忘、审美原因造成的有意忽略、潜意识的压抑、羞耻感，理想化等六个方面论述自传文学的不准确或错误之处①；丹尼尔·夏克特也说："我们的自传，亦即我们对自己生命历程的回顾，正产生于时间和记忆之间相互作用的动力的过程。如果我们不考察记忆随着时间的流逝会发生什么变化，以及我们如何将往事的经验残余转变成我们关于自己是谁的传记，那么我们就无法理解记忆力之脆弱。"②可以说，回忆不过是用现在之我的记忆重构过去之我。那么，《我的前半生》多大程度上展现了那个真实的溥仪呢？那些与史实不相符合的叙述中，哪些是有意的忽略和扭曲，哪些又是自然的遗忘或是无意的修改呢？哪些是查阅历史资料后的"后见之明"的书写，哪些又是出于艺术加工的需要而虚构的呢？本文只是揭露出冰山下的一角，更为细密深邃的研究，有待来者。

（原载《民族文学研究》2018 年第 4 期）

---

① ［法］莫洛亚《论自传》，《传记文学》1987 年第 3 期。

② ［美］丹尼尔·夏克特著，高申春译《找寻逝去的自我——大脑、心灵和往事的记忆》，吉林人民出版社 1998 年版，第 66 页。

湖北省图书馆藏晚清稿本日记四种考述

日记是一种独特而又重要的文献种类。从文体学角度看，它是应用文的最为常用的文体之一；从史料学角度看，因作者亲历者的身份，常被视为第一手史料；从文化学角度看，因其内容包罗万象，又具有百科全书性质。妥善合理地利用日记文献，不仅可以有效校正和补充正史，而且可以极大拓展文学史和文化史相关研究。中国是日记的大国，特别是近代以来，日记存世数量极为可观，而且随着国家文化事业的发展及收藏单位对日记价值的认识，诸多珍本秘籍得以整理或影印问世，有的日记的体量和价值较之晚清四大日记亦不遑多让。湖北省图书馆收藏有彭瑞毓、左绍佐、皮锡瑞、陈曾寿四位近代名人的稿本日记，即具有时段长、规模大、价值高的特点，这次由国家图书馆出版社影印出版，实为学林之福。今不揣浅陋，对日记作者和内容略作介绍。

一

彭瑞毓日记，现存三十二册，起止时间为咸丰元年十二月初二日至光绪三年十一月十七日。个别册数因封面残破或新换，没有题字，其他各册封面均题"日日平安记，第某册"，下面多带落款，如"嘉翁题""嘉翁自署""子嘉自题""子嘉自署""姜老自书""姜叟自题""姜翁自识"，且钤有数量不等的朱文印（如"彭""彭子嘉印""一切吉祥""子嘉书"等），可见系彭瑞毓自书，他将日记命名为"日日平安记"。各册封面写有该册日记起止时间（末册封面仅书日记起始时间）；有的还注明日记系何地所记。以第十八册为例，其封面题："日日平安记，嘉翁自署；第拾捌册，同治五年丙寅十一月初一日起，在叙郡，六年丁卯五月三十日讫，在叙郡。"

彭瑞毓，据道光二十九年木活字本《溧阳南门彭氏宗谱》卷十七《世系》第十三世载："瑞毓，原名瑞宾，字子嘉，继堂次子……嘉庆壬申十七年十月二十八日生，寄籍湖北武昌郡，优廪生。"彭瑞毓《赐龙堂诗稿》（同治十年戌州刻本）卷八《闰月再寿宋引老并引》中注云："公生壬戌予壬申，公以初八日诞，予则二十有八日也。"知《彭氏宗谱》所载彭瑞毓生年可信。彭瑞毓写给儿子的《彭氏家训》（稿本，湖北省图书馆藏，题"姜畦老人手著"，按：姜畦系其晚年自号）卷一《德行训》开篇云："我家自始祖由江右迁居溧阳，至汝祖由溧阳寄籍江夏，迄汝身已十四世矣。"《溧阳南门彭氏宗谱》卷九亦载："此支由十二世继堂、肇堂两公徙居湖北。"知彭氏原籍江西，后迁江苏溧阳，至第十二世德嗣（号继堂，彭瑞毓之父）始迁湖北省武昌郡江夏县。彭瑞毓生平，据其日记及其他史料，可大致勾勒如下：

道光二十九年己酉科优贡；咸丰元年辛亥举人，二年壬子中二甲第一名进士，钦点传胪，选为庶吉士；三年癸丑散馆，授翰林院编修；四年甲寅授国史馆纂修、实录馆纂修；五年乙卯为顺天乡试同考官；六年丙辰为会试同考官，考取御史，奉旨记名，十一月，充南书房行走；七年丁巳教习庶吉士；八年戊午考差，放山西乡试正考官，旋提督山西全省学政；十一年辛酉冬交卸回京，归翰林院编修任；同治元年壬戌任殿试弥封官，十月署日讲起居注官；二年癸亥六月充日讲起居注官，七月补授山西道监察御史，十二月放为云南盐法道；九年庚午八月送部引见，托病未赴，上书求退；十一年壬申九月核准开缺，居于荆州沙市；十三年甲戌至光绪二年丙子主讲荆州荆南书院；光绪三年丁丑主讲湖北江汉书院，日记止于该年十一月十七日，当为此后不久去世。

光绪刻《国朝御史题名》同治二年中亦有彭瑞毓小传："彭瑞毓，字子嘉，号芝泉，湖北江夏县人。壬子科进士，由翰林院编修补授山西道御史,官至云南道。"据此可补其号"芝泉"。民国三十八年版《新纂云南通志》卷一百八十一《名宦传·四》小传更详:"彭瑞毓,字子嘉,湖北江夏人。咸丰壬子传胪,选庶吉士,授编修。工诗文,善书画,才名藉甚。督学山西,拔取寒微,裁革规费,士论翕然。同治八年,出为云南盐法道。时,军务方亟,各井盐课皆归将领包收,以抵军饷,瑞毓力复旧制,始归官办。性尤爱士,一才一艺,无不奖拔,滇人至今思之。"据此可知其在山西学政和云南盐法道任上俱有作为,列入名宦,自然政绩可观。

彭瑞毓日记,详细记录了其咸丰元年进京赴礼部试直至光绪三年十一月十七日病重搁笔这段长达二十七年的生活,字数逾百万字,对研治晚清历史具有较高的参考价值,今举数端略言之:

一是可作为研究晚清科举和教育的重要史料。彭瑞毓参加殿试时,阅卷大臣本拟其为第一,后咸丰帝为凸显帝王的权威,将第十挪至第一,彭则调为第四,但咸丰帝应该对彭颇为欣赏,因此咸丰五年派其为顺天乡试同考官,次年派为会试同考官,并充南书房行走,咸丰八年即放为山西乡试正考官,随之任命为山西学政,晚年彭瑞毓又主讲府级荆南书院和省级江汉书院。其身份经历考生、乡试同考官、会试同考官、地方主考、地方学政、府省两级书院山长的变化,这些在日记中都有较详细的反映,可谓科举和教育的活的史料。如咸丰二年四月的两天日记:

> 寅正至太和殿,见仪仗鲜明,满朝大小臣工均朝服站立,闻净鞭三响,一齐叙班。先系官员出班行三跪三叩礼,后左边鸿胪寺引状元,右边引榜眼出班,二甲以下均不出班,亦分两边跪下,行三跪九叩礼毕,鸿胪唱名,只唱鼎甲、传胪,每名皆三唱,其余皆清语,不甚懂得,行礼毕,闻净鞭三响,皇上退殿,撤仗开门,众人一齐出去。予仍由东华门出归,不知鼎甲作何形状也。太和殿势高大,月台上四鼎焚香如雾,乐系韶濩之音,甚静穆,

设乐在太和门阶上,左边与殿相对,初睹熙朝盛典,亦幸事也。
(廿五日)

　　卯刻至礼部赴恩茶宴,堂上数十桌,系总裁、帘官坐,月台上
六桌系鼎甲、传胪暨两宗室坐,其余阶下两旁约三四十桌,系诸
进士坐。候之良久,仅到五六人,时已辰正,只得行礼。甫就座,
有人酌酒一杯,未及饮,即令谢恩。一回顾,棚外诸人一齐拥入,
席上果肴抢去一空,碗声盈耳,殊可笑也。宴毕而回,仅得金花
一枝。(廿六日)

彭瑞毓的描绘非常生动,给人以强烈的在场感,颇有助于了解晚
清殿试唱名及谢恩茶宴的具体情形。

二是可作为研究清代政治史和盐法史的重要补充。彭瑞毓为京
官十余年,大多处于清要之地,又外任山西学政和云南盐法道,其闻
见足资借鉴。如以下两则:

　　筠卿言倭艮相向恭邸力保重入南斋,答云彭子嘉品学俱佳,
惟有皮气耳,因是而罢,殊可笑也。(同治二年五月十五日)

　　夜,中丞送来盐课三千,言本四千,中丞扣养廉一竿,故止
此。予因亦扣五百,而以二千五百送方伯,嘱其发兵饷之余,先
归伊垫款八百余金,滇中见银即要,亦是常事。(同治九年十月
初二日)

咸丰帝驾崩后,彭瑞毓的官运似乎也坎坷起来,他山西学政任满
回京后,虽经倭仁等大臣推荐,但因有个性而不受恭亲王待见,没能
再入南书房;而且不久被外放到人视为畏途的云南盐法道,在这里,
他发现军饷经常被层层克扣,然亦无可奈何,只好入乡随俗。彭瑞毓
将官场种种见闻和自己的感慨皆写入日记,对于我们认识晚清政局
无疑是有帮助的。

三是可作为研究晚清社会史和生活史的鲜活材料。彭瑞毓经历丰富,记事又细大不捐,读其日记,可有多方面收获。如咸丰七年正月十三日,他记载了在宫中听戏的礼仪;同治十二年上半年,他记载了沙市民间赌博风气之盛,自己赋闲后也频频参与其中,此两方面的记录足广人们对晚清朝野的闻见。再如彭瑞毓经常占卜,有的卜者恭维他同治十一年壬申即能够出将入相,但到了这一年,彭瑞毓却病退在家,正为生计发愁,日记载云:

> 夜清命单,查之,殊无一人道着,俱言壬申年升官发财,且有出将入相之语,亦何可笑。命诚有之,却非庸人所能推测耳。(同治十一年十月三十日)

宦海沉浮,实难自己,彭氏对命相的态度足可发人一噱,亦足令人叹息。

二

左绍佐日记,原有一百四十一册,今存一百三十五册,佚第一册至第五册、第七十三册。现存日记起止时间为光绪二十九年正月二十八日至民国十六年七月十日。中间除宣统三年九月二十一日至民国元年正月初一日、民国三年十月十六日至民国四年正月十一日、民国五年四月六日至六月二十日、民国五年九月二十九日至十一月二十日、民国六年闰二月十四日至六月二十三日因故未记,其他日期基本无缺。

第一册至第七十七册,记事至宣统三年九月二十日止,每册封面均书有序号"第某某册",故能判知所佚具体册数。据现存日记推测,第一册至第五册日记,所记当为光绪二十六年至光绪二十九年正月二十七日之前事,因其光绪三十一年二月初三日记云:"检点生平所历,皆如云如雾,不克记忆,惟有日记者,稍能见其踪迹,然亦一梦耳,而从前日记所述，旋作旋止，又多失去者，自庚子以后，始有存者。"同年五月三日又记："敦甫询及庚子七月二十一日之事，言之尚为心悸……此事始末，曾记录于一本中，今此本不知何在，当检阅之。"亦可为证。所佚第七十三册日记，据第七十二册和第七十四册所记日期推测，其起止时间当为宣统二年十月二十七日至宣统三年正月十五日。第七十八册至八十九册，所记为清社屋后，左氏隐居上海之经历，时间起止为民国元年正月二日至民国三年十月十五日，每册封底装订线下侧皆书"上海第某册"或"沪上第某册"。第九十册至一百四十一册，所记为左氏寓居北京之经历，时间起止为民国四年正月十二日至民国十六年七月十日，每册封底装订线下侧皆书"北京第某册"或"第某册"。

左绍佐生平，傅岳棻《应山左笏卿先生墓碑》（以下简称傅《碑》）所载较为简明，今结合其朱卷、日记及其他数据，略为考述。

左绍佐同治十二年拔贡朱卷履历载："派名绍赞，字季云，号笏卿，亦号悔孙，行五又行九，道光丁未年七月初十日吉时生，湖北德安府应山县廪膳生，民籍。"其日记也多自载年岁，如光绪三十三年丁未七月二十一日诗云："我生丁未逢丁未，六十年来又一年。"民国十三年七月十日自记七十八岁，民国十四年七月十日自记七十九岁，民国十五年七月十日自记八十岁，民国十六年七月十日自记八十一岁，故知履历中所载生于道光二十七年丁未真实无疑。傅《碑》云其经历："弱冠，受知于南皮张文襄公，所刻《江汉炳灵集》，大率皆公与樊樊山丈改定……调经心书院为高才生，笃学慎行，名声籍甚。癸酉，选拔朝考一等，以小京官分刑部，进主事，丙子转榜，庚辰成进士，点庶常，癸未散馆，仍改刑部主事。后先官法曹三十年……出为广东南韶廉道，视事五年，勤政爱民，吏民爱之若父母。辛亥鼎革，避居沪滨，与诸巨公结汐社，每一篇出，翕然传诵，友朋会聚，若将终焉。顾迫于家境，不得已复至京师，为祠禄计，居恒戚戚，屡以愧见海上遗逸为言……丁卯八月，所患剧发，遂以不起，年八十有二。"丁卯为民国十六年，左氏自记八十一岁，傅《碑》云"八十有二"者，系过完生日即多计一岁也。傅《碑》仅云其"调经心书院为高才生"，实左氏亦曾主讲经心书院一年，并将诸生课艺编为《经心书院集》，序云："余自庚午迄于癸酉，肄业其中者四阅寒暑；丁亥之冬，奉讳里居，制军寿山裕公、中丞乐山奎公招余承乏讲席……余服阕，都中知旧时以书见责，本无山泽之姿，岂复以林泉自诡，拂拭尘衣，遂复北上。古人云文字之契，通于性命，此间之乐，亦何能一日忘也。乃裒其一年所得，厘为四卷，命曰《经心书院集》，此余一人所阅。又旧识门徒子侄辈，或引嫌不与斋集，又厪在一年内，楚材实不尽于此，将有续出者可以观焉。光绪十五年上春人日应山左绍佐。"据此知其肄业经心书院时间为同治九年庚午至同治十二年癸酉，主讲经心书院时间为光绪十四年戊子（光绪十三年丁亥冬始受湖广总督裕禄和湖北巡抚奎斌来年之聘，光绪十五年初已入都就职）。前贤于此节多有叙述未确者，故赘笔述之。

左氏在日记中亦多次自录官方履历（据履历所载年龄其当生于咸丰三年，然此系官年，不可信），整合胪列如下：

> 同治十二年癸酉拔贡，次年甲戌朝考一等第一名，覆试一等第三名，以七品小京官签分刑部贵州司，俸满题升主事；
>
> 光绪二年丙子科湖北乡试中式第十三名举人，六年庚辰进士，殿试二甲，朝考一等第十一名，改翰林院庶吉士，九年癸未科散馆，以部属用，签分刑部贵州司，五月到部；
>
> 光绪十年甲申二月告假回籍，十一年十月丁母忧，十四年正月服满，十五年二月到部；
>
> 光绪十九年七月保送军机章京，奉旨记名；二十二年随同大学士荣禄、都察院左都御史许应骙前往密云查办事件，二十三年四月补授直隶司主事，九月题补贵州司员外郎，二十四年八月二十日题补江苏司郎中，二十六年九月传补军机章京；
>
> 光绪二十七年四月奉旨记名以御史用，五月郎中俸满截取，

奉旨记名以繁缺知府用,六月奉旨补授福建道御史,十二月转掌福建道事务,二十八年三月奉旨赏加三品衔,二十九年闰五月奉旨补授京畿道御史,是年七月奉旨掌京畿道御史;

光绪三十一年二月奉旨补授兵科给事中,捐满历俸截取,四月初五日经吏部带领引见,奉旨记名以繁缺道员用;

光绪三十二年五月十八日转吏科掌印给事中,九月二十日改给事中;

光绪三十三年四月二十六日,奉上谕补广东南韶连道员缺,八月二十一日到省,二十五日札委监收太平关税务,二十六日札委充北路巡防营务处,九月十五日接南韶连道员印。

宣统二年,大计卓异。

宣统三年九月十八日,禀呈两广总督张鸣岐代为奏请开缺。

但斯时张鸣岐本人已弃职,奏请开缺也就无从谈起。据日记,民国元年至三年,左绍佐遁居上海,与瞿鸿禨、沈曾植、樊增祥、陈曾寿等一批遗老结成"超社",迭相唱和。不过,由于家计艰难,为节省开支,左绍佐在上海住所凡三迁,先居于康脑脱路,后迁麦根路三十二号,复因"麦根房价太贵,近寻得新马路小菜厂房一所,价稍减"(民国三年四月二日),又于民国三年四月初四日"辰刻,移居新马路庆安里五百六十一号……租价五十二元"(民国三年四月四日)。左氏经常感叹"上海是花钱地方""上海是商场,自乱后士大夫避地于此,其宦囊宽绰者相宜,微薄者不相宜也"(民国三年四月七日)。他宦游北京时曾购房一所,因此想移居以省租房之费:"沪又无能住之资,家人皆怀忧贫之惧,京中有房一所,欲往居之,以省赁费,计亦良是,此亦无可如何之计耶。"(民国三年二月十七日)凑巧的是,民国三年八月经黎元洪推荐,左绍佐得聘国史馆协修(其民国三年八月二十二日日记中载有致副总统的谢启底稿),于是民国三年十月二十二日,左绍佐入京居于北京潘家河沿路西,民国五年二月初六搬至西砖儿胡同,民国六年七月二十五日移居丞相胡同路东,直至民国十六年八月因病去世,其日记止于该年七月十日,是日字迹颤抖而模糊,之后未记,当系病发不能支撑所致。左绍佐在国史馆职务等级似不高,一九一五年三月八日《政府公报》载袁世凯大总统策令:"国史馆呈请将协修左绍佐叙列四等等语,应照准,此令。"可知其叙列四等,然不详其享受几级俸禄。

左绍佐日记,据其内容,可分为晚清和民国两大阶段,前一阶段包括京官和外官时期,后一阶段包括寓沪、寓京时期,相较而言,前一阶段日记更有价值。

左绍佐自同治十二年选授七品小京官,至光绪三十三年外放为广东南韶连道台,任京官时间长达三十余年,对晚清政局深有体会;光绪二十七年他转授御史,更加关心国事,勇于讥弹时政,对此日记中有大量记载,仅举数例:

> 东三省事体,不好信息一日紧一日,我国家方作万寿,一切置之不问,又有载振一班不知轻重小人,锐意揽权生事,必欲坏尽天下事而后止,使人念之心胆惊碎,天之何为钟此厄运,使人悲感万端,不能自已。(光绪二十九年十月六日)

> 今日宣诏各官加一级,系万寿庆典加恩之盛典也,老佛爷七十正寿,若在国家全盛之时,臣民欣喜真难得之遭遇,奈如海疆多事,强邻偪处,兵力不振,饷械俱空,而事机变幻,备御无策,诸臣相顾,莫展一筹,当欢流涕,不觉哀至之无从也。(光绪三十年正月十五日)

> 余观今日之敝政,莫过于学堂。各州县所办皆尚毫无端绪,而科举已停,人皆失业,学堂不收费则不能支持,而学生能出费者必上中之户始克给之,不惟寒士不能读书,并中户亦不能读书,将来读书之人日少一日,风俗由此大坏,则世界可知矣。(光绪三十二年十月二十一日)

外人之法，现其输入中国者名目颇繁矣，条举其件而究极其利弊，与其宜于中国者及中国效之而何以不能者，精心而剖决之，是固留心时务者之所有事也：学堂、警察、征兵、制造、财政、议院、官制、刑法、市政、公债、国会、邮政、电报、矿政、水陆军、电学、化学、光学、算学、地学、图绘、公司。（光绪三十四年十二月初五日）

左氏到广东任职后，亦留心地方事务，爱惜民生，当官民冲突时，他对民不主张镇压了事，对新政推行中的形式主义，他也能够反省：

乳源县煤厂委员与地方百姓斗杀，据委员禀是阻止路线，据百姓告是强砍竹林，现在一般后生毫无知识，专为造怨生祸之事，殊可恨也，与百姓结怨，岂朝廷之意乎，且向后如何能长久相安。此委员名邹兆夑，或曰广东民气悍，宜以压力施之。夫兴一厂，能将厂旁百姓尽剿之乎，何其悖谬至此。（光绪三十四年三月十六日）

樟脑委员汤令亦幼年喜事之人也，百姓樟树，彼不肯卖，何容强迫？况官山民山分别未易，本是官山，而百姓因其近村近田，各已据为恒业，一旦正其名而夺之回公，谈何容易。（光绪三十四年三月十七日）

各新政限期甚迫，即如调查烟土一件，催取表式，并不顾下面是否查得清晰，惟快之欲务是，殆以一纸空文了事耳，中国事大半如此，可慨也。（光绪三十四年四月初七日）

宣统二年八月，连州因官府钉门牌事未能晓谕民众，致使民众误认官府欲抽人头税，加之绅民互仇，从而激起民变，连州知州谈国政请兵剿灭，左绍佐开始并不赞成："现谈牧票请大兵，究竟此等百姓乌可尽杀，亦是城绅之意耳。"（宣统二年九月二十三日）后来事态扩大，左绍佐虽督兵进剿,但仍不愿牵连太广,以"解散胁从是第一入手之法"(宣统二年十月二十三日)最后民变平息,谈国政交部议处,一批劣绅也被斥革,左绍佐因此被劣绅仇恨:"连州来信,诸劣绅畏罪,组织控省控京……此等劣绅,以干没为生活,一旦夺其所欲,其谣诼本在人意中,惟此次吴守急电求剿,实与诸劣绅猫鼠同窠,自余到后不得施其技,其怨毒亦深……诸劣绅所控,以余纵匪殃民为词……而余连州一行,真是救民水火矣。于此又差足自慰也。既已救出,而余一人之毁誉得失又何足言乎。"(宣统三年二月十六日)另外,广东辛亥革命,左绍佐在自己日记里也有很多记载。这些史料,卞孝萱先生曾予摘录发表①,受到史学界的重视,由此亦可见出左氏日记价值之一斑。

进入民国后,左绍佐先居上海,后居北京,其日记对时政的关注大为减少,更多表现的是赋闲生活,国史馆工作似仅为挂名食俸,日记中几乎不见记录。但是,这部分日记仍有一定价值。比如左绍佐不仅参加了上海的超社,还参加了由陈衍组织的北京的春社,他颇喜欢记载各人的住址和境况,有助于研究民初文人结社唱和和文人心态。即使是一些日常琐细也未便忽视,如民国五年二月二十六日:"牛街回人吴姓所住在街南口,在喜雀胡同摊子卖熟牛肉,余就买牛筋,每斤二十枚铜元,准十六两,称其价,无甚出入。"民国十五年十一月七日记:"每日食油条二枚,每枚铜子二元,须米市胡同北头一家,系香油,但宜早买,稍迟则已收矣。"对研究民国时期京沪两地的社会生活就不无意义。

左绍佐日记内容非常广泛,时政之外,他经常抄录与经学、佛学、书法、医学、文学相关的文字并发表评论。他坚信"五经乃圣人传心之大法,宜日有所讲肄,以为开益性慧之用"(光绪三十四年三月九

---

① 参见卞孝萱《连州事件日记摘录》,《近代史资料》1955 年第 4 期;卞孝萱《左绍佐日记摘录》,《近代史资料》1961 年第 4 期。

日）。他对佛学和书法的爱好亦很执着，特别是移寓京城后的五十二册日记，大半篇幅皆为抄录佛经或临摹王羲之、褚遂良、赵孟頫的书法，特别是《法华经》、王羲之《乐毅论》、赵孟頫《卫淑媛墓志》、《抚州永安禅院僧堂记》《太平兴国禅寺碑》，皆连篇累牍，反复抄录或临写。左绍佐医术高超，经常被人请去诊病，日记中关于疾病治疗、保健养生和医书摘评比比皆是，是研究晚清医患史的重要资料，他经常比较中西医的不同，对于西医并不一概否定，而是认为："近来西医攻中医之说亦有可观者，如本草入某经某色某时令之说多不根，藏府斤两长短不能一定，殊有至理，其不信六气十二经络，其说甚辨，然依此说，则仲景《伤寒论》遂成废书，余殊不能谓然。仲景之说亦出于《内经》，其取效如桴鼓，迄今数千年矣。"（光绪二十九年十一月三日）自己和家人有病，也曾请西医来诊治，显示出较为开通的眼光。

左绍佐本身仍属于一位文人，喜欢和友人诗词唱和，收藏书籍也以集部为主，尽管他一再说诗词乃无用无益之学，但对文学仍不可抑止地喜爱，光绪三十一年十一月初三日记："从此摆落俗尘，一心一意，从文章上做工夫，计用功者五件，诗、词、古文、写字、看医书，此五件务须聚精会神。"宣统元年三月二十七日记："检书，作樟木书柜五十只，久未料理，今日始行排阁，余所买书究是辞章一类稍多，今随手收拾，有用者殊少，世变已至此，而守此破本子，殊亦可笑。"由于宦囊羞涩，他的作品没能刊刻问世，但日记中保留了他大量谈文论艺的内容，诗词文包括奏折的底稿也多录存其中，这对于研究左绍佐的文学创作及文学观无疑有着重要意义。

三

皮锡瑞日记，现存三十五册，时间起止为光绪十八年正月初一日至三十四年二月初四日。首册封面书签题："壬辰，皮锡瑞师伏堂日记，共卅五册。"显系后人所题。皮锡瑞日记实应有三十六册，因现存三十五册中间缺少光绪三十年四月十六日至光绪三十年八月十七日一册，据时间推算，当为第二十九册。今按时间起止顺序分三十六册叙之。第一册为光绪十八年正月初一日至光绪十八年闰六月二十一日，首页首行题"壬辰笔记"，末后一页附皮氏生活收支帐。第二册为光绪十八年闰六月二十二日至光绪十九年四月二十日；第三册为光绪十九年四月二十一日至光绪十九年十一月三十日；第四册为光绪十九年十二月初一日至光绪二十年六月二十九日；第五册为光绪二十年七月初一日至光绪二十年十二月三十日；第六册为光绪二十一年正月初一日至光绪二十一年六月二十九日；第七册为光绪二十一年七月初一日至光绪二十二年二月三十日；第八册为光绪二十二年三月初一日至光绪二十二年八月三十日；第九册为光绪二十二年九月初一日至光绪二十三年三月十二日；第十册为光绪二十三年三月十一日至光绪二十三年八月初七日；第十一册为光绪二十三年八月初八日至光绪二十四年三月初二日；第十二册为光绪二十四年三月初三日至光绪二十四年四月初二日；第十三册为光绪二十四年四月初三日为光绪二十四年六月二十一日；第十四册为光绪二十四年六月二十二日至光绪二十四年八月二十九日；第十五册为光绪二十四年九月初一日至光绪二十五年二月初六日；第十六册为光绪二十五年二月初七日至光绪二十五年五月二十日；第十七册为光绪二十五年五月二十一日至光绪二十五年十月三十日；第十八册为光绪二十五年十一月初一日至光绪二十六年三月二十九日；第十九册为光绪二十六年四月初一日至光绪二十六年八月初八日；第廿册为光绪二十六年八月初九日至光绪二十七年正月十六日；第廿一册为光绪二十七年正月十七日至光绪二十七年六月初十日；第廿二册为光绪二十七年六月十一日至光绪二十七年十月三十日；第廿三册为光绪二十七年十一月初一日至光绪二十八年四月十七日；第廿四册为光绪二十八年四月十八日至光绪二十八日年九月二十四日；第廿五册为光绪二十八年九月二十五日至光绪二十九年二月三十日；第廿六册为光绪二十九年三月初二日至光绪二十九年闰五月二十九日；第廿

七册为光绪二十九年六月初一日至光绪二十九年十月二十六日;第
廿八册为光绪二十九年十月二十七日至光绪三十年四月十五日;第
廿九册为光绪三十年四月十六日至光绪三十年八月十七日(今佚);
第卅册为光绪三十年八月十八日至光绪三十年十二月二十九日;第
卅一册为光绪三十一年正月初一日至光绪三十一年五月初十日;第
卅二册为光绪三十一年五月十一日至光绪三十二年三月三十日,末
两页附《四月八日梦中作》《题珠泉草庐》等十首诗草稿;第卅三册为
光绪三十二年四月初一日至光绪三十二年七月二十九日;第卅四册
为光绪三十二年八月初一日至光绪三十二年十二月三十日;第卅五
册为光绪三十三年正月初一日至光绪三十三年七月三十日;第卅六
册为光绪三十三年八月初一日至光绪三十四年二月初四日。

　　现存三十五册中夹有若干条后人校勘浮签,有的正确可从,如校
光绪十八年二月二十三日"紫竹枝"的"枝"当作"林",光绪十九年五
月廿八"湖南通表"之"表"当作"志",同年六月初九"湖北同年汪翼云
之年丈"当作"湖北同年汪翼云之父水如年丈",均能改正稿本误记;
但有些校勘不确,读者须细察,如校"光绪十八年二月一日"福余荐廉
访裕"、二月二日"裕廉访"两处"裕"当作"福",即是原稿不误而误校
之例。该稿本日记,湖南省社会科学院曾保存部分抄件,并摘刊有关
维新变法的内容发表于《湖南历史资料》1958 年第 4 期、1959 年第 1
期、第 2 期和 1981 年第 2 期,但讹误较多;国家图书馆出版社 2009
年据缩微胶卷对稿本予以影印,仍显模糊;今人吴仰湘有点校本
《皮锡瑞日记》(中华书局 2020 年版),非常精审。此次据稿本原件
影印,自有独特之价值,一是可赏皮氏书法之美,二是点校本据缩
微胶卷整理,有些被拍成黑影误辨或无法辨认之处,据稿本可得补
正,如点校本光绪二十年四月初一"长生术"据稿本似可改为"长生
诀",光绪二十年七月十四日"饮定"据稿本似可改为"力定",光绪
二十一年七月十五日"壹等膏、奖□金"据稿本可改为"壹等膏、奖
皆无"等。

皮锡瑞,字鹿门,又字麓云,长沙府善化县(今属长沙市)人,因景仰西汉《尚书》大师伏生,名所居为"师伏堂",后人尊其为"师伏先生"。皮锡瑞之孙皮名振撰有《皮鹿门年谱》(商务印书馆 1939 年版),述其一生,彰其学术,弥足珍贵;吴仰湘《通经致用一代师:皮锡瑞生平和思想研究》(岳麓书社 2002 年版)所附《皮锡瑞生平大事年表》更为简明准确。今据以上两种著述及皮氏日记,对其生平略作撮述。

皮锡瑞,生于道光三十年十一月十四日,卒于光绪三十四年二月初四日,享年五十九岁。其同治二年考取秀才,十二年考取拔贡。光绪八年赴顺天乡试,中式举人;十六年主讲桂阳州龙潭书院;十八年正月赴南昌主讲经训书院,九月返湘(本年至光绪二十三年均春往秋归);二十年第四次应礼部试不第,绝意科举,从事讲学与著述;二十二年倡言变法,力赞湖南巡抚陈宝箴推行新政;二十四年二月在湘赞襄新政,聘南学会学长,四月返赣,续主经训书院讲席,推动维新,变法失败后曾作诗讽刺慈禧专权;二十五年,遭诬险被革除举人功名(《年谱》《年表》均误作举人功名被革除,吴仰湘《皮锡瑞日记》点校本前言中已作纠正),被交湖南地方官严加管束,愈加专意著述;二十八年四月,受聘创办湖南善化小学堂;二十九年,任善化小学堂监督及湖南高等学堂、湖南师范馆讲席,其间曾受聘修《长芦盐法志》;三十年,任善化小学堂、湖南高等学堂两校监督,兼湖南高等学堂、湖南师范馆讲席;三十一年兼聘湖南省图书馆纂修;三十二年任湖南高等学堂、湖南中路师范学堂、长沙府中学堂讲席,兼省图书馆纂修;三十三年,兼聘省学务公所图书课长;三十四年任湖南高等学堂、湖南中路师范学堂讲席,兼省图书馆纂修、省学务公所图书课长,卒于任。皮氏一生著述丰富,吴仰湘《皮锡瑞全集》(中华书局 2015 年版)收皮氏各种著作三十余种,其中《经学历史》、《五经通论》(即《经学通论》)、《今文尚书考证》、《尚书大传疏证》等都影响颇著。

皮锡瑞是近代经学大家和著名教育家,又积极鼓吹新政,投身湘赣两地维新事业,故其日记内容丰富,价值极高。如他日记中大量记录自己的著述信息、读书心得,不仅可以给其作品准确编年,亦能从中看出其学术思想的渊源与变化。如皮锡瑞撰写、刊刻《孝经郑注疏》《尚书大传疏证》《郑志疏证》的经过,在其光绪二十一年到二十二年的日记中即有详载。而皮锡瑞对古文经学家和今文经学家的态度,从日记中可以看出其并无偏好,并非如章太炎所言先治古文经学,后看到"非言今文则谋生将绌,故以此投时好"(支伟成《清代朴学大师列传》),他对古、今文经学名家的得失,皆能实事求是地指出:

> 予始见默深先生《书古微》颇多武断,将《召诰》《洛诰》篇文任意颠倒,蹈宋人改经陋习,又引《书序》力辨周公无称王事,皆宋人唾余,予意甚不然之。今见刘礼部《尚书今古文集解》《书序述闻》,乃知其说皆出阳湖庄氏。庄氏经学大师,不期谬妄至此。(光绪十八年六月二日)
>
> 览阎百诗《尚书古文疏证》,精者极精,谬者极谬。盖百诗生于国初,汉学初兴,宋学犹盛,狃于先入之说,每以宋儒之说驳斥孔《传》,而并驳两汉古义,不特无以服伪孔之心,且恐袒伪孔者得以借口。西河作《冤词》,未必不因此也。予谓先生能知孔《传》之伪,不能信今文之真,故于《尚书》一经犹未得其要领。其论《诗》主王鲁斋说,尤谬。乃条辨其失,拟作《古文尚书疏证辨误》一书。(光绪十八年六月十七日)

这和皮氏的学术思想一向兼取诸家,不分门户,期于通经致用有关:

> 夫学惟其是而已,圣人设教,判为四科,未尝强人出于一辙。后儒妄分门户,出奴入主,始有汉学、宋学之分,而宋、明理学又

分朱学、王学。今日王学、汉学必不可行，然则可行者朱学而
已。不知王学之名起于前明，汉学之名起于本朝，皆未尝行
之，何以知其必不可行？若徒以可行为是，则黄老道家，异于
圣学，而西汉行之，成文景之治；徒以不可行者为非，则《官礼》
一书，云出周公，而新莽、王安石行之，为苍生之害。然则可
行、不可行，亦甚难言，安见朱学可行，王学、汉学不可行哉！
凡学当求心得，古人之自成一家者，其学皆有所长，非可轻诋。
学者各以所近者学之而已，若暧暧姝姝，守一先生之言，如建
鼓以求亡子之为，而历诋先儒之不合，此鄙人所不敢也。（光
绪十八年正月廿四日）

　　不过正由于他主张经世致用，故立身和讲学仍选择今文经学，皮
氏也被视为今文经学大家，这些在其日记中都能寻觅出明显的轨迹。
可以说，皮氏日记不仅为了解其生平、思想与学术提供了系统详备的
数据，而且对中国经学史的研究颇有帮助。

　　另外，皮锡瑞日记对于研究晚清史尤其是湘赣两省政治、经济、
文化、教育以及社会风俗的变迁也具有重要意义。如皮锡瑞主讲南
昌经训书院七年，其日记可为研究晚清书院史及南昌地方教育史提
供珍贵材料。皮氏日记详细记载了湖南改求实、岳麓、城南等书院为
湖南高等学堂、湖南师范馆、湖南中路师范学堂的过程，对研究晚清
湖南教育史亦具重要价值。皮氏有关光绪二十二年至二十六年参与
新政的记录，涉及晚清政治、经济、军事、外交、文化诸方面，从中可以
看出戊戌变法失败、湖南新政受挫、民众心态与时局变化，历来受研
究维新变法的学者重视。这些，吴仰湘《皮锡瑞日记》点校本前言中
已有概括，兹不赘述。

　　最后需要指出的是，皮锡瑞虽然积极推广维新运动，但直至临
终，他的思想和行为并没有超出中体西用这一大的范围，他晚年兴办
新学的同时亦不废旧学，并坚定认为：

　　法可变，道不可变。此一定之理。中国之法多沿宋、明之旧，富强之效不及汉、唐，国初亭林、船山诸公已明言之。海外交通，世变益甚，西人致富强之术，皆前古所未有，自应兼取其长。而拘执成法者，必以为不可变；矫其说者，又不知当变法不当变道，乃谓古帝王圣贤无一是处，欲举君臣、父子之伦而变之。不知外国亦非无父子、君臣，若无人伦，何以立国？（光绪三十年三月廿一日）

其实早在光绪二十三年十月，他就做过一梦：

　　梦与人谈西法，谓泰西诸事尽善，惟无三纲；伊教同于佛法平等，故不知有君臣父子、尊卑上下之义；近闻能读中国书，将来或亦觉悟，能改从周、孔之教乎？此平日常言者，梦中犹记不误。（十月廿七日）

由此可见皮锡瑞保全国粹的痴心和苦心。他对中华民族前进方向的探索，集合了那个新旧融合的时代诸多中国精英知识人的身影，因而他的日记，更具有生命史和心态史的意味。

四

　　陈曾寿日记，存于湖北省图书馆的共有二十五册，时间跨度从宣统元年八月初三日至民国三十六年二月初十日，长达近四十年，但中间多有缺佚，原藏标目微有错乱，今据时间先后重新分册。第一册封面题"苍虬阁日记"，时间起止为宣统元年八月初三日至十月二十日、宣统二年正月初一至九月十六日、宣统三年正月初一至二月十三日；第二册封面题"苍虬阁日记"，时间起止为民国元年八月十一日至民国二年七月十三日；第三册封面题"苍虬秘记"，时间起止为民国十一年九月十七日至十一月廿八日、民国十一年十二月十五日至除夕；第

四册封面题"苍虬日记",时间起止为民国十二年正月初一日至五月
三十日,此册多收陈氏诗文底稿;第五册封面缺,时间起止为民国十
三年三月十二日至十一月十三日;第六册封面无字,时间起止为民国
二十年正月初一日至二月十九日,此册后半部分为陈曾寿婿周君适
所记,时间起止为民国二十年十二月二十五日至民国二十一年二月
十六日;第七册封面题"苍虬日记",时间起止为民国二十一年三月初
九日至八月初四日;第八册封面题"苍虬阁日记",时间起止为民国二
十一年八月初五日至十一月二十四日;第九册封面题"苍虬杂录",时
间起止为民国二十一年十一月廿五日至十二月初一日,此册多录陈
氏诗词底稿;第十册封面题"苍虬日记",时间起止为民国二十一年十
二月初二日至民国二十二年三月二十三日;第十一册封面缺,时间起
止为民国二十二年三月二十三日至闰五月十八日;第十二册封面题
"猛醒盦日记",时间起止为民国二十二年闰五月二十日至十月初二
日;第十三册封面题"苍虬文稿",下有钢笔细书"日记"二字,时间起
止为民国二十二年十月初三日至民国二十三年二月十二日;第十四
册封面残,仅有"最"字完整,时间起止为民国二十三年二月十三日至
九月初九日;第十五册封面题"苍虬日记,甲戌秋九月起",时间起止
为民国二十三年九月初十日至民国二十四年四月二十二日;第十六
册封面无字,时间起止为民国二十五年正月初一日至六月二十五日;
第十七册封面题"苍虬阁诗",下有钢笔细书"日记"二字,时间起止为
民国二十五年六月二十六日至民国二十五年十一月初一日;第十八
册封面题"芳香无闲之室日记",时间起止为民国二十五年十一月初
一日至民国二十六年六月初九日;第十九册封面无字,时间起止为民
国二十六日六月十一日至十一月二十四日;第廿册封面题"苍虬阁日
记,丁丑十二月",时间起止为民国二十六年十一月二十九日至十二
月三十日;第廿一册封面无字,时间起止为民国二十七年正月初一日
至闰七月初九日;第廿二册封面题"苍虬日记,戊寅闰七月",时间起
止为民国二十七年闰七月初十日至民国二十八年二月初七日;第廿

三册封面无字,时间起止为民国二十八年二月初八日至十一月十三日;第廿四册封面无字,时间起止为民国三十四年十一月十八日至民国三十五年六月初七日;第廿五册封面题"苍虬日记,丙戌五月八日起",时间起止为民国三十五年(五)[六]月初八日至民国三十六年二月初十日。

造成日记时间不连贯的原因,有的是因日记亡佚,如第二册止于民国二年七月十三日,第三册起首便是民国十一年九月十七日,跳脱十年之久,其间当有日记亡佚;有的则因陈曾寿自己未记,如第一册包括宣统元年八月初三日至十月二十日、宣统二年正月初一至九月十六日、宣统三年正月初一至二月十三日,中间所缺日期自是陈氏本人未作记录。

陈曾寿生于光绪四年戊寅八月十一日,卒于民国三十八年闰七月初九日。其字仁先,号耐寂、复志、焦庵,因家藏元代吴镇所画《苍虬图》,因以名阁,自号苍虬,湖北蕲水(今浠水)下巴河镇人。曾祖陈沆嘉庆二十四年高中状元,祖廷经道光二十四年进士,父恩浦以国学生入赀为中书科中书,母周保珊为漕运总督周恒祺之女。陈曾寿光绪二十三年拔贡于朝,被湖广总督张之洞招揽入幕;二十八年中举,二十九年成进士,授刑部主事;次年应经济特科试,入二等;后调学部,累迁员外郎、郎中;宣统三年升都察院广东道监察御史。入民国后不仕,奉母卜居杭州南湖,靠出售前人及自己字画为生。一九一七年张勋复辟,曾寿积极参与,授学部右侍郎,事败旋归。溥仪迁出紫禁城逃往天津后,设立"清室驻天津办事处",任曾寿为顾问(未到任)。民国十九年,赴天津任婉容的教师。民国二十一年溥仪在长春成立"满洲国",曾寿不愿任职傀儡政府,仅担任过溥仪私人所设之内廷局局长、近侍处处长、陵庙事务总裁,并教授婉容和其他近支宗室子弟文学。民国三十一年辞职移居北京,民国三十六年返上海,两年后辞世。著有《苍虬阁诗》十卷、《续集》二卷、《旧月簃词》一卷。陈曾寿生平略述如上,其详细事迹及文学创作,可参其弟陈曾则《苍虬兄家传》、其侄陈邦炎《陈曾寿年谱简编》（以上两种均附入张寅彭、王培军校点整理之《苍虬阁诗集》，上海古籍出版社 2009 年版）及今人谢永芳《陈曾寿年谱》（《词学》第三十五辑）。

　　陈曾寿出身名门，又是著名诗人，与当时朝野名流来往频繁；他以遗老自居，积极推动复辟活动，虽然他反对日本对伪满洲国的控制，但由于君臣大义，他仍然至长春陪伴溥仪。因此其日记在以下三个方面皆具独特价值。

　　一是从中可以知悉诸多名人信息及性情特点，对于研究晚清民国人物具有较大价值。比如作为张之洞的亲信，陈曾寿日记中留下了宣统元年八月张之洞临终前的若干细节：

　　　　八月初十：到署，冰相电召，议《国民必读》事。

　　　　十四日：冰相召，命拟遗折，病并未加重，英日医士诊过，均云无妨，特以久病焦急耳。与治芗拟稿，至夜深始成，归寓已将曙矣。

　　　　十九日：闻冰相病重，遂往视疾，询悉服东医药以致呕泻交作，元气亏耗，甚觉危险；晚至正阳侍家大人饮，夜归，后冰相电，属拟请因病开缺折子，治芗适在寓，乃商同拟一稿。

　　　　二十一日：午后偕治芗、子安视冰相疾，已至大渐，而神明不衰，遗嘱甚详，并催办遗折，遂同治芗、子安赶办遗折，折成后听诵折中紧要数语而逝。

　　由此知张之洞（冰相）临终前尚挂怀编纂《国民必读课本》，其病误于日①医，病危时神智不乱，遗折由陈曾寿、傅岳棻（治芗）、杨熊祥（子安）等人代拟诸事。

　　再看民国二年元月十八日陈曾寿的记载：

---

　　① 日：《湖北省图书馆藏稿本日记四种·前言》误作"中"，今改正。

　　同道人访王壬秋先生，貌甚清癯，白髯甚矣，谓"沈子培太荒唐，他也配送我盘川，他今年恐难过去，甚无钱也"。又同道人过培老处，评予诗云："韩之骨柳之神，与山谷同源，同中有异者存焉，异中又有同者存焉。"苏庵约饮小有天，有恪士、（力）[李]八可、朱古微、道人、散原。

　　这一天他先是同李瑞清（道人）拜访王闿运（壬秋），又访沈曾植（培老），又赴郑孝胥（苏庵）之饭局，座中有俞明震（恪士）、李宣龚（八可）、朱祖谋（古微）、李瑞清、陈衍（散原）。其中还描写了王闿运的相貌及王对沈曾植（子培）的评价，认为沈自身不富裕，还要强送王盘缠，是荒唐之举（据左绍佐民国二年元旦日记，樊增祥和沈曾植各送王百元），其实也透露出遗民们尚未找到谋生之路时的窘况。也写到沈曾植对陈曾仁诗歌"韩之骨柳之神"的高度评价，内容十分丰富。

　　二是从中可了解陈曾寿的文学观点及文学创作情况。陈曾寿诗才为世公认，他亦以此自负，日记中谈文论艺之处甚夥，也多精辟之见。如民国二十一年九月十七日记："观王壬秋集……故是一作手。越缦经学小学均远过湘绮，词章仍不及也。诗少真气真性情，登泰山五古一首却具大手笔。"王氏亦为诗坛名家，但能入陈曾寿法眼者唯"登泰山五古一首"（即《泰山诗孟冬朔日登山作》），那么词章不及王氏的李慈铭（越缦）就更不在话下了，陈曾寿评诗眼光之高由此可见。陈曾寿自己的诗歌虽曾付梓问世，但系选刻，日记还保存有部分未刊诗歌，另外更保存了不少重要文章，如《琴园记》《纪恩室诗序》等，这些堪为补佚和研究之用。

　　三是从中可挖掘研究溥仪、婉容和伪满洲国的有用信息。陈曾寿之弟陈曾矩曾将兄弟二人民国二十年八月初九至民国二十六年十一月十八日的日记、函札、诗文摘录为《局外局中人记》，但遗漏仍多，据陈曾寿日记可得有效补充，聊举康德元年（伪满洲国年号，即民国二十三年）数例：

二月十三日：后赏自制腌白菜数十颗，味极鲜而脆。

三月初七日：到局，奉天故宫自改为博物馆后，列祖列宗圣容任人参观，至为不敬。近上谕臧省长士毅敬谨请至新京，今日迎奉于勤民楼上。自太祖至德宗各一轴，惟圣祖二轴，孝康后、孝庄后、孝钦后各一轴，又油画圣祖圣容、世宗着古代西服尊容、惇嫔尊容、香妃戎装像。

五月初二：到局，后召入讲书，有日本军部人责予随侍上侧，领扣未扣，有失恭敬之礼，其言甚正，作诗以自嘲。治芗来夜谈。"慵疏野服习安便，清客纠绳语漫传。论道正襟非敢拟，趋风短后合居先。髯苏自分欲生廛，醉李从讥不上船。但使明时清乱饮，遂初投散亦欣然。"

皇后婉容自腌白菜，前此似未见记载；而从沈阳迎清朝历代帝王像至长春的记载也很宝贵；对并不在伪满洲国政府任职的陈曾寿，日本军人却连他的着装都要发表意见，则后来日本对伪满洲国愈来愈严的控制也就由此可窥得一二分消息了。

本次由国家图书馆出版社据湖北省图书馆所藏四种稿本日记原貌影印，基本遵循以下两原则：第一，四种日记据撰者生年先后排序；第二，考虑到方便读者查阅，总目录和各册书名页标注有该册日记的起止时间段，部分册日记起止时间不连贯，如总第二十三册、第二十四册、第二十七册、第四十二册、第四十四册和第四十八册，读者可参阅分册目录了解其具体起止时间。

希望这次影印出版，对日记的整理与研究，以及对中国近现代文史的研究都有积极推动作用！

（原载《湖北省图书馆藏稿本日记四种·前言》，国家图书馆出版社 2021 年版）

附录

道咸两朝思痛录

——读《翁心存日记》

王宏林

　　清代日记的史料价值早已得到史学界的公认,已经整理出版的翁同龢、李慈铭、王闿运、叶昌炽等人的日记都是被研究者经常利用的重要史料。最近,中华书局又推出了由张剑整理的《翁心存日记》(2011 年 6 月出版),日记主人翁心存系翁同龢之父,道光二年(1822)进士,曾典试福建、四川、浙江、顺天,又曾担任广东、江西、奉天学政及户部、工部、刑部、兵部和吏部等部尚书,兼实录馆、国史馆、武英殿总裁、体仁阁大学士及上书房总师傅,堪称道光、咸丰时期的重要政治人物,也是诸多重大历史事件的当事人。日记记事始于道光五年五月十六日翁氏出任福建乡试主考官时;止于同治元年(1862)十一月一日,为翁氏辞世前 7 天,时间跨度 37 年,道光、咸丰两朝的重要事件,如鸦片战争、太平天国起义、英法联军入侵、捻军起义等,在日记中均有记载。更为重要的是,翁心存颇具史才,日记于气候冷暖、家庭琐屑、吏治民情、礼仪制度、燕会过从记载颇详,能够弥补众多史料所不足。史学界常把鸦片战争视为中国由传统封建社会向近代社会转变的标志,而《翁心存日记》堪称一幅难得的从个人视角展示这场变动的鲜活画卷。由于翁心存始终处于变动的中心,这部日记有助于我们直观地感受这种剧烈变动的发生背景和历史进程,清王朝如何与世界发展潮流渐行渐远,以及当事人面临巨变时的复杂心

态。因此,就真实性、广阔性、深刻性而言,《翁心存日记》的历史文化
价值应该引起学界的充分重视。

一 第一次鸦片战争期间江浙地区之境况

《翁心存日记》中,最有历史价值部分首推道光二十年至道光二
十二年这三年。此期翁心存因母亲年迈而告归乡里,所居苏州府常
熟县毗邻上海、南京、杭州,正是第一次鸦片战争第三阶段的主要作
战地区。作为返乡士绅,翁氏虽然没有直接参与地方政务,但与地方
官府和朝廷官员仍然联系密切,从而能够了解到战争进程及政府的
一些军事措施。同时,翁氏身居乡间,对普通民众的战争体会感同身
受。因此,日记相对全面而直观地记载了战争期间各个阶层的不同
心态,对全面研究鸦片战争提供了一个可贵的视角。

从日记来看,第一次鸦片战争时期,清政府正面临着巨大的内部
政治危机,普通民众的生活缺乏保障,稍遇天灾即陷入困境,这是无
法抗衡外敌入侵的重要原因。此时虽然距离康乾盛世并不遥远,但
整个国家已经缺少活力,即使是翁心存的家乡江浙这些传统的富庶
之区,普通民众的生活仍与其他地方一样困苦。道光二十年六月十
一日日记曰:"夜,复雨。时白茆塘口闸板虽开,而海水亦高,水不得
泄,故涨退甚迟。村民入县报灾者络绎不绝,若再遇淫霖,恐成大歉
矣,奈何。奈何。时乡民已屡有抢夺大户及舟行船板者,可虑也。"七天之
后,灾情继续扩大,六月十八日日记说:"闻常镇出蛟,淹没田庐无算。
江北亦大水,徐州风灾,庐舍多被损,江左遍地成灾,如何,如何。"一
次普通的水灾,短短几日社会秩序即面临失控局面,怎不令人感慨?
更令人痛心的是,面对灾情,政府却不能采取有效的抗灾手段,无行
之徒又趁火打劫,致使天灾之后人祸踵至。日记云:

> 昨研培乔梓偕钱葭村、梅庵、赵玉汝往廿图查户口,该图官
> 发抚恤时本二百余口,为经造、地保所侵吞,实发票仅十六张耳。

今又开造大小饥口七百余，其中诡户、重户甚多，而实在饥民则
转有遗漏者，甚为可恨。（道光二十年十一月廿二日）

有地保持票四十余张来领赈者，显系包揽侵吞，县已拘讯
矣。而总书陈大章求樵云为缓颊，乃仅将票扣住而释其人，可慨
也。（道光二十年十二月十日）

这就是鸦片战争期间长江流域的社会现实，也是全国的一个缩影：吏
治腐败，贪弊成风。官府不但赈灾乏力，而且对侵吞之徒包庇纵容，
致使百姓生活雪上加霜，身为官员的翁心存也不禁"可恨""可慨"。
《孟子》曰："君之视臣如土芥，则臣视君如寇雠。"国家与民众的关系
也是如此，当老百姓无法维持生计时，民变不可避免地发生了。日
记云：

闻靖江水灾甚重，饥民哄堂。又闻署江阴令陈登之司马以
拿雅片被拥入水，未知确否，民气不靖，可虑也。（道光二十年六
月二十日）

丹阳因兵差科派，有土棍抗令，官下之狱，乡民遂劫狱殴官，
酿成巨案，可为寒心。（道光二十年七月十九日）

上海令曾君募闽广乌船载兵出洋，水手不愿，强之往，遂与
乡械斗，伤数十人，居民罢市，几至激变，劝谕久之，乃定，可虑
也。（道光二十年七月廿七日）

与吏治之败坏密切相关，军队也不可能成为净土。日记多次提
到在战争紧要关头，士兵不服从调遣，甚至胁迫上级之事：

申刻署福山营游击叶君遣千总钱某来告李侯，云本营兵以
六、七两月兵米尚未放，又因借口粮银四百两于县未发，本日委
员清君暨刘侯到福山验军装，营兵拦舆哗诉，群殴民壮，遂一哄

而散,须亟发银米抚慰之,西坪遂匆匆去。噫,两县固办理不善,而兵骄将玩,纪律何存,深可虑也。(道光二十年七月十九日)

新常令范侯往福山阅海口,且因本营兵索饷而哗,刃伤把总故也。兵力已单,又无纪律,可忧甚矣。(道光二十年八月二十日)

军事之废弛令人触目惊心,以这样的军队对抗外敌,结果不难预测。由于士绅的身份,翁心存多指责民众与政府离心离德,为"民气不靖""兵骄将玩",军纪涣散而痛心疾首。但是,当政府不能按时发放军人粮饷、不能保证百姓基本生计时,又怎能要求军队、百姓在国家危难时挺身而出、勇赴国难呢? 由此我们不难理解清政府鸦片战争失败的根本原因在于内政不修,故外侮难御。

日记对战争进程多有详细记载,由于当时通讯手段落后、政府有意封锁消息等原因,这些记载明显滞后,如道光二十二年六月廿一日日记云:"知镇江已于十四日午刻失守,副都统海龄被害,满营格斗死者不少。"尽管如此,日记仍然清晰记录了整个战争的进程,可与后代史著互相参看。值得注意的是翁心存对战争期间一些传闻的记录:

闻七月十七日福建水师提督窦振彪从外洋巡哨回,击英夷,烧其船廿余只,金门镇总兵从内洋夹击,擒七船,遂复厦门。(道光二十一年八月十日)

又闻越南、中山、日本各国以舟师助顺,已泊定、镇之间,逆夷颇惧,纷纷登舟退出,皆传闻之说,未知确否也。(道光二十一年九月二十日)

闻上年腊月十七日乍浦外洋有夷船游奕,旋即退去,近闻四明汉奸与夷人互相劫夺,其势已离,夷船已退出镇海,此信不知确否。(道光二十二年正月十五日)

闻二月三十日武弁叶某与镇海附生某设计焚毁夷人小杉板

三十余只,三桅船一只,夷船炮火延烧,击毙夷人无数,若此信果真,差强人意耳。(道光二十二年三月九日)

闻潮郡来信,云有墨墨哈哒国因红毛独得中华银数百万,不肯分给,怒而兴兵袭之,杀其王,夺其故,故夷船皆纷纷退回等语,不知确否,如果如此,真四海苍生之福也。(道光二十二四月廿七日)

这些传闻都是子虚乌有之事,翁心存却郑重地记录下来,充分说明了他内心的焦灼与渴望。透过这种心态,我们不难理解整个鸦片战争期间朝廷中枢作战方针为何摇摆不定。众所周知,鸦片战争始于道光十九年林则徐广东禁烟,次年清廷即罢黜林则徐而起用主和的琦善,之后又任命奕山、奕经分别到广东、浙江主持战事,最后又任命耆英、伊里布主持和谈。主和还是主战,朝廷迄无定论,后代治史者多认为这是朝廷两大派系之争,并引王鼎尸谏之事作为佐证。从翁心存日记来看,面对外敌入侵时,派系斗争并不明显,和战方略的不同取决于取决于战场的态势,那些主战的将领一旦面对船坚炮利的全新对手时,就迅速转变立场,力主和抚,进而影响到中枢的决策。而朝廷大员对敌情过于隔膜,各种传闻尘嚣甚上,措施失当也就在所难免。

二　科举、交游、朝仪及公务:清代官员活动之实录

《翁心存日记》的另一重要历史价值是翔实记录了作者本人每天所参与的一些重要活动,有助于我们了解清代社会风俗习尚、礼仪制度及官员日常生活等。

从日记来看,科举一直是清代官员最为关注的事务。作为入仕的主要途径,科举成功与否直接决定了个人乃至整个家族的政治生命。《翁心存日记》于科举诸项事务记载颇详,具体表现为两个方面:一是详细记载了典试福建、浙江时的日程,如道光五年八月一日日

记:"将军、副都统、抚军、两司、两道、候补道、首府、闽县俱亲来拜,以关防,概辞不见。"八月八日日记:"清晨写题,午初传匠入,封门。刻题匠拙甚,昨发之添注涂改式尚未刻毕也。坐堂皇严督,申正刻完排版。酉初,传刷字匠入刷题,板凡三副,题纸须刷八千四百纸,入场者凡八千三百有奇。日不暇给。余恐题目透漏,自午后危坐门内,竟日达旦,惟略进茶点,不遑饭也,亦惫极矣。"从这些严守各项章程的记载来看,虽然隐隐有自我标榜之意,但从中不难体会清代科举对主试官的要求。二是日记对道光十七年后顺天乡试和朝廷会试的记录颇为详切,包括各场试题,主、副考官姓名。此期翁心存在京为官,留意于此乃是由于其子同书、同龢在京应试。之后其子翁同龢、其孙翁曾源高中状元,留下一门两状元之美谈,与翁心存始终关注科举事务密切相关。

在京官员的私人交往也是日常生活的重要方面,从日记所载来看,师生、同门与同乡乃是最密切的私交对象,节日、婚、丧、寿、诞等重要活动均要出席。道光十五年正月初一日记曰:"出东华门顺道拜年,至敦甫师、定九师、曹太傅、潘相国鹤舫师、石樵师、鹿苹年伯各处,午正回寓小憩,复至煦斋师处,凡经过之处俱沿途投帖。"所拜会的主要对象是座师。正月初三曰:"赵君湖、赵生树人、张生友筠、谢生廷荣、朱生栻、胡生仁颐来。"来访之客多是门生。由于师门关系是最可靠的政治资源,所以日记对历年中式的门生记载颇详,道光十五年四月十二日日记曰:"是日发榜,福建乙酉门生中者三人:刘生建庚、建韶,黄生宗汉。辛卯分校顺天门生中者一人:丁生宗纶。粤东中者龙生元僖。四川壬辰竟无一获隽者,而吾邑亦复脱科,为之浩叹。"可见清代官员最重视同门、师生之谊。因此,在交往中,有时需要事先查看各种名录,以便对各种关系作出相应处理。《日记》曾记载了翁心存在典试福建的途中的一次误会:

署丞浦城县丞刘君诜旧名谦,乙丑庶常,散馆为瓯宁令,缘事降调,余辈曾查馆选录,因其改名,不知也,以愚弟帖往,渠颇愠,有微词,细询始知之,乃易侍生帖往,实则余等固不任咎耳。(道光五年七月廿七日)

刘诜曾入庶常馆,后被降调外任县丞,按常理应对主持乡试的京官翁心存相当尊重,但因其入翰林院的时间早在嘉庆十年乙丑,翁心存当称其为前辈,而一时失察,用了同辈的"愚弟帖",故其对翁颇为不满,而翁心存并不以为忤,反而易侍生帖往,可见官员对这种名份多么看重。在这种风气下,"馆选录"自然成为日常必备之物,清代官场私门之习气可见一斑。

翁心存长期在京任职,诸多重大朝廷典仪均厕身于中,日记于此有详细记载。道光十四年十二月十六日至道光十五年闰六月十二日,翁氏曾担任国子监祭酒,所参与的主要活动有:

> 是日太庙袷祭,应随班陪祀。丑正起,寅初三刻入右阙门,诣太庙恭俟。卯初驾至,礼成已天微曙矣。(道光十四年十二月廿九日)
>
> 丑正起,焚香礼天地祖先,望南遥叩慈亲。遂趋朝待漏,日出时皇上升殿,随班朝贺。国子监在东。(道光十五年正月初一)
>
> 孟春时享太庙,惠郡王承命恭代行礼。余丑正二刻起,入庙时交寅正,已将上祭矣,亟趋入随班陪祀。遂出城至斋宫门外恭候,辰正三刻驾到,站班,午初回。(道光十五年正月初十)
>
> 次辛,皇上祭祈谷坛,余应陪祀,子初即起,子正出城在帐房少俟,丑正三刻驾诣行礼,恪恭陪祀,六刻礼成。(道光十五年正月十一)
>
> 是日子初二刻起,子正出城,诣先农坛陪祀,寅正驾至上祭,礼成后在聚福殿传膳,卯刻上亲耕,御观耕台,仍入聚福殿更衣。上将骑幸南苑,诸臣皆侍班,各回城,余亦回寓。(道光十五年三

月十六日）

　　丑止起，趋诣太庙陪祀，寅正二刻上祭，天已黎明矣。卯初礼成，回寓小憩，即诣文庙，偕善溥泉行释菜礼，入署治事。（道光十五年四月一日）

　　子初二刻即起，出城诣天坛陪祀。寅初上至，行常雩礼，礼成已天明矣。是时大西风，坛上赞拜声，墙外不能辨，但遥望红灯升降，以意默会，起跪而已。（道光十五年四月十二日）

　　夏至，上行方泽大祀。子正即起，出安定门诣坛祗俟，浓云满天。寅初上至行礼，礼成已天明矣。上在斋宫膳毕回园，诸臣皆退。（道光十五年五月廿七日）

这些重要活动包括太庙祭祀、朝贺、祀祭天地等，均为朝廷定例。另外，咸丰五年（1855）七月九日康慈皇太后去世，咸丰七年四月二十日下葬，翁心存作为丧礼的恭理者，于丧仪前后事项记载颇详，也能够使我们直观了解清代皇室丧礼的整个过程。日记记载皇太后梓宫先停绮春园，十月廿五日移于慕陵隆恩殿，三年后下葬。前百日皇帝隔日亲祭，民人及京兵旗人一月后准嫁娶，等等。梓宫需漆饰 49 遍，陵墓工程浩大，所需工匠每日不等，少者"六百六十二名"（咸丰六年二月十九日日记），多者"一千一百九十名"（咸丰六年三月三日日记），主要工程包括地宫、正殿、东西配殿、围墙等，翁氏于入葬过程也记载颇详：

　　丑正三刻起，筠巢来，寅正二刻同上。予入殿恭视祭品陈设，出少坐，卯初复入行迁奠礼，恭邸承祭。三刻礼毕，回寓。午正偕上，未刻撤格扇，撤帷幔，八字墙一起连供桌等件卸大罩，敬视工部包裹。申初梓宫升小舆，恭奉自殿东，至候时芦殿安龙輴上，撤去包裹外罩，奠酒行礼，进汲桶，四围激水遍，乃退，申正二刻回。（咸丰七年四月十九日）

巳刻恭亲王恭捧吉土入金井,未初豫王、惇王恭奉册宝安于地官石几上。在东西南隅,其匙挂于箱上,袱内无包袱及箱也。另一匙箱藏钥,雅牌二,清册一,不入地官,记之。未正予等皆上,申初恭邸奠爵三,众随行礼,恭理王大臣载恒、裕诚、翁心存、麟魁、文彩同派出之惇郡王、贝勒载治、桂良恭奉龙輴车循隧道木轨行,安奉石床正中,敬视周视,撤榆本床、龙輴车,恭邸奠爵,石门永闭,大葬礼成。(咸丰七年四月二十日)

关于皇太后葬仪,清代例有定制,《钦定大清通礼》记载颇详,如葬仪最后两日,《通礼》曰:"先一日,奉移梓宫于宝城前苇殿,行迁奠礼,皇帝亲临视葬。届日,梓宫御龙輴,执事官恭奉循隧道木轨入元宫,永安于宝床,大葬礼成。"①翁心存亲历此事,日记所载虽与《通礼》大致相同,但更为细致直观,给人以身历其境之感。

翁心存先后在各部任职,均为重要职务,此时正逢多事之秋,按常理度之,公务应该十分繁忙,不过从日记来看,真正用于公务的时间并不太多。如道光十七年正月九日赴大理寺少卿,同时在上书房行走,授六皇子读书,直至道光十八闰四月十一日获准开缺,翁氏担任大理寺少卿职务近一年零四个月,但日记所载到署处理公务仅15次,分别是道光十七年一月廿九日、二月九日、五月十二日、五月三十日、七月六日、七月廿七日、中秋、十一月廿三日、十一月廿六日、十二月十三、道光十八年正月廿四日、正月廿五日、二月二日、二月十五日、闰四月九日,每月平均不到一次,甚或数月未曾理事。在处理政务时,整个过程也十分仓促,如道光十七年五月三十日日记曰:"午正退直。本寺书吏送题稿一百三十二件来画,内立决者十六件,九卿会议者三件,阅至申正三刻乃竟,殊疲升矣。"不到半日竟批阅公文130多件,可以想象这种批阅只是流于形式罢了。翁氏也认识到官员对

---

①　乾隆等《钦定大清通礼》卷四十七,文渊阁《四库全书》本。

于公务之敷延，但他却无法凭一己之力而改正，有时竟不得不同流合污。道光十七年十一月廿六日日记曰：

> 未初退直。遂至本衙门画题稿三十三件。查本年所收各省揭帖共三千九百九十一件，而会稿止一千七百七十二件，河南一省揭帖三百二十三件，而会稿止三十九件，然则漏送者岂止二十件乎。大理一官今已成闲曹，然设官分职，体制相维，若如此视为无人，亦复成何事体。余职掌所在，本不容默不一言，惟现直书房，势难兼顾，亦只得姑且含容，且看此后刑曹如何办理耳。

翁氏一方面批评相关官员办事疏漏，声称"不容默不一言"，另一方面又以"势难兼顾"为自己开脱，"姑且含容"。与疏于公务相对，燕会、论文、贺吊等交游活动则频频见于笔端，足见当时官场风气。

三　内外交困、危机重重的晚清政局

《翁心存日记》的历史价值还表现为对道光、咸丰年间政局的全面叙述，有助于我们全面了解这一时期清朝政府所面临的困境。

就社会经济而言，由于天灾频繁、鸦片战争和太平军起义，道光、咸丰的财政形势越来越艰难，百姓生活困顿不堪，朝廷财政入不敷出，国家面临着严重的经济危机。早在道光五年翁心存典试福建时，途中所见已颇为萧条，六月一日日记曰："自涿州以南，蝗虫从东来，禾稼多被伤损，村民鸣钲驱逐，嚣乎动地，声颇凄惨。"道光九年，翁心存由广东返京，途中所见仍是如此："过北刘智庙，入景州界，地渐低洼，道多冲坏，时时绕道而行，田皆芜秽不治。"（二月三日）道光十二年翁心存典试四川，途中所见的乡村凋弊更甚："十里许过华佗庙，人家甚少，集甚喧。被涝之后，有卖儿鬻女者，可慨也。"（十二月廿八日）又云："将抵褚庄数里，闻儿啼甚苦，盖弃于道左者。令人抱之，至铺问之，云王家庄人，李姓，名阿开，其父鬻其母，已半月不归，在道旁乞食不得也。"(十二月廿九日)咸丰五年四月十八日,翁心存会同诸亲王及肃顺等朝廷要员盘查户部的银库、缎匹库和颜料库等三库,其银库所见令人震惊:"辰正二刻赴户部外银库,巳初王公俱至。遂入库盘查,共银二十五万有奇。"(四月廿二日)"辰初入署治事毕,遂赴库抖晾口袋,得银四两二零,口袋七百九十斤,照例变价十一两八钱零。"(四月廿四日)此时整个清朝户部外库存银只有区区二十五万两。四月廿六日开始盘查内库,日记曰:

> 　是日盘查内银库,库在东华门内路南,内阁大库之后,北向,凡十楹,中隔以板壁,东为东库,西为西库,东库已空,所存者西库一百廿万而已。道光三十年予为户部右侍郎时,内库尚存八百万,自咸丰元年以后军兴,外库不足,乃取资于内库,数年之前陆续拨发,仅存此数。今惟第一桶存八十万,三号桶四十万,五号桶五千二百五十两而已,余皆空桶,可为浩叹。桶正方,高广皆丈许,用梯登其巅,开盖出银,银皆元宝,以数计,不用平也。

清政府的财政收入本来十分巨大,就雍正朝鼎盛时期而言,据《清代经济简史》,户部年收入甚至达到银 17964253 两、钱 660987 文①。到了嘉庆、道光时期,由于白莲教起义、鸦片战争,加上陕西、河南大旱,东南六省大水,入不敷出,至道光三十年户部存银锐减至 800 万两。据《日记》所载,随着太平军战事的进行,咸丰五年户部存银已不足 250 万两。因此,咸丰六年十一月十九日,翁心存被任命为户部尚书时,内心毫无喜悦之情:"是日清晨,与家人从容谈笑,正拟饭后入署治事,忽闻调任司农之信,不胜悚惕。度支匮乏,军饷浩繁,无源可开,无流可节,都中大钱壅滞,物价日昂,岂迂拙衰庸所能胜任耶。"对

---

　①　张研《清代经济简史》,中州古籍出版社 1998 年版,第 578 页。

国家经济前景充满悲观情绪。

　　国家的政治形势同样严酷,作为国家两大支柱的军队和官僚体系均面临严重的危机。官员对公务敷延搪塞,只是热衷于结党营私,而昔日八旗劲旅也不堪大用。咸丰二年十二月三日日记曰:"调吉林马队兵二千名、黑龙江马队兵二千名驰赴河南。"十二月廿五日日记载吉林兵差事情况:"凡兵二百五十人,夫一百三十余人,本部发帐房五百架于安定门外,奏明照成案每兵火药四斤,△药四两,火绳四条,包裹妥发运往河南军营给发。"士兵携仆出征,由当地政府供应食宿,武器直接送到军营,这样的军队自然难堪大用。故而清政府在平叛过程中,相当长时间内一直处于下风。而主将为了个人仕途,一再隐瞒敌情,夸大战果,这就导致一方面是失地丧师,另一方面却是捷报频传的奇怪现象,日记曰:

　　　　向荣奏报正月朔寅刻进攻武昌,接仗六次,杀贼无算,次日收复武昌,贼纷纷下船东窜,仍督率官军追剿,其汉阳府城亦经驻扎黄陂之总兵吉顺前往收复。(咸丰三年正月十一日)

　　　　向荣奏初四日追贼至葛店,击沉贼船一只,焚烧三只,亲率兵壮二千四百名昼夜兼程,冒雨前进,绕过贼船之前,其先到九江贼船,被各镇将开炮击败,七只驶往北岸,大股贼船继至,纷纷上岸,官兵分路冲杀,毙贼多兵。(咸丰三年正月廿一日)

　　　　向荣奏二月廿六、七、九日连获胜仗,我兵已逼近省城扎营。(咸丰三年三月十日)

　　　　向荣驰报三月六日夜袭通济门外贼营,焚贼殆尽,杀贼千余,生擒九十余名,夺获大炮十三尊,抬枪炮四百余杆,黄旗三十余件,刀矛器械马匹无算。(咸丰三年三月十六日)

　　　　琦善、陈金绶、胜保奏十二日在扬州凤凰桥、观音山等处与贼接仗,自辰至酉凡五次,烧毁贼营土城五处,杀贼七八千人,赏琦善花翎。(咸丰三年三月二十日)

咸丰三年正月至三月是太平军攻克南京,声势最盛的时期,但从清廷主将的奏报中很难看到这种危急情况。他们由于担心失利受责,故多方粉饰,避重就轻,使朝廷一再误判形势,不断做出错误决策。此种情形也屡屡见于之后的英法联军入侵和捻军起义之中,以至于在英法联军逼进北京时,咸丰帝还误以为胜利在望,特下谕旨:"亲统劲旅在京北坐镇,共期奋举鼓舞,不满万之夷兵,何患不能歼除耶。"(咸丰十年七月廿七日)但短短数日之后就迫于形势而逃往热河。可以说,从中央到地方,整个政治体制已经毫无生机可言,庞大的清王朝犹如根基已腐的大树,很难经受风雨的打击。

综上所述,《翁心存日记》既是一部深刻反映中国社会剧烈变革的历史画卷,又是一部清王朝由盛入衰的思痛录。除此之外,日记中的详细天气记录能够为气象学研究提供有益的历史材料,贺寿、吊丧活动的记录有助于考订道光、咸丰两朝众多人物的生平,乡土风貌、年成物价的记录可以为清代历史、地理、经济史的研究提供有用的信息,所录诗词、书画古籍考订也有助于清代文学史、学术史的研究。总体而言,《翁心存日记》蕴含着深厚的历史文化价值,足以与翁同龢日记相媲美。

（原载《书品》2011 年第 6 期）

后 记

书中所收诸篇,多在各种刊物公开发表过,此次除略做文字和格式修订外,其余仍存旧貌。从各篇关注的重点看,内容大致可归为三类:一是日记与时局的关系,算是寓微观与宏观相结合之意;二是日记中的人物,尤其是对日记作者生平、性情和生活史的研究,希冀映射出近代日记的一个基本面向;三是日记与文学的关系,这既是近代日记值得挖掘的一处富矿,也是本人专业的自然反映。本书命名"晚清日记中的世情、人物与文学",即缘上述诸端。书的前言是对中国近代日记文献整理和研究的一些思考。附录系河南大学王宏林教授对《翁心存日记》的评介,重在通过日记揭示道咸两朝的政局,可以补我之未备,故征得王教授同意,略加修润后收入本书。

十年前届不惑之岁,曾作小诗志之:

> 生涯趋不惑,孔圣岂吾欺。
> 山水旧颜色,鸟鱼新契知。
> 情深行转怪,欲寡气能奇。
> 古道春光静,芬芳忽满枝。

眼中山河,笔底春秋,马齿徒增,又复十年。然著述虽夥,成就有限,心余力绌,可以无言。惟有知止知乐,守福守善,护惜良材,静俟参天。因再作小诗志之:

伯玉知非岁，渊明愿未违。

燕园勤旧业，槐国倦新衣。

欲报慈恩佑，长持善念归。

君看桃李处，天地有春晖。

　　作前诗时，尚供职于中国社会科学院《文学遗产》编辑部，诗中之"芬芳"，多寓编辑成果和个人著述。作后诗时，已调入北京大学中文系，诗中之"桃李"，概指所教诸生。诸生多英才，且能匡予不逮，使予常享教学相长之乐，"幸甚至哉，歌以咏志"。

　　书中《〈佩韦室日记〉中的肃顺及晚清社会》一篇，北京大学中文系博士生卢多果补正曰：文中"李武选"可考，即李鸿裔，时任兵部武选司额外司员。又指出文中引高心夔日记咸丰十年六月二十七日"主人将有魏绛之事"，非用魏绛督军之意，当仍袭魏绛和戎之典。因高氏日记所记肃顺明确主战是在咸丰十年七月初三，查《筹办夷务始末》，在七月初三大沽口战事爆发前的六月下旬，清廷一心主和，直至七月初三日，大沽和京城两地还在就英法使臣如何进京磋商，因此六月二十七日的"魏绛之事"当喻指肃顺准备作为主要代表参与英、法进京换约之事，而非指肃顺督军明矣。未料七月三日战事突然爆发，肃顺才转而"力排众议，诸邸以下不得再言和局"，其实肃顺本人和群臣都对战事缺乏清醒或稳定的认识，时和时战，犹豫不决。

　　卢君之分析，较予原文更为透彻妥帖，予亦欣欣然于后浪之胜。"有风自南，翼彼新苗"，愿秀茂如多果者，常得春晖之照耀，大匠褒拔而出之，众美辐辏而成之，后皇嘉树，为国栋梁，此予私心之深祷也。

　　书稿承责编许勇先生细心编校，高明祥博士亦为校读一过，在此一并致谢。

张　剑

辛丑岁末于北京大学中关园寓所